SILBERFUCHS MILLIARDÄR

AVA GRAY

Copyright © 2024 von Ava Gray

Alle Rechte vorbehalten.

Kein Teil dieses Buches darf ohne schriftliche Genehmigung des Autors in irgendeiner Form oder auf elektronischem oder mechanischem Weg, einschließlich Informations-speicherungs- und -abrufsystemen, reproduziert werden, mit Ausnahme von kurzen Zitaten in einer Buchbesprechung.

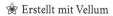 Erstellt mit Vellum

AUCH VON AVA GRAY

Alpha Milliardär Serie

(Ein) geheimes Baby vom besten Freund meines Bruders || Nur gespielt || Lieben, wen ich hassen sollte || Milliardär und die Barista || Heimkehr || Doktor Daddy || Baby Überraschung || Ein Scheinverlobter zu Weihnachten || Heißes Durcheinander || Ich liebe es, dich zu hassen || Nur noch eine Chance || Valentinstags-Antrag || Die falsche Wahl || Die richtige Wahl || Geküsst von einem SEAL || Die unerwartete Überraschung des Chefs || Zwillinge für den Playboy || Wenn wir uns wiedersehen || Die Regeln, die wir brechen || Geheimes Baby mit dem Bruder meines Chefs || Frostige Anfänge

Harem Herzen Serie

3 Seal Daddys zu Weihnachten

Spielen mit Schwierigkeiten Serie

Jagen, was mir gehört || Beanspruchen, was mir gehört || Beschützen, was mir gehört || Retten, was mir gehört

Die Milliardärs-Mafia Serie

Von der Mafia geschwängert || Von der Mafia gestohlen || Von der Mafia beansprucht || Von der Mafia arrangiert

KLAPPENTEXT

Mein Chef stellte mich ein, ohne sich bewusst zu machen, wer ich war – Ärger im kurzen Rock.

***Und* die Tochter seines besten Freundes.**

Aber er wusste genau, dass er sich Ärger einhandelte, als er mit mir schlief.

Ich war halb so alt wie er.

Seine Angestellte.

Und die letzte Person, die er hätte anfassen sollen.

Sagen wir einfach, er hat viel mehr getan, als mich nur zu berühren.

Er hat meine Seele in Brand gesetzt.

Aber das ließ mich mit einem Geheimnis zurück, das ich nicht preisgeben mochte.

Vor allem, weil ich wusste, dass er mich verlassen würde.

Was ich jedoch nicht wusste, war, dass er zurückkommen würde.

Nicht nur in mein Leben, sondern auch zurück in die Stadt.

Das bedeutete, dass er das mit seinem Sohn herausfinden würde.

Und die Enthüllung würde ihn dazu zwingen, sich zwischen seinem ganzen Leben und uns zu entscheiden…

Aber was, wenn er mich so sehr hasste, dass er diese Entscheidung gar nicht treffen wollte?

.

1

CHANDLER

»Hey, ich hätte nicht gedacht, dass ich dich heute sehe, Chandler!«

Mein guter Freund, Daniel Jones, schlenderte in die Box und klopfte mir auf die Schulter.

»Dan, der Mann!« Ich hob meine Faust, um ihm einen Fistbump zu geben. »Wie kommst du denn auf so etwas? Du bist doch derjenige, der zu spät kommt«, sagte ich.

»Yo, Dan!«, rief Doug aus der Stuhlreihe und seine Aufmerksamkeit galt dem Spiel.

Dan schnappte sich ein Bier aus dem offenen Eiskübel und betrachtete das Essen, das vor uns stand. Ich machte mich wieder daran, mein Sandwich mit Käse und Wurst zu belegen. Es war immer offensichtlich, wenn einer der Jungs für das Essen verantwortlich gewesen war und die Frauen nicht zu Rate gezogen worden waren.

Wenn ein Mann das Sagen hatte, war es einfach, so wie heute. Sandwiches, Fleisch, Pommes, etwas zum Eintunken der Pommes und natürlich Bier. Wenn eine Frau ihre Finger im Spiel hatte, gab es eine etwas größere Auswahl an Fleisch- und Käsesorten, die wir in blindem Eifer verzehrten, während wir das Spiel verfolgten. Normalerweise gab es Fingerfood wie Wings und ein paar Gemüsesorten, entweder zu den Wings oder als Beilage zum allgegenwärtigen Chips-Dip.

Beim letzten Mal hatte Doug vergessen, dass er an der Reihe war, für Essen zu sorgen, also hatten wir letztendlich Pizza und Hotdogs gegessen. Es war großartig. Fast Food und Logenplätze beim Spiel, das ist Luxus.

Ich wickelte eine Papierserviette um mein Sandwich und nahm mir mein eigenes Bier. Mit einem Kopfschütteln ließ ich Dan wissen, dass ich auf dem Weg zu meinem Platz war.

Er schnappte sich ein paar Scheiben Käse und Fleisch, faltete sie in seinen Mund und folgte mir.

Noch bevor mein Hintern das Leder berühren konnte, schrie ich mit allen anderen, die plötzlich aufgestanden waren. Treffer! Unser Team lag fünfzig Punkte vorne, als das Spiel in die erste Pause ging.

»Was habe ich verpasst?«, fragte Daniel.

Ich lehnte mich in den gepolsterten, luxuriösen Logenplätzen aus Leder zurück. »Ein paar Jungs auf Schlittschuhen, mit Stöcken, die einander verprügeln, um einen kleinen Puck ins gegnerische Netz zu bekommen. Was glaubst du, was du verpasst hast? Wenigstens gewinnen wir.«

Unser Team hatte in den Playoffs keine besonders gute Arbeit geleistet. Wir mussten dieses Spiel gewinnen, sonst waren wir für die Saison raus.

»Wie ich sehe, seid ihr rechtzeitig zum Essen gekommen«, sagte James, als er sich von seinem Stuhl erhob und zu dem Tisch mit dem Essen eilte.

Wir sechs, Dan, Doug, James, McLain, Greg und ich, teilten uns bei jeder größeren Sportveranstaltung eine Loge. Beim Eishockey hatten wir eine in der Arena, beim Football im Stadion und beim Baseball im Baseballstadion. Aber wenn es um Basketball ging, waren wir uns alle einig, dass die Plätze auf dem Parkett die besten waren. So nah am Geschehen zu sein, gab uns das Gefühl, mitten im Spiel zu sein.

Ich weiß nicht, ob außer mir und Doug noch jemand spielen konnte. Vielleicht Dan, er war noch fit. Wir waren alle in die Jahre gekommen. Dan und ich waren die einzigen, die im Moment Single waren. McLain war gerade dabei, sich erneut scheiden zu lassen. Wenigstens waren dieses Mal keine Kinder im Spiel.

Mit vierzig war ich zwar der Jüngste, aber ich spürte das mittlere Alter mit jedem Knacken meiner Knie und meines Nackens. Diese Gelenke erinnerten mich ständig daran, dass ich in meiner Jugend nicht gut zu meinem Körper gewesen war. Damals war ich gerne joggen gegangen und hatte noch regelmäßig gespielt. Jetzt war ich froh, wenn ich eine Fünf-Meilen-Runde durch den Park joggen konnte, bevor ich den Rest des Tages vor dem Computer saß.

»Was hat dich aufgehalten?«, fragte ich.

»Ja, warum bist du so spät dran?«, fragte Doug gleichzeitig.

»Mein Kind zieht wieder nach Hause«, verkündete Dan.

»Schon Sommerferien?«, fragte James. »Das ist früh. Sally hat erst ab Juni Ferien.«

»Ich vermisse diese Tage nicht. Ich schwöre, ich habe diese eine Couch, die Donny am Straßenrand gefunden hat, alle drei Monate in ein anderes Wohnheim getragen. Als er und seine Freundin eine Wohnung gefunden haben, war ich so froh, dass ich die Couch nicht mehr umstellen musste.« Doug rieb sich den unteren Rücken, als würde er ihm wehtun, auch nur über diese Erfahrung zu sprechen.

»Mimi hat ihren Abschluss gemacht«, verkündete Dan.

»Das ist toll«, sagte James.

»Du meinst die Highschool, oder?«, scherzte ich.

Daniel war nicht so alt wie ich. Dass seine Tochter aus dem College kam, bedeutete, dass ich noch älter war, als ich mich fühlte. Ich hatte die Kinder und Ehepartner von allen mehr als ein paar Mal getroffen. Dougs Sohn, Donny, war groß, drahtig und dünn gewesen, als ich ihn das letzte Mal gesehen hatte. Aber jetzt lebte er mit seiner Freundin zusammen. Ich schüttelte den Kopf. Warum hatte ich das Gefühl, die Kinder anderer Leute aufwachsen zu sehen, während ich mich nicht veränderte?

Daniels Tochter, Mimi, war eines dieser stillen Kinder. Unbeholfen. Sie trug eine Zahnspange, eine Brille und hatte eine etwas unförmige, runde Gestalt. Dass sie ein Mädchen war, wusste ich nur wegen ihres Namens. Ich wusste, dass es Dan manchmal störte, weil er so aufgeschlossen war. Sie hatte nicht die gleiche Energie wie er. Vielleicht hatte es etwas damit zu tun, dass sie ihre Mutter in jungen Jahren verloren hatte. Vielleicht wusste ich einfach nur nichts über Kinder und sollte aufhören zu spekulieren. Es war ja nicht so, als wollte ich jemals eigene Kinder haben.

»Mimi hat schon ihren Abschluss gemacht? Das ging aber schnell«, kommentierte ich.

»Schnell? Nein, sie hat noch ein Jahr drangehängt, damit sie ein ganzes Semester im Ausland verbringen kann. Sie zieht wieder zu Hause ein, bis sie sich eine Anzahlung für eine eigene Bleibe leisten kann. Die Wohnungsmiete ist verrückt. Keine erste Monatsmiete plus Kaution mehr, oder erste und letzte. Heutzutage verlangt jeder eine Kaution in Höhe von drei Monatsmieten. Wenn sie so viel Geld aufbringen kann, werde ich sie ermutigen, eine Eigentumswohnung zu kaufen.«

»Aber so ist das nun mal mit dem Mieten und dem Besitz von Immobilien. Man muss mit den Trends Schritt halten und den Marktwert im Auge behalten«, sagt James.

»Dessen bin ich mir durchaus bewusst. Aber es trifft einen anders, wenn es das eigene Kind ist«, sagte Daniel.

»Kauf ihr einfach etwas«, sagte Doug.

Dan schüttelte den Kopf. »Sie ist sehr stur geworden. Sie will es unbedingt selbst schaffen.«

»Du hast doch für das College bezahlt, oder? Warum ist sie jetzt so eigensinnig?«, fügte Doug hinzu.

Ich nickte zustimmend. Warum sollte sie jetzt unabhängig werden, wenn ihr Dad es sich eindeutig leisten konnte, für Dinge zu bezahlen. Abgesehen von McLain und seinen zahlreichen Scheidungen konnte es sich jeder in unserer Gruppe leisten, seine Kinder zu unterstützen. Das könnte ich auch, wenn ich Kinder hätte.

»Deshalb bin ich zu spät. Wir hatten eine lebhafte Diskussion über ihre zukünftige Arbeit.«

»Sie will arbeiten und du hast gesagt, dass sie das nicht muss?«, fragte ich.

»Nicht ganz. Sie besteht darauf, zu arbeiten, aber sie wollte nicht, dass ich das tue, was ich jetzt tun werde.«

Alle hoben die Augenbrauen.

»Sie will nicht, dass ich Kontakte knüpfe und frage, ob jemand von euch ihr eine Stelle besorgen kann. Sie wäre eine gute Empfangsdame.«

Die Mimi, an die ich mich erinnerte, wäre eine furchtbare Empfangsdame. Empfangsdamen mussten attraktiv und aufgeschlossen sein. Sie waren das Gesicht des Unternehmens. Sie durften sich nicht scheuen, Hallo zu sagen, und schon gar nicht komisch sein.

»Warum gibst du ihr nicht eine Stelle bei dir?«, fragte Doug.

Daniel schüttelte den Kopf. »Der Vorstand ist gegen Vetternwirtschaft. Keine Neffen des Geschäftsführers mehr, die uns unsere besten

Kunden kosten. Wir sind immer noch dabei, uns von diesem Fiasko zu erholen. Sie würden auf keinen Fall zulassen, dass der COO seine Tochter für irgendetwas einsetzt. Ich kann sie nicht einmal als Aushilfskraft einstellen lassen, um Umschläge für einen Massenversand zu füllen.«

»Was will sie denn machen?«, fragte ich.

»Sie will nicht bei ihrem alten Herrn wohnen«, sagte Daniel und gluckste.

»Ich habe Master-Studenten, die sich um Einstiegspraktika streiten, nur um einen Fuß in die Tür zu bekommen. Ich hätte auf keinen Fall etwas für sie. Im Ernst, sie bräuchte einen Hochschulabschluss, bevor wir sie in Betracht ziehen würden«, sagte James.

Doug zuckte mit den Schultern. »Sag ihr, sie soll ihren Lebenslauf an mein Büro schicken, ich werde ihn an die Personalabteilung weiterleiten. Vielleicht habe ich etwas.«

»Ich auch«, sagte ich. »Einer von uns beiden hat sicher etwas. Lass sie aber nichts an McLain schicken, es sei denn, du willst, dass sie die nächste Ex-Mrs. Butler wird.«

Doug packte mich an der Schulter. »Stimmt, das habe ich vergessen. Die eine, von der er sich gerade scheiden lässt, hat als seine Empfangsdame angefangen. Ja, sie soll ihm bloß nichts schicken.«

»Warum ist er eigentlich nicht hier? Greg ist auf einer Kreuzfahrt, was ist McLains Ausrede?«, fragte Doug.

Mein Handy vibrierte mit einer Nachricht. Gleichzeitig piepten auch Daniels, James' und Dougs Handys. Wir nahmen alle unsere Handys in die Hand.

Ich hatte eine Nachricht von McLain.

Die verdammte Schlampe versucht, bei der Scheidung meinen Anteil an den Stadionlogen zu bekommen. Sie will auch meine Fußballdauerkarten. Die Rechtsabteilung sagt, das wird nicht passieren. Vielleicht muss ich ihr stattdessen Geld bezahlen. Ich werde auf keinen Fall zulassen, dass sie diese Plätze bekommt.

Wir blickten alle von unseren Handys zueinander.

»Das erklärt, warum McLain nicht hier ist«, sagte Doug.

Hinter uns ertönte ein Gebrüll. Das Spiel hatte wieder begonnen und keiner von uns hatte es bemerkt. Wir sanken alle in die bequemen, teuren Sitze zurück und widmeten uns dem Spiel. Das war einfacher, als sich mit dem Schlamassel von McLains Scheidung und den Auswirkungen auf unser Leben zu beschäftigen.

Ich kannte meine Freunde; sie dachten dasselbe wie ich. Am Montagmorgen würden wir alle unsere Anwälte anrufen, um unsere Plätze gegen die jetzige Mrs. McLain Butler zu verteidigen. Sie tat mir fast leid, sechs Anwälte gegen einen, alles nur für die besten Plätze im Stadion.

Während ich darüber nachdachte, schickte ich eine Nachricht an meine Verwalterin. Ich gab ihr eine Liste, die sie zu ihrer ohnehin schon wachsenden Aufgabenliste für Montag hinzufügen sollte.

›Die Rechtsabteilung soll mich wegen der Sportboxen anrufen. Erwarte einen Lebenslauf von Mimi Jones und besorge ihr einen anständigen Job.‹

2

MILA

Ich war immer noch super genervt von Dad. Ich wollte auf eigene Faust einen Job finden. Als er mir sagte, ich solle meinen Lebenslauf an seine Freunde schicken, brauchte es eine lange Woche voller Absagen, bevor ich meinen Stolz herunterschluckte und zustimmte. Mein Lebenslauf lag nur wenige Minuten in Chandlers Posteingang, als ich einen Anruf erhielt, um zu einem Vorstellungsgespräch zu kommen.

»Du hast ein Vorstellungsgespräch? Das ist ja toll. Bedanke dich bei Chandler für mich, wenn du ihn siehst«, sagte Dad.

Es war die erste konkrete Rückmeldung, die ich seit einem Monat auf der Suche nach einem Job bekommen hatte, also wollte ich natürlich zu dem Vorstellungsgespräch gehen. Aber ich hatte keine Lust dazu. Nachdem ich fünf Jahre lang die Welt gesehen hatte – ein Auslandssemester in Schottland und ein gut genutzter Eurail-Pass brachten mich fast durch ganz Europa – kam es mir vor, als wäre ich in das Zimmer zurückgekehrt, in dem ich aufgewachsen war.

Das einzige Vorstellungsgespräch, das ich bekommen hatte, kam von einem der Freunde meines Dads, und das nicht, weil ich einen spektakulären Lebenslauf hatte. Einige meiner Klassenkameraden hatten Jobangebote und waren in eigene Wohnungen gezogen, sobald sie ihren Abschluss gemacht hatten. Ich hatte das Gefühl, dass alle, die ich kannte, in ihre Zukunft gingen. Sie waren erwachsen und machten Karriere. Das wünschte ich mir für mich. Stattdessen war ich wieder zu Hause und musste so tun, als wäre ich das gleiche Mädchen wie vor meiner Abreise zum College.

Das war nicht mehr ich. Zumindest wollte ich es nicht mehr sein. Ich wollte meine eigenen Entscheidungen treffen und mich nicht bei jeder Kleinigkeit auf Dad verlassen müssen. Es war mir peinlich, mir Geld zu leihen, um Tampons zu kaufen, weil ich nicht einmal einen kleinen Nebenjob hatte, mit dem ich mir ein paar Dollar verdienen konnte. Ich hasste es, wie sehr ich mich auf diesen Job freute.

Als ich mein Auto in das Mitarbeiterparkhaus der Wilson Group lenkte, fühlte ich mich unsicher. Nur weil mein Auto nicht das Neueste und Beste war, bedeutete das nicht, dass meine Anwesenheit hier nicht genauso viel wert war wie die derjenigen, die all diese Teslas fuhren.

Ich hatte mein Auto selbst gekauft und bezahlt. Dad hatte darauf bestanden, einen Teil des Geldes beizusteuern, also durfte er mir neue Reifen kaufen und die Versicherung bezahlen. Aber der Rest war mein hart verdientes Geld aus den verschiedenen Jobs, die ich in der High School und in den ersten beiden College-Jahren gehabt hatte. Irgendwie hasste ich es, wie schwer es war, dieses Geld zu verdienen. Aber ich würde nicht zögern. Ich war fest entschlossen, es allein zu schaffen, ohne dass mich finanzierte. Oder zumindest nicht länger als unbedingt nötig.

Chandler Owen war bei dem Vorstellungsgespräch nicht anwesend, also wurde mir bewusst, dass er mir zwar die Tür geöffnet hatte, um einen Fuß hineinzubekommen, ich aber aufgrund meiner eigenen Verdienste bleiben durfte.

»Du bist eine starke und kompetente Frau«, wiederholte ich mein morgendliches Mantra, während meine hohen Schuhe auf dem Betonboden des Parkhauses klackten. »Du verdienst diesen Job und du gehörst hierher.«

Ich nahm einen Schluck Kaffee, vergewisserte mich, dass ich meinen Ausweis am Schlüsselband hatte, und eilte zu den Aufzügen.

»Du bist früh dran«, begrüßte mich Alana, meine Personalverantwortliche, als ich in ihr Büro huschte.

»Ich bin pünktlich«, sagte ich. Ich hatte mich so beeilt, dass ich genau zwei Minuten vor der vereinbarten Zeit in ihrem Büro war.

»Mila, du weißt, dass das hier keine Schichtarbeit ist. Keiner kontrolliert deine Karte.«

Mein Mund blieb offen stehen. Oh Mist, gab es eine Karte? Ich hatte weder ein- noch ausgestempelt. »Das hat mir noch niemand gezeigt. Ich habe meine Stunden in meinem Terminkalender auf meinem Handy notiert. Ich wusste nicht–«

Alana fuchtelte mit ihren Händen herum und unterbrach mich. »Die sprichwörtliche Karte, Mila. So etwas machen wir hier nicht.«

Erleichtert ließ ich mich auf einen der Stühle vor ihrem Schreibtisch sinken.

»Wir vertrauen darauf, dass du dich an die Anforderungen des Jobs hältst. Manchmal kann es sein, dass du etwas später kommst, und es gibt Zeiten, in denen du freitags um drei Uhr aus hast. Ich habe für einen Manager gearbeitet, der an den Schwachsinn glaubte, dass man zu spät kommt, wenn man nicht pünktlich ist. Er versuchte, mit Lohndiebstahl durchzukommen, indem er die Leute dazu brachte, früher anzufangen. Deshalb habe ich mich für Arbeitsrecht entschieden.«

»Du bist Anwältin?«, fragte ich.

»Nicht offiziell. Ich habe nie das Staatsexamen gemacht, aber ich möchte sicherstellen, dass alle Angestellten fair behandelt werden«, sagte sie.

»Das erklärt, warum du in der Personalabteilung arbeitest.«

»Hast du jemals daran gedacht, in der Personalabteilung zu arbeiten?«

Ich schüttelte den Kopf. »Ich gebe es nur ungern zu, aber ich weiß nicht genau, worauf ich mich konzentrieren will. Ich mag es, ein bisschen von allem zu machen«, sagte ich.

»Genau aus diesem Grund habe ich dich als flexible Assistentin eingestellt. Es ist einfacher, dich zu schulen, als jedes Mal eine Aushilfe einzustellen.« Mit einem Lächeln begann sie, in einer Akte zu blättern, die sie auf ihrem Schreibtisch hatte. »Letzte Woche hast du die Rezeptionisten unterstützt. Ich dachte, ich würde dich diese Woche wieder einsetzen, aber ich habe einen Anruf von der Geschäftsführung bekommen. Nächste Woche geht ein Verwaltungsangestellter in Urlaub und sie brauchen dich. Dann gehst du also direkt in den fünfzehnten Stock und arbeitest mit Lisa Teddy zusammen. Sie wird dir zeigen, wo es lang geht und dich auf die Arbeit mit einer Führungskraft vorbereiten.«

Ich blinzelte ein paar Mal. Ich hatte nicht mit so etwas Hochrangigem gerechnet. Und ja, eine Assistentin der Geschäftsführung war eine hochrangige Position, auch wenn ich nur eine Aushilfskraft war.

»Okay.« Ich hängte meine Tasche wieder an meine Schulter. »Soll ich mich nächste Woche wieder bei dir melden?«

Alan schüttelte den Kopf. »Nicht nötig. Melde dich einfach an deinem Schreibtisch. Du wirst unter Kathleen McDonald arbeiten. Sie hat es nicht so mit Protz und scheint ein gewisses Maß an Stil mit Kompetenz gleichzusetzen. Trage in ihrer Nähe keine Farbe. Sie mag Assistenten in neutralen Farben. Schwarz, weiß, marineblau, grau, braungrau und Designerlabels, wenn du welche hast.«

Ich hielt inne. Ich war aufgeregt gewesen, aber jetzt war ich besorgt. »Ist das dein Ernst? Ich hasse braungrau.«

Alana nickte. »Es wird ihr egal sein, wenn du um Punkt acht Uhr dreißig nicht an deinem Schreibtisch sitzt, aber sie wird Vermutungen über deine Kompetenz anstellen, wenn du in Rosa auftauchst.«

Natürlich trug ich rosa. Wenigstens würde ich mich bis zum nächsten Tag nicht mit dieser McDonald-Frau herumschlagen müssen. Ich bedankte mich bei Alana und trug meine Habseligkeiten zurück ins Erdgeschoss. Ich verstaute meine Sachen in dem kleinen Schrank, den sie den Empfangsdamen zur Verfügung stellten, bevor ich mich an den zentralen Schreibtisch in der Mitte der Lobby setzte.

»Hey Mila, schön, dass du heute bei mir bist«, sagte die reguläre Empfangsdame.

»Schön, dich wiederzusehen …« Ich hatte einen kurzen Moment der Panik, als ich versuchte, mich an ihren Namen zu erinnern.

»Guten Morgen, Daphne«, sagte eine tiefe Stimme hinter mir.

Ich drehte mich um und schnappte nach Luft, als ich Dads Freund erkannte. Meine Augen wurden groß und ich biss mir auf die Innenseite meiner Wange. Chandler Owens' Namen zu rufen, als würde ich ihn kennen, war nicht gerade angemessen, auch wenn ich ihn schon vor Jahren kennengelernt hatte. Wenigstens hatte er mir Daphnes Namen verraten, er war sich nur nicht bewusst, dass er mir geholfen hatte.

Unsere Blicke trafen sich und ich sagte leise: »Hi.«

»Mimi? Bist du das?«, fragte er.

Ich schnitt eine Grimasse und nickte. »Mila, niemand nennt mich mehr Mimi, außer Dad. Schön, Sie wiederzusehen, Mr. Owens.«

»Und Freunde nennen mich nicht Mr. Owens. Ich heiße Chandler. Ich freue mich, dass wir eine passende Stelle für dich gefunden haben. Hast du dich schon eingewöhnt?«

Er war noch viel heißer als damals. Vielleicht lag es am Schnitt seines Designeranzugs oder daran, dass sich sein dunkles Haar an den Schläfen in Silber verwandelt hatte.

Ich nickte wie eine Art Wackelkopf. »Ich bin nur für heute am Empfang. Morgen helfe ich Ms. McDonalds' Assistentin. Ich bin die Frau für alles.«

»Wirklich? Du wirst also bei allem, was wir hier machen, deine Finger im Spiel haben«, sagte er mit einem leichten Glucksen.

Ich war mir ziemlich sicher, dass ich es mir nur eingebildet hatte, aber seine Augen verließen mein Gesicht und wanderten über meine Kleidung, bevor sie meinen Blick wieder trafen. Dann grinste er.

»Ich freue mich schon darauf, dich morgen im fünfzehnten Stock zu sehen, Mila.«

Ich winkte Chandler verlegen zu, als er nickte und dann in Richtung der Aufzüge ging. Hatte er mich gerade ernsthaft abgecheckt? Ich schüttelte den Kopf. Das war nicht möglich. Chandler Owens war ein absolut umwerfendes GQ-Model in einem Anzug. Und ich weiß noch, dass ich ein bisschen in ihn verknallt war, als er in Shorts und einem alten Sporthemd auf Dads Boot auftauchte. Jetzt war es eine Herausforderung, ihn in Anzug und Krawatte nicht anzustarren.

Ich war bei der Arbeit und solche Gedanken waren nicht angebracht. Ich musste sicherstellen, dass ich sie mit niemandem teilte.

»Du kennst Chandler Owens?«, fragte Daphne, nachdem er aus unserem Blickfeld verschwunden war.

»Ja.« Ich setzte mich schließlich hin und machte mich für die Arbeit bereit. Ich wickelte mir das Headset um die Ohren und rückte meine Haare zurecht. »Er ist schon seit Jahren ein Freund meines Dads. Ich glaube, ich habe ihn nicht mehr gesehen, seit ich aufs College gegangen bin.«

Sie schüttelte den Kopf. »Ich kann nicht glauben, dass du mir das vorenthalten hast. Ich dachte, wir wären Freundinnen.« Sie lachte.

»Was soll das denn heißen?«, fragte ich.

»Dieser Mann ist das Schönste, was es hier auf zwei Beinen gibt, und du kennst ihn einfach so nebenbei, als wäre das keine große Sache.« Sie schüttelte den Kopf und nahm dann einen Anruf entgegen, ohne mich zu beachten.

Ich mochte sie. Sie machte mir zwar das Leben schwer, aber es war alles nur Spaß. Daphne dachte also, Chandler sei heiß. Und damit hatte sie definitiv recht.

3

CHANDLER

»Mr. Owens«, begann Mila, als sie mit einer Aktenmappe auf mich zukam. Sie war jetzt seit fast zwei Wochen im fünfzehnten Stock. Ich hätte mich nicht jeden Morgen auf ihr Lächeln freuen sollen, aber das tat ich.

»Wie oft muss ich dir noch sagen, dass du mich Chandler nennen sollst?«, fragte ich und griff nach der Akte.

»Bis ich nicht mehr direkt für Mrs. McDonald arbeite. Jedes Mal, wenn sie mich das sagen hört, und sobald du außer Hörweite bist, korrigiert sie mich. Es ist einfacher, diese Konfrontation zu vermeiden«, sagte sie.

Sie lächelte nicht und das machte mich stutzig. Ihre Verärgerung über Kathleen war unübersehbar und das machte mich wütend.

»Soll ich irgendetwas zu ihr sagen?«

Anstatt schüchtern zu lächeln und mir für den Vorschlag zu danken, wurden Milas blaue Augen groß. »Bitte nicht. Ich bewege mich ohnehin schon auf dünnem Eis. Ihre reguläre Verwalterin, Lisa, muss eine Art Hellseherin sein. Denn Mrs. McDonald erwartet, dass ich weiß, was sie von mir will, bevor sie es mir überhaupt sagt. Es ist eine Sache, als kaum geeignet für den Job zu gelten, aber es ist etwas ganz anderes, als Störenfried angesehen zu werden. Ich will nicht, dass sie denkt, dass ich versuche, dich da hineinzuziehen oder so.«

Sie sah völlig verängstigt aus.

»Hey«, sagte ich und legte meinen Arm um ihre Schulter. In diesem ersten Moment der Berührung gingen in meinem Gehirn einige Dinge schief und einige andere erwachten zum Leben. Ich schluckte und zwang mich, mich zu konzentrieren, um auf dem richtigen Weg zu bleiben. »Ich werde nichts sagen. Du musst dir keine Sorgen um Kathleen machen. Ich stehe hinter dir.«

In diesem Moment war mehr als nur ihr Rücken an mich gepresst.

Die Kurven, die die kleine Mimi in ihren Jahren auf dem College entwickelt hatte, waren verlockend. Insgeheim hatte ich sie schon seit Tagen bewundert, und jetzt waren sie warm und weich, als sie ihren Körper an meinen schmiegte. Oder war ich derjenige, der sich an sie schmiegte?

»Kathleen verlangt von allen Höchstleistungen. Ich glaube, sie ist strenger zu den Neuankömmlingen, weil sie in ihre Zukunft schaut und nicht in die Gegenwart. Du machst einen tollen Job, Mila, zweifle nicht daran.«

Sie lehnte ihren Kopf an meine Brust. Es war ein Moment des Trostes durch den Freund ihres Vaters. Eine freundliche Geste, mehr nicht. Mein Blutdruck stieg in die Höhe und mein Puls beschleunigte sich. Irgendetwas in mir wollte diesen Kontakt nicht einfach als freundlich und harmlos akzeptieren.

Ich kannte diese junge Frau seit Jahren, das war also nicht schlimm. Ein Pochen des Protests schoss durch meine Eier. Mila war jung. Nein, Mimi war jung gewesen und hatte sich nun zu Mila entwickelt. Und Mila war eine Frau, mit all den richtigen Kurven und Lippen, die mich auf unpassende Gedanken brachten.

»Vielleicht solltest du meine Assistentin nicht im Flur umarmen«, schnitt Kathleens scharfe Stimme durch den Lärm in meinem Kopf.

Ich ließ meinen Arm fallen und trat zurück. Es war fast eine Erleichterung, nicht mehr in Körperkontakt mit Mila zu sein. Mein Körper beruhigte sich und die Fehlzündungen in meinem Gehirn schienen sich zu korrigieren.

»Mila ist eine Freundin der Familie, nichts Unprofessionelles«, konterte ich.

»Wenn ich herausfinde, dass du vor meiner Assistentin auch nur einen schmutzigen Witz erzählt hast ...«

»Es ist alles in Ordnung, Mrs. McDonald. Mr. Owens ist ein Freund meines Vaters. Es war nichts weiter als ein väterlicher Ratschlag«, verteidigte Mila mich sofort.

Ich lächelte und nickte, obwohl jede Körperzelle in mir dagegen protestierte, als ›väterlich‹ bezeichnet zu werden. Die Gedanken, die ich mühsam unterdrückte, waren alles andere als väterlich. Von wegen väterlich, ich war daran interessiert, dass sie mich ›Daddy‹ nannte, aber nicht auf eine väterliche Art und Weise.

Es war gut, dass Kathleen uns begegnet war und mich mit sprichwörtlichem kalten Wasser überschüttet hatte. Ich hatte nie wirklich mit unangemessenen Gedanken bei der Arbeit zu kämpfen gehabt. Ich war immer in der Lage gewesen, mit schönen Frauen zusammenzuarbeiten, und hatte mich nie von ihren körperlichen Attributen ablenken lassen. Bei Mila war das eine neue und beunruhigende Entwicklung.

»Öffentliche Zurschaustellung von Zuneigung ist am Arbeitsplatz nicht angebracht.«

»Natürlich, Mrs. McDonald, das werde ich mir merken«, sagte Mila. Sie zog den Kopf ein und huschte davon.

»Kathleen.« Ich hielt sie auf, als sie sich umdrehte, um Mila zurück in ihr Büro zu folgen. »Was sollte das denn? Willst du damit sagen, du hättest deine Nichte nicht umarmt und ihr aufmunternde Worte für ihren neuen Job gegeben?«

Ich hatte Mila noch nie als Nichte betrachtet, aber sie war das Kind meines guten Freundes. Kathleen sollte diese Dinge verstehen.

»Sie ist nicht meine Nichte. Und sie ist auch nicht deine.« Kathleen sah mir in die Augen und funkelte mich an. Sie versuchte, etwas zu sagen, ohne es genau auszusprechen. Sie machte auf dem Absatz kehrt und ging davon.

Meine Absicht, die Vertrautheit zwischen Mila und mir zu erklären, ging völlig unter. Ich interpretierte Kathleens intensiven Blick als ihre Art, mir mitzuteilen, dass sie genau wusste, dass Mila nicht meine Nichte war und dass ich als männlicher Arbeitgeber nichts mit meinen Angestellten zu tun haben sollte, schon gar nicht in Form von Umarmungen, die falsch interpretiert werden konnten.

Ich musste Kathleen den Sieg in diesem Gespräch zugestehen.

Notiz an mich selbst, halte dich von Mila Jones fern. Sie schien mein Gehirn zu deaktivieren und in ihrer Nähe verhielt mein Körper sich, als gehöre er einem jüngeren Mann.

Es war leicht, Mila aus dem Weg zu gehen, als Kathleens reguläre Assistentin zurückkam. Wenn ich Mila sah, dann nur, weil sie an der Hauptrezeption saß. Sie war für diese Position hervorragend geeignet. Sie begrüßte jeden, mich eingeschlossen, mit einem strahlenden Lächeln und einer sanften Stimme. Es war schön, mit ihr zu sprechen.

Sie war ganz anders als das verschlossene Kind, an das ich mich erinnerte. Die Mimi in meinen Erinnerungen war kaum noch vorhanden, aber sie war meist eine mürrische, stille Erscheinung gewesen. Ganz anders als die Frau, zu der sie sich entwickelt hatte.

»Guten Morgen, Chandler«, rief sie mir zu, als ich sie das nächste Mal sah.

»Du hast dich daran erinnert, mich bei meinem Vornamen zu nennen«, sagte ich, als ich innehielt und mich gegen ihren Schreibtisch lehnte. Heute trug Mila leuchtende Farben und ihre Augen schienen die lila Töne ihrer Kleidung zu reflektieren.

»Du scheinst heute Morgen fröhlicher zu sein. Woran liegt das?«, fragte ich.

Sie schüttelte den Kopf. Lange kastanienbraune Strähnen umspielten ihr Gesicht. »Ich weiß es nicht. Vielleicht liegt es an der Beleuchtung in der Lobby?«

»Vielleicht. Mir gefällt diese Farbe an dir.« Ich klopfte auf den Schreibtisch und ging zu den Aufzügen. »Einen schönen Tag noch.«

»Dir auch.« Sie winkte mir freundlich zu, als ich ging.

Als ich mich umdrehte, um sie anzusehen, bemerkte ich, dass sie mich beobachtete. Ich zwinkerte ihr zu und musste lachen, als sie errötete und verwirrt den Blick abwandte.

Ich versuchte, nicht an sie zu denken, bevor ich sie das nächste Mal ein paar Tage später im Mitarbeitercafé sah. Sie balancierte einen Getränkehalter mit sechs mittelgroßen Kaffees in ihren Händen.

»Du weißt doch, dass es in den Pausenräumen Kaffeekannen gibt, wenn du für Meetings Kaffee kochen musst«, sagte ich.

»Hallo Chandler. Ja, ich weiß, das wäre viel einfacher gewesen. Das sind die Getränke für die Mitarbeiter im Marketing. Sie stehen kurz vor der Deadline, also kauft Mr. Williams Mokkas und Lattes für alle«, sagte sie lächelnd.

Ihr Lächeln erhellte ihr Gesicht und ließ ihre Augen funkeln. Ich hätte schwören können, dass sie dunkelblau, ja fast violett gewesen waren, als ich sie das letzte Mal richtig gesehen hatte, aber heute waren ihre Augen einfach nur grün und atemberaubend.

»Mark zwingt dich, ihn Mr. Williams zu nennen?«

»Solange er nicht sagt, dass ich ihn Mark nennen darf, ist er Mr. Williams. Ich muss sie nach oben bringen, bevor sie zu sehr abkühlen. Anscheinend funktioniert das Marketing hauptsächlich mit Koffein.«

»Wir sehen uns später, Mila.« Ich wollte sie lieber früher als später wiedersehen. »Nächstes Mal sollten wir uns vielleicht abstimmen und einen Kaffee zusammen trinken.«

Sie lächelte, nickte und eilte davon. Sie sah nervös aus. Ich dachte noch einmal über meine Worte nach, aber nichts schien zu unpassend gewesen zu sein. Ich bestellte mir einen Mokka und verstand den Bedarf an Koffein in der Marketingabteilung. Ich brauchte selbst welches.

Als ich meine Verwaltungsassistentin am nächsten Morgen an ihrem Schreibtisch erwartete, war ich angenehm überrascht, Mila dort sitzen zu sehen. Mit gerunzelter Stirn starrte sie auf den Computer. Sie blickte auf etwas auf dem Schreibtisch hinunter, bevor sie ihren besorgten Blick wieder auf den Monitor richtete.

»Ist hier alles in Ordnung?«, fragte ich.

»Die Anmeldung funktioniert nicht und ich bekomme keinen Zugang zu diesem Rechner. Das bedeutet, dass ich heute nicht sehr gut in meinem Job sein werde.«

Sie blickte nicht ein einziges Mal zu mir auf, sondern konzentrierte sich voll und ganz auf den Computer, der ihr Schwierigkeiten zu bereiten schien.

»Klapp die Tastatur hoch«, sagte ich.

»Was?«

»Die Tastatur.« Ich griff über den Schreibtisch und klappte die Tastatur hoch. »Heather hinterlässt dort normalerweise das Passwort für mich.«

Mila nahm mir das Gerät aus den Händen und klappte es bis ganz nach oben zu. Auf der Unterseite klebte ein grüner Zettel.

»Super, danke! Es wäre ärgerlich gewesen, wenn ich nicht reingekommen wäre.«

»Wo ist Heather?«

»Sie hat sich krankgemeldet und sie haben mich geschickt. Ist das in Ordnung?«

»Ja, das ist in Ordnung. Das ist toll. Ich wollte schon lange etwas mehr Zeit mit dir verbringen. Vielleicht müssen wir heute Abend länger arbeiten. Wir sollten uns etwas zu essen bestellen.« Ich machte einen Schritt in Richtung meines Büros, hielt inne und ging dann weiter. Das war zwar nicht das gewesen, was ich hatte sagen wollen, aber das war es, woran ich gedacht hatte. Ich war mir nicht sicher, ob das gut rübergekommen war. Ich wollte nicht, dass sie es falsch auffasste.

Ich nahm mein Handy und kontaktierte ihren Schreibtisch.

»Das ging aber schnell, du bist gerade erst reingekommen. Womit kann ich dir helfen?« Sie hörte sich ganz normal an, so als hätte sie meine Worte nicht als Belästigung oder Ähnliches aufgefasst.

»Ich hoffe, du hast das nicht falsch verstanden. Ich wollte dir nichts unterstellen ...«

»Du hattest letzte Woche gesagt, dass du dich auf einen Kaffee treffen willst. Wenn das also eine Einladung war, in der Arbeit zu Abend zu essen, dann würde ich nicht Nein sagen.«

Ich glucke leise vor mich hin. »Es wäre kein Arbeitsessen, Mila.«

»Ich würde trotzdem nicht Nein sagen, wenn du mich fragst.«

4

MILA

Ich starrte Chandler an einem kleinen Tisch in die Augen. Seine dunklen Züge wurden durch das sanfte Flackern des Kerzenlichts erhellt.

Ich konnte nicht aufhören, zu kichern. Ich lachte nicht, aber kleine, ständige Kicheranfälle sprudelten hervor. Ich spielte mit meinem Weinglas und mein Appetit auf Essen und Trinken wurde von meinen Nerven verdrängt.

Er nahm seinen Wein und ließ seine Finger über meinen Handrücken gleiten. Wieder kicherte ich über das sanfte Kitzeln seiner Berührung.

Als ich zugestimmt hatte, mit ihm essen zu gehen, hatte ich nicht mit einem winzigen, italienischen Lokal mit dunklen, romantischen Ecken gerechnet. Ich wusste, dass er mich zum Essen einlud, aber ein Teil von mir glaubte nicht, dass es sich um ein Date handeln könnte. Genau genommen war er mein Chef, also hatte ich gedacht, dass das Abendessen nach der Arbeit an einem öffentlicheren Ort stattfinden würde, mit frittierten Appetithäppchen und Großbildfernsehern im Raum.

Das hier war viel besser.

»Deine Augen sind einfach hypnotisierend.« Seine Stimme war ein tiefes Grollen.

Ich hatte nicht bemerkt, wie attraktiv er klang. Ich war schon seit Jahren in Chandler Owens verguckt. Sobald ich mir dieser Gefühle bewusst geworden war, fand ich alles, was er tat, sexy und cool. Seine Stimme hatte also schon immer erotische Gefühle in mir geweckt. Mir war nur nie bewusst gewesen, wie tief sie wirklich war. Die Art und Weise, wie sie in seiner Brust rumpelte, machte mich so heiß.

»Gefallen dir meine Augen?«

Kichern. Ich biss mir auf die Lippe und errötete. In der Nähe dieses Mannes war ich so peinlich. Bei der Arbeit war ich in der Lage gewesen, mein professionelles Verhalten beizubehalten, ohne auch nur mit der Wimper zu zucken. Okay, vielleicht hatte ich ein paar Mal mit der Wimper gezuckt. Vielleicht hatte ich sogar mit den Wimpern geklimpert und mehr mit ihm geflirtet, als ich es hätte tun sollen. Aber ich hatte meine Professionalität bewahrt. Ich hatte meine Arbeit gemacht und mich auf die anstehenden Aufgaben konzentriert. Aber jetzt war ich aufgeregt. Meine Haut kribbelte vor Nervosität. Alles, was er sagte, war witzig. Und ich konnte meinen Blick nicht davon abhalten, auf seinen Lippen zu verweilen.

Seine Lippen waren nicht übermäßig voll. Ich mochte dicke Lippen bei Männern nicht, aber ich war auch kein Fan von diesen dünnen Linien. Chandlers Mund lag perfekt zwischen diesen beiden Extremen. Seine Lippen waren schön geformt und ich konnte nicht aufhören, sie anzustarren. Während ich sie betrachtete, dachte ich natürlich daran, wie es wäre, ihn zu küssen und diese Lippen auf meiner Haut zu haben.

Sein Finger fuhr wieder über meine Fingerknöchel. »Ich habe versucht, herauszufinden, welche Farbe deine Augen haben. Im Moment sind sie dunkel. Vorhin hätte ich schwören können, sie wären blau. Neulich waren deine Augen eindeutig grün. Als ich das letzte Mal auf diese Dinge geachtet habe, konnten die Leute ihre Augenfarbe nicht ändern, um sie an ihre Kleidung anzupassen.

Ich kichere wieder.

»Das liegt daran, dass du keine Brille trägst. Außerdem ist das ein Geheimnis«, sagte ich, bevor ich mir wieder auf die Lippe biss.

»Geheimnis?« Er neigte den Kopf zur Seite, nickte und nahm schließlich einen Schluck von seinem Wein. Er setzte sich aufrecht hin, sodass er mir nicht mehr so nahe war. »Ich weiß, dass ich eine Frau nicht nach ihrem Alter fragen und auch keine Bemerkungen über ihr Haar machen sollte. Schon gar nicht, wenn sie auf magische Weise ihre Farbe, Länge oder Frisur ändern. Aber im Ernst, dieser Augentrick von dir hat mich völlig verblüfft. Ich mag es nicht, wenn ich ein Geheimnis nicht lüften kann. Ich bin ein Mann der Antworten. Und das …« Er deutete auf mich. »Ist verwirrend.«

Ich kicherte wieder über sein Rätseln. Es gefiel mir, dass ihn etwas, das ich getan hatte, aus der Fassung brachte. Ein sexy erwachsener Mann war von mir verwirrt. Das fühlte sich nach Macht an.

»Hast du mir wirklich die ganze Nacht in die Augen gestarrt und dir nur Gedanken über ihre Farbe gemacht? Das wäre eine Verschwendung von gutem Kerzenlicht.«

Kurz hinter dem Rand der Wand, die uns den Eindruck von Privatsphäre vermittelte, räusperte sich eine Kehle laut. Das war Warnung genug. Sekunden später erschien der Kellner mit unseren Mahlzeiten. Ich setzte mich auf und lehnte mich zurück, um dem Kellner Platz zum Abstellen der Speisen zu geben.

»Das riecht fantastisch«, sagte ich, während ich meine Serviette wieder auf meinen Schoß legte.

Der Kellner füllte unsere Weingläser nach, bevor er uns allein ließ.

»Was hast du noch mal bestellt?«, fragte ich, als ich Chandlers Teller betrachtete. Alles war mit einer Tomatensoße übergossen und mit

Parmesankäse bestreut. Ich war so abgelenkt von ihm gewesen, dass ich seiner Essensauswahl keine große Beachtung geschenkt hatte. Ich hatte mich auf die Ravioli beschränkt, weil ich zu ängstlich gewesen war, um mir die Speisekarte richtig anzusehen.

»Was hast du genommen?«, konterte er und musterte meinen Teller.

Bei mir waren es offensichtlich kissenförmige, gefüllte Nudelquadrate, bei ihm war es ein geheimnisvoller Berg aus Käse und Soße.

»Ich habe zuerst gefragt«, beschwerte ich mich.

»Aubergine mit Parmesan.« Er begann, mit der Gabel in seinem Teller herumzustochern. »Und irgendwo hier drunter ist eine italienische Wurst. Aha!« Er hob die Gabel mit einem aufgeschnittenen Stück Fleisch in die Höhe.

»Das hatte ich noch nie«, gestand ich.

Er steckte sich den Bissen Wurst in den Mund und begann zu kauen. Das nahm ich als Anlass, mit dem Essen zu beginnen.

Die Ravioli waren käsig und herzhaft.

»Willst du mal probieren?«, fragte Chandler.

Ich nickte, denn mein Mund war zu voll, um zu antworten. Ich trank einen Schluck Wein, um mein Essen herunterzuspülen, damit ich sprechen konnte. »Oh, ja, bitte.«

Methodisch schnitt er ein Stück ab und hob seine Gabel. Ich beugte mich vor und öffnete meinen Mund, als er die Gabel zu mir bewegte.

»Nein.« Plötzlich zog er die Gabel zurück und nahm den Bissen selbst.

Jetzt stand mein Kiefer weit offen, aber aus einem anderen Grund: Empörung.

Chandler grinste, während er kaute. Er machte eine Show daraus, sich die Mundwinkel mit der Serviette abzutupfen. Er schaute nicht mehr zu mir, sondern konzentrierte sich auf sein Essen.

Ich lehnte mich zurück und gab ein kleines Brummen von mir.

»Ich dachte, du wolltest einen Bissen«, sagte er, als er die Gabel wieder hochhielt.

»Will ich auch, aber ich will keine Spielchen spielen. Das heißt also, ich verzichte.«

»Du bist eine Spaßbremse«, beschwerte er sich.

»Ich bin immer für Spaß zu haben. Aber mich zu necken, um eine emotionale Reaktion zu bekommen, macht keinen Spaß. Meine Gefühle sind nicht zu deiner Unterhaltung da.« Ich hob eine Augenbraue und nahm einen Bissen von meinem eigenen Essen. Ich schloss meine Augen. Ich ließ ihn in dem Glauben, dass mir die Ravioli unglaublich gut schmeckten, obwohl ich mich in Wirklichkeit sehr bemühte, nicht in sein Gesicht zu schauen.

Ich hätte Nein sagen sollen, als er mich um ein Date bat. Was habe ich mir nur dabei gedacht? Lerne deine Helden nie kennen, sie werden dich immer enttäuschen.

»Wirst du mir das Geheimnis deiner Augen verraten, wenn ich dir einen Bissen gebe? Ein fairer Tausch? Keine Spielchen mehr«, sagte er.

Ich öffnete meine Augen und sah ihn an. Er klang so ernst.

»Keine Spielchen mehr?«, fragte ich.

Er nickte und nahm eine weitere Gabel von seinem Essen.

»Ich trage Kontaktlinsen, und zwar solche, die die Augenfarbe verändern.«

»Kontaktlinsen. Das ergibt Sinn.« Er hob die Gabel in meine Richtung.

Ich beugte mich vor und öffnete meinen Mund.

Mit einem Glucksen zog er die Gabel wieder zurück.

Ich schloss meinen Mund und blickte ihn an.

»Tut mir leid, ich sagte, keine Spielchen mehr. Mein Fehler.«

Diesmal nahm ich ihm die Gabel aus der Hand. Das Essen war köstlich. Ich musste daran denken, irgendwann mal hierher zurückzukommen. Ich reichte ihm die Gabel zurück.

»Ich hätte nicht gedacht, dass ich Auberginen mag. Zumindest habe ich sie noch nie so zubereitet, dass ich sie mochte. Das ist wirklich köstlich. Danke, dass du das mit mir geteilt hast. Willst du einen Bissen von mir?«

Chandler schüttelte den Kopf. »Ich bin eher an einem Bissen von dir interessiert.«

Ich hielt den Atem an. Es war gut, dass ich kein Essen oder Wein im Mund hatte. Ich hätte mich verschluckt. Die Zeit blieb stehen und ich geriet völlig in Panik. Wie sollte ich auf so etwas reagieren?

»Ich habe meinen Namen nicht auf der Speisekarte gesehen«, sagte ich. Ich wollte nicht, dass er dachte, ich sei verzweifelt und würde mich ihm an den Hals werfen. Ich musste mich bemühen, um nicht »Ja, bitte« zu sagen. Er hatte mich dazu gebracht, mich um diesen Bissen seines Essens zu bemühen. Um die Sache auszugleichen, sollte ich dafür sorgen, dass er es schwer hat, mich zu bekommen.

»Die besten Desserts werden nie im Restaurant serviert«, sagte er.

Ich nickte zustimmend.

»Und wenn ich Ja sage, müssen wir zu dir gehen. Ich glaube nicht, dass mein Vater gut darauf reagieren würde, wenn ich einen fremden Mann mit nach Hause bringe.«

»Ich bin kein Fremder, Mila.«

Ich leckte mir über die Lippen und mein Mund war plötzlich trocken. »Ehrlich gesagt glaube ich, das würde ihm noch weniger gefallen.«

Chandler gluckste. »Das ist eine Untertreibung. Dan ist ein ziemlicher Beschützer. Wenn er wüsste, dass wir so zu Abend essen ...« Er schüttelte den Kopf und stieß einen Seufzer aus. »Ich riskiere zwar, dass ich mich verletze, aber ich kann nicht anders, als herauszufinden, wohin das führt.«

»Und wenn wir zu dir nach Hause gehen? Was dann?«, fragte ich.

»Selbst wenn das hier nur auf dem Parkplatz endet und wir getrennte Wege gehen, sollten wir klären, wie wir in der Arbeit damit umgehen.«

Ich nahm einen großen Schluck von meinem Wein. »Wir wissen beide, dass das mit einem Nachtisch bei dir enden wird. Also ja, wir brauchen ein paar Grundregeln. Erst die Arbeit und dann mein Vater.«

»Dan ist einfach. Wir sagen nichts«, sagte Chandler.

»Bei der Arbeit ist es genauso einfach. Wir sagen nichts. Jeder weiß bereits, dass wir uns kennen, weil du Dads Freund bist. Wir können es dabei belassen. Vielleicht sollten wir mit dem Flirten aufpassen. Ich glaube, das Letzte, was wir beide wollen, ist, dass Kathleen McDonald die Personalabteilung in etwas einweiht. Sie beobachtet mich schon wie ein Falke, wenn ich ganz normal meine Arbeit mache.«

Er streckte mir seine Hand über den Tisch hinweg entgegen. »Abgemacht?«

Ich schüttelte seine Hand. »Abgemacht.«

Er ließ meine Hand nicht los, als ich es erwartete. Stattdessen zog er meine Hand zu seinen Lippen und küsste meine Knöchel. Mein Inneres überschlug sich und ich konnte nicht mehr denken.

»Ich konnte nicht widerstehen, einen Vorgeschmack auf das zu bekommen, was noch kommen wird.« Als er zwinkerte, dachte ich, mein Innerstes würde explodieren.

5

CHANDLER

Ich reichte dem Kellner meine Kreditkarte, bevor er daran denken konnte, unsere Teller abzuräumen oder mir die Rechnung zu bringen. »Leg zwanzig Prozent als Trinkgeld drauf.«

Ich half Mila gerade in ihren Mantel, als er mit meiner Karte und der Rechnung zum Unterschreiben zurückkam. Ich kritzelte schnell meine Unterschrift hin, denn ich hatte es ein bisschen eilig, Mila nach Hause zu bringen. Ich führte sie zu meinem Auto.

»Nein.« Sie hielt mich auf. »Ich fahre selbst, damit ich gehen kann.«

»Na gut«, brummte ich. »Folgst du mir?«

»Natürlich. Aber ich brauche deine Adresse, falls ich dich verliere.«

»Du wirst mich nicht verlieren«, knurrte ich. Ich dachte nicht logisch, und sie schon.

»Chandler, gib mir deine Adresse.« Sie drückte mir ihr Handy in die Hand.

Ich tippte meine Adresse ein.

»Danke.« Sie drehte sich um und zeigte auf ein älteres rotes Auto, das eine Reihe hinter meinem stand. »Das ist meins. Wenn du mehr als zehn Kilometer pro Stunde über der Geschwindigkeitsbegrenzung fährst, verlierst du mich.«

Ich schaute immer wieder in den Rückspiegel, um mich zu vergewissern, dass sie noch da hinten war. Ich konnte nicht glauben, dass Dan ihr erlaubt hatte, sich ein eigenes Auto zu kaufen, und dann auch noch eine alte Schrottkiste. Als ich in ihrem Alter war, frisch von der Uni und eingebildet, fuhr ich einen Corvette. Es war sowieso alles Geld aus dem Treuhandfonds. Wenn ich es nicht ausgeben würde, wer dann?

Ich fuhr in meine Einfahrt. Mila war nicht hinter mir. Ich stieg aus dem Auto und wartete. Wann waren ihre Lichter aus meinem Spiegel verschwunden? Wann hatte ich aufgehört, auf sie zu achten? Mist. Ich hätte ihr sagen sollen, dass ich sie zurückfahren oder einen Wagen bezahlen würde, der sie zurückbrachte. Zum Glück kam sie einen Moment später an.

»Ich dachte, du wolltest mich nicht verlieren?«, neckte sie, als sie ihre Autotür schloss.

Ich trat vor und streckte ihr meine Hand entgegen. »Komm rein, lass mich das wiedergutmachen.«

»Bietest du mir einen Drink an?«, fragte sie.

»Willst du einen?«

»Ein bisschen Wein wäre schön.«

Sie folgte mir in die Küche, wo ich uns beiden ein Glas einschenkte.

»Du kannst deine Jacke ausziehen und deine Tasche irgendwo abstellen«, sagte ich.

»Ich werde sie bei mir behalten. Ich will nicht, dass ich sie später nicht mehr finde.«

Sie hob ihr Glas zu mir. Ich berührte es mit meinem und sie erzeugten ein leises Klirren. »Das ist nett, aber deswegen bin ich nicht hier, oder?«

»Du hast gesagt, du willst etwas trinken. Hättest du lieber eine Tour?«

»Nur wenn du mir all die Möbel zeigen willst, auf denen du mich vögeln willst.«

Ich verschluckte mich. Sie war ganz und gar nicht schüchtern.

»Also, dann das Schlafzimmer.« Ich stellte mein Glas ab. Ich musste nicht darauf warten, dass Mila ihres abstellte, denn sie tat es sofort. Mit ihrer Hand in meiner führte ich sie die Treppe hinauf.

Als sie durch die Tür ging, stellte sie ihre Sachen zur Seite und begann, ihre Schuhe auszuziehen.

Ich legte meinen Arm um ihre Taille und drehte sie, bis sie an mich gepresst war. Meine Lippen verschmolzen mit ihren. Seit Stunden – nein, seit Tagen wollte ich sie küssen. Seit Wochen, wenn ich ganz ehrlich zu mir selbst war.

Sie stöhnte und ließ ihre prallen Lippen über meine gleiten. Sie war warm und weich. Ich wollte ihren Körper, ihr ganzes Wesen, für mich beanspruchen. Mein Schwanz war bereits steinhart. Ich füllte meine Handfläche mit ihrer Brust. Mehr Wärme, mehr Weichheit.

Ich war verdammt froh, dass sie nicht darauf bestanden hatte, ihre Zeit mit Plaudern oder Weintrinken zu verschwenden. Wir waren hier, um das zu tun, und nur das.

Sie stieß mich zurück und ich taumelte ein paar Schritte. Bevor ich protestieren konnte, zog sie ihre Klamotten aus. Da ich mir keinen offensichtlichen Hinweis entgehen lassen wollte, öffnete ich die Knöpfe meines Hemdes und zog gleichzeitig meine Schuhe aus.

Sie streifte ihren BH ab und ich hielt inne. Ihre herrlich runden Brüste lagen frei vor mir. Scheiß auf meine Klamotten. Mit einem leisen Knurren verringerte ich den Abstand zwischen uns, vergrub mein Gesicht an ihr und saugte eine perfekte Brustwarze in meinen Mund. Ihre andere Brust war heiß und schwer in meinem Griff.

Scharfe Fingernägel kratzten an meiner Kopfhaut, während Mila ihre Finger in meinem Haar versenkte. Jemand stöhnte. Vielleicht war es ich, denn ich hatte den Mund voller herrlicher Haut – vielleicht war es sie, als sie sich an mich presste. Ich verschlang ihre Brüste und küsste sie, während ich meine Aufmerksamkeit von einer Brustwarze zur anderen lenkte. Ich leckte, bis der kleine Nippel hart war und um meine Aufmerksamkeit bettelte.

Sie zog mich an den Haaren, bis ich mein Gesicht von ihren Genüssen abwandte. Sie gab mir ihren Mund und begann mich nach hinten zu drücken, bis ich zurücktrat. Das Bett stieß gegen meine Kniekehlen und ich fiel auf die Matratze. Mila folgte mir und krabbelte über meinen Körper. Sie öffnete meine Hose. Sie zog sie von meinen Oberschenkeln herunter und gab meine Erektion frei.

»Oh, das ist schön. Und das ist alles für mich«, kicherte sie und umschloss mich dann mit ihrem Mund.

Ich konnte nicht mehr denken. Milas Mund war so warm und feucht. Ihre Zunge wirbelte um die dicke Ader an meinem Schaft. Ich stieß einen Atemzug aus. Das war unerwartet und so willkommen. Zuerst wollte ich ihre Haut berühren, aber ich begnügte mich damit, mit meinen Händen über ihr Haar zu fahren und die seidigen Strähnen auf meinem Bauch zu spüren.

Meine Eier verkrampften sich und meine Hüften zuckten. Oh, ich kannte dieses Gefühl nur zu gut. Ich war heute Abend nicht bereit, dieses Spiel zu spielen. Ich wollte sie dazu bringen, meinen Namen zu schreien, und dafür musste mein Schwanz voll einsatzbereit sein.

Ich drückte ihren Kopf weg. Das war eine schwierige Entscheidung; ihre Blowjob-Fähigkeiten waren außergewöhnlich.

Sie sah mich mit einem Schmollmund an.

»Komm her.« Ich zog sie zu mir heran und küsste sie. Ihre magischen Zungenbewegungen kamen beim Küssen voll zum Einsatz.

Ich schob meine Hand zwischen uns und fand ihre Muschi. Sie war klatschnass. Da hatte wohl jemand Spaß daran, an meinem Schwanz zu lutschen. Ich ließ meine Finger um sie herum gleiten und fand ihre Klitoris. Ich wurde mit Hüftbewegungen und einem Stöhnen belohnt.

»Ich bin dran.« Ich drehte sie auf den Rücken, ließ meine Zunge über ihre Schamlippen gleiten und saugte an ihrem Kitzler.

Mila packte mich wieder an den Haaren und stemmte sich gegen mein Gesicht. Vermutlich freute sie sich darüber, dass ich den Gefallen erwiderte. Ihre Innenwände verkrampften sich um meine Finger, als ich sie tief in sie hineinschob. Sie pulsierte und ich ahnte, dass sie kurz davor war.

Ich verließ ihren Körper lange genug, um ein Kondom zu holen. Als ich zurückkam, lächelte sie mich an und streckte ihre Arme nach mir aus. Ich ließ mich in ihre Umarmung sinken und schmiegte mich an sie. Sie küsste mich leidenschaftlich, während ich meine Hüften ausrichtete und tief in sie hineinglitt. Wir wippten und rasten dem Höhepunkt der Lust entgegen.

Ich wusste nicht, was es mit dieser Frau auf sich hatte, aber mein Körper reagierte auf sie, als wäre ich noch nie berührt worden und könnte jeden Moment explodieren. Sie kam und ihre Muskeln verkrampften sich, als ihre Finger sich in meine Schultern gruben. Sie warf den Kopf nach hinten und stöhnte laut auf.

Ich stieß weiter in sie, bis ich mich nicht mehr bewegen konnte. Ich schrie oder brüllte nicht. Der Atem war aus meinem Körper verschwunden, als meine Welt sich von innen nach außen wölbte und ich in ihr explodierte.

Ich rollte mich auf die Seite und zog sie an mich. Das war bemerkenswert und sie war jeden Moment wert gewesen, der zu diesem Höhepunkt geführt hatte.

Mila gab ein zufriedenes Stöhnen von sich und küsste mich, bevor sie sich wegrollte und ins Bad huschte. Als sie zurückkam, sammelte sie ihre Kleidung vom Boden auf.

»Gehst du schon?«, fragte ich.

»Ich habe Dad gesagt, dass ich nicht zu spät kommen werde. Ich muss heute früh aufs Boot.«

»Du wirst auch da sein? Und er weiß nicht, dass du mit mir unterwegs bist?«

»Ob ich auf dem Boot sein werde? Das wird von mir erwartet. Sagst du es Dad? Ach, stimmt ja. Wir haben vereinbart, dass das ein Geheimnis bleibt.« Sie zwängte sich in ihre Kleidung. Das war fast so sexy wie ein Striptease.

»Deine Haare sind ein Chaos.«

Sie hob die Hand und berührte sie, bevor sie zu mir hinüberschaute. »Nun, das ist deine Schuld. Ich schätze mal, du hast keine Bürste oder Haargummis, oder?«

Mit einem Stöhnen setzte ich mich auf und schwinge meine Beine auf den Boden. »Mit einer Bürste kann ich dir helfen, aber ich habe keine Haargummis.« Ich watschelte über den Teppichboden und in mein Badezimmer.

»Nichts? Nicht einmal Reste von deiner letzten Liebhaberin?«

Sie war so gelassen. Sie war nicht anhänglich und bettelte nicht darum, über Nacht bleiben zu dürfen. Mila ging völlig sachlich mit der Sache um. Das war erfrischend. Ich brauchte ein wenig Erfrischung in meinem Leben.

»Ich habe nichts mehr von meiner letzten Liebhaberin übrig«, gab ich zu. Ich ging zurück durch das Schlafzimmer und reichte ihr meine Bürste. Ich hatte nie verstanden, warum manche Frauen beim Teilen von Dingen wie Haarbürsten wütend wurden. Schon gar nicht, nachdem ich mein Gesicht zwischen ihren Beinen vergraben hatte. Eine Bürste war viel weniger intim.

Sie nahm sie mit einem Nicken und einem leisen »Danke« entgegen und strich damit durch die langen, verfilzten Strähnen.

Als sie fertig war, ließ sie sie auf das Bett fallen.

»Das hat Spaß gemacht. Wir sollten ...«

Sie stand auf und legte ihre Finger auf meinen Mund.

»Hör auf damit«, unterbrach sie mich. »Spaß ist gut. Aber jetzt ist es genug, okay? Niemand darf wissen, dass das passiert ist.«

Ich versuchte, ihre Finger in meinen Mund zu saugen. Meine Hände glitten über ihre Hüften und ich zog sie an meinen Körper. Der Spaß war außergewöhnlich. »Einverstanden, das ist unser Geheimnis. Und ja, Spaß ist gut. Dürfen wir ihn wieder haben?«

»Ich bin dabei. Ich schätze, das hängt von dir ab.« Sie stellte sich auf ihre Zehenspitzen und küsste mich auf den Mund. »Gute Nacht, Chandler. Wir sehen uns später im Jachthafen.« Sie nahm ihre Jacke und ihre Tasche und ging.

6

MILA

Ich verließ Chandlers Haus, als wäre das etwas, was ich jeden Tag tat. Ich hatte umwerfenden Sex gehabt und war dann gegangen. Meine Beine konnten kaum noch funktionieren, aber es gab einen Grund, warum ich nicht über Nacht bleiben konnte.

Ich wollte bleiben. Ich wollte mit Chandler kuscheln und ihm sagen, dass er alles war, wovon ich je geträumt hatte. Denn ein echter Chandler Owens war allemal besser als meine Fantasie von ihm. Wenn ich also nicht gegangen wäre, hätte ich mich zum Narren gemacht und Chandler hätte gemerkt, dass er mit mir einen Fehler gemacht hatte.

»Hattest du Spaß?«, rief Dad mir zu, als ich nach Hause kam.

Ich versuchte, leise zu sein, aber das machte keinen Unterschied. Mein Herz begann zu rasen und ich musste meinen Atem beruhigen. Er hatte keine Ahnung, was ich gerade getan hatte und mit wem ich unterwegs gewesen war.

»Solltest du nicht schon längst im Bett sein?«, fragte ich.

»Ich lese gerade das Kapitel zu Ende.« Er schaute mich über sein Buch hinweg an.

»Also, ich gehe jetzt duschen, damit ich morgen früh nicht duschen muss. Um wie viel Uhr fahren wir los?«

Nachdem er mir die Uhrzeit verraten hatte, versicherte ich ihm, dass ich meinen Wecker fünfzehn Minuten früher stellen würde.

»Das ist aber knapp, oder?«

»Ich rolle aus dem Bett, ziehe mich an und bin bereit. Was denkst du, warum ich jetzt dusche?«

Ich ging die Treppe hinauf und legte meine Sachen auf dem Bett ab, bevor ich ins Bad ging. Während ich mich für die Dusche auszog, überprüfte ich immer wieder die Stellen auf meiner Haut, an denen Chandler ziemlich aggressiv gewesen war. Ich wollte den Tag nicht in Shorts und Badeanzug verbringen, wenn ich Fingerabdrücke auf meinen Armen und Beinen oder Knutschflecken an meinem Hals hatte.

Auf meiner linken Brust befand sich tatsächlich ein gequetschter Knutschfleck. Meine Arme, Beine und mein Hintern waren makellos. Ich würde ein T-Shirt anziehen, das war für Dad nichts Ungewöhnliches. Ich hatte schon vor Jahren aufgehört, meinen Körper zu verstecken. Das letzte Mal, als ich an den Strand gegangen war, hatte ich sogar einen Bikini angezogen.

Am nächsten Morgen sah meine Badegarderobe etwas anders aus, als ich es mir gewünscht hätte. Mein Bikinioberteil hätte den Fleck auf keinen Fall verdecken können, und es war ziemlich offensichtlich, was ihn verursacht hatte. Ich wachte zwar fünfzehn Minuten vor unserer Abfahrt auf, aber ich war immer noch müde und erschöpft, als ich aufstand.

»Können wir anhalten, damit ich mir einen Mokka holen kann?«, fragte ich, als ich auf den Beifahrersitz seines Geländewagens stieg.

»Du hättest auch etwas früher aufstehen und zu Hause Kaffee machen können.«

»Dad, wir haben nur koffeinfreien Kaffee zu Hause. Ich brauche Koffein«, jammerte ich.

»Du bräuchtest kein Koffein, wenn du früher zu Hause gewesen wärst.«

Ich warf ihm einen bösen Blick zu, verschränkte die Arme und schaute während der ganzen Fahrt zum Hafen aus dem Fenster. Er konnte ein ganz schön sturer, alter Mann sein. Ich konnte auch stur sein, schließlich war ich seine Tochter.

»Siehst du das Boot?«, fragte Dad, als wir vorfuhren.

»Von hier aus kann ich es nicht sehen«, gab ich zu.

Dad hatte unser Boot in einem Trockenlager untergebracht. Die Angestellten des Jachthafens benutzten einen riesigen Gabelstapler, um das Boot ins Wasser zu bringen. Als ich jünger gewesen war, hatte er sein Boot – ein anderes Boot als das, das er jetzt besaß – von unserem Haus zur Startrampe und zurück transportiert. Dieser Weg war viel einfacher, auch wenn es Dad sauer machte, wenn das Boot bei unserer Ankunft noch nicht im Wasser war.

»Ich glaube, das ist unseres«, sagte ich. Ich sprang aus dem Auto, bevor Dad parkte.

Ich schirmte meine Augen vor der Sonne ab und beobachtete, wie der riesige Gabelstapler ein weiteres Boot zum Wasser hinausfuhr.

»Mimi? Bist du das?«

Ich drehte mich um und lächelte in die Richtung der vertrauten Stimme. »Hallo, Mr. Butler, ich wusste nicht, dass Sie zu uns stoßen würden. Dad sagte, Sie seien sehr beschäftigt.«

»So könnte man es nennen«, brummte Mr. Butler.

»Ist das mein Boot?«, fragte Dad, als er sich zu uns gesellte.

»Es ist die Aprilregen II. Das muss dein neues Boot sein«, sagte Mr. Butler über seine Schulter. »Hey Dan, warum hast du mir nicht gesagt, dass Mimi so erwachsen geworden ist?«

»Hör auf, meine Tochter anzuschauen«, bellte Dad.

»Ich benutze diesen Spitznamen nicht mehr, Mr. Butler«, sagte ich.

»Du kannst mich McLain nennen. Bist du sicher, dass du kein Interesse daran hast, die nächste Ex-Mrs. Butler zu werden?«

»Ist deine Scheidung überhaupt schon vollzogen? Hör auf, meine Verwaltungsangestellte anzubaggern«, sagte Chandler, als er sich unserer kleinen Versammlung näherte.

»Mimi hat nicht gesagt, dass sie direkt für dich arbeitet«, sagte Dad und warf mir einen vorwurfsvollen Blick zu.

»Ich habe dir gesagt, dass ich eine Aushilfskraft bin. Ich war die ganze Woche in Chandlers Büro.«

»Du nennst ihn jetzt auch Chandler?«, fragte Dad.

Ich verdrehte die Augen und holte die Kühlbox und meine Reisetasche aus dem Kofferraum des SUVs. Das Boot war fast startklar.

»Die Papiere sind unterschrieben, ich warte nur noch auf das Okay des Richters, dann kommt die obligatorische Wartezeit. Ich bin so gut wie legal Single«, setzte McLain das Gespräch zwischen ihm und Chandler fort.

»Mach meiner Tochter keinen Antrag, du bist zu alt für sie«, brummte Dad.

»Soll ich dir dabei helfen?«, fragte Chandler leise und stellte sich neben mich, während ich in den SUV lehnte. Dad und McLain unterhielten sich weiter über mein und sein Alter.

»Danke, kannst du die Kühlbox nehmen?« Wir flüsterten fast. Es fühlte sich an, als würden wir ein Geheimnis bewahren.

Chandler hob das schwere Teil hoch und ich bewunderte die Art und Weise, wie seine Arme sich anspannten. Der Mann war gebaut wie ein griechischer Gott. Er bewegte sich auch wie einer.

»Ich wohne immer noch zu Hause«, sagte ich und nahm das Gespräch von Dad und McLain wieder auf. »Vielleicht ist das ein besserer Indikator für meine Verfügbarkeit als mein Alter.«

»Ich bin jünger als dein Vater, und wenn du gerade deinen Abschluss gemacht hast, bist du zweiundzwanzig«, sagte McLain. Wir gingen alle in Richtung des Bootes.

»Dreiundzwanzig«, korrigierte ich.

»Du bist dreiundzwanzig?« Chandler blieb stehen.

Ich nickte.

»Siehst du, das ist perfekt. Ich bin erst vierzig. Das ist ein ganz normaler Altersunterschied. Warte, Dan, wie alt bist du? Ich dachte, du wärst erst zweiundvierzig. Das bedeutet … Oh, oh.«

McLain schien schnell zu begreifen, was er vorhatte. Chandler holte ihn von hinten ein.

»Kommt noch jemand mit?«, fragte ich.

»Dein Vater hat gesagt, dass wir um zehn Uhr hier sein sollen. Ich bin sicher, sie kommen gleich«, sagte McLain.

»Es ist erst halb zehn. Ihr seid zu früh«, konterte ich.

»Wenn es um deinen Dad und ein Boot geht, ist pünktlich zu spät«, sagte Chandler.

Es dauerte ein paar Minuten, bis wir alles, was wir getragen hatten, auf die Aprilregen II gebracht hatten. Dad musste zum SUV laufen, um eine weitere Tasche mit Vorräten zu holen. Ich begann, die Waterboarding-Ausrüstung und den riesigen Reifen zu überprüfen.

»Hier, ich blase ihn auf«, McLain schnappte sich den Reifen, stieg aus dem Boot und ließ mich mit Chandler allein.

Er packte mich um die Mitte und zog mich an seine Brust.

Ich warf einen Blick darauf, was Dad gerade tat. Ich glaubte nicht, dass er uns dort, wo wir standen, sehen konnte. Ich küsste Chandler.

»Gefährlich«, gluckste er.

»Du hast mich zuerst gepackt.«

»Aber ich habe dich nicht geküsst«, sagte er mit einem leisen Grollen.

»Hey, du hast gestern Abend überall auf meinen Brüsten Spuren hinterlassen.« Ich zog den Ausschnitt meines T-Shirts herunter, um ihm den blauen Fleck zu zeigen.

Er packte meine Hände und rückte mein Shirt wieder zurecht. »Pack das weg.«

»Willst du dich nicht einmal entschuldigen?«, stichelte ich.

»Kein bisschen, aber zeig das bloß nicht herum«, sagte er in einem sehr erfreuten Ton.

»Hey, schaut mal, wen ich gefunden habe!« Dad ging mit einem anderen seiner Kumpels den Steg hinunter. McLain war bei ihnen, der Reifen voll aufgeblasen.

»Doug, du erinnerst dich doch an Mila. Sieh sie nicht an, ich mache sie mit dem Gedanken vertraut, dass sie meine nächste Frau wird.«

»McLain«, grummelte Chandler, »der Witz wird langsam alt.«

»Hast du ein Auge auf sie geworfen?«, fragte McLain.

»Keiner hat ein Auge auf mich geworfen. Tut mir leid, aber die Aussicht, deine nächste Ex zu sein, ist weniger interessant, als die nächsten fünf Jahre zu Hause zu wohnen.«

Doug machte affenähnliche Geräusche und klopfte McLain auf die Schulter.

Ich kümmerte mich darum, dass alle Vorräte an Ort und Stelle waren, während Dad und die Jungs über das letzte Baseballspiel sprachen und ihre Handys überprüften, um zu sehen, ob noch jemand kommen würde oder nicht.

Mit einem lauten Klatschen verkündete Dad: »Wir sind die Einzigen.«

Er startete den Motor und trat das Gaspedal durch. Die Aprilregen II verließ die Anlegestelle und begann, aus dem Hafen zu fahren.

»Du hast also nicht vor, den Rest deines Lebens mit Dan zusammenzuleben?«, fragte Chandler. Er setzte sich zu mir an den Bug des Bootes.

Ich schüttelte den Kopf. »Nein, aber ich will auch versuchen, etwas alleine zu schaffen. Das ist schwer. Die Wohnungsmieten sind wahnsinnig hoch und ich sage es nur ungern, aber deine Firma zahlt kaum einen existenzsichernden Lohn.«

Er öffnete seinen Mund, um zu protestieren.

»Niemand zahlt einen existenzsichernden Lohn, das ist das Problem, Chandler. Ihr bezahlt mir mehr als die meisten Einsteigerjobs. Ich glaube nur nicht, dass ihr Firmenchefs wisst, was die Dinge wirklich kosten.«

»Warum lässt du deinen Vater dann nicht für deine Ausgaben aufkommen und dir ein neues Auto kaufen?«

»Hast du deinen Vater dein erstes Auto kaufen lassen?«, fragte ich.

Er zuckte mit den Schultern. »Das war mir ehrlich gesagt egal. Aber dir ist es anscheinend wichtig.«

»Ja, mir schon.« Ich stand auf. Es fühlte sich nicht sicher an, so nah bei ihm zu sitzen. Ich machte mir mehr Sorgen darüber, was ich tun oder sagen könnte, als darüber, was Chandler tun würde.

»Hey, Dad, kann ich fahren?«

7

CHANDLER

Der Tag auf dem Boot war frustrierend. Ich musste so tun, als wäre Mila nicht sexy. Ich verbrachte die meiste Zeit damit, an rohes Hühnchen und Gletscher zu denken. Irgendetwas Ekliges und Kaltes, damit ich keinen Ständer bekam.

Und zu allem Überfluss musste ich jedes Mal lachen, wenn McLain etwas zu oder über Mila sagte oder tat. Ja, wir waren uns alle bewusst, dass sie sich von einem unbeholfenen Kind zu einem wunderschönen Schwan entwickelt hatte. Und ich wurde den ganzen Tag lang daran erinnert, dass diese Kommentare nicht angemessen waren. Mila war die Tochter meines Freundes und ich kannte sie schon seit Jahren.

Anstatt mich für das, was ich mit Mila gemacht hatte, schuldig zu fühlen, hatte ich mit meinen besitzergreifenden Tendenzen zu kämpfen. Mila gehörte mir. Mir und nur mir. Wie konnten meine Freunde es wagen, sie mit Blicken zu betrachten, die ihre Kurven zu schätzen wussten.

Am Montagmorgen saß sie am Empfangstresen. Ich war enttäuscht, sie dort zu sehen und nicht vor meinem Büro.

»Guten Morgen, Daphne, Mila«, grüßte ich die beiden Frauen, als ich hereinkam.

Daphne winkte mir zu. Sie war am Handy. Gut, ich war sowieso nicht daran interessiert, mit ihr zu reden.

»Hattest du dieses Wochenende Spaß?«, fragte ich Mila.

»Nicht annähernd so viel, wie ich es mir gewünscht hätte. Ich musste auf dem Boot meines Dads Zeit mit seinen perversen, alten Freunden verbringen.«

»Pervers?«

»Ja, einer von ihnen hat ständig versucht, mich anzubaggern. Er hat mich damit aufgezogen, dass ich seine nächste Ex-Frau werde. Es war super unangenehm«, sagte sie, als hätte ich das nicht mitbekommen.

»Hast du es deinem Vater gegenüber erwähnt?«, fragte ich. Wenn ich so daran zurückdachte, hatte Dan wirklich nicht viel gesagt oder getan, um McLain von diesen Kommentaren abzuhalten.

»Das habe ich auf der Heimfahrt. Er sagte, der Typ sei nur ein Witzbold.« Sie hielt inne und legte ihre Hand auf meinen Arm. »Wenn die Person, über die der Witz gemacht wird, sich unwohl fühlt, ist er nicht lustig. Und für andere sollte er auch nicht lustig sein. Verstehst du, was ich damit sagen will?«

Ich schaute ihr in die Augen. Sie hatten heute eine schöne goldbraune Farbe. Sie war nicht glücklich darüber, dass sie McLains derben Sinn für Humor hatte ertragen müssen.

»Ich glaube, ich verstehe. Als sie gesehen haben, dass du nicht lachst, hätte der Scherz vorbei sein müssen«, bestätigte ich.

Sie nickte. Schnell warf sie einen Blick über ihre Schulter. »Ich muss zurück an die Arbeit. Aber der Witz war nie lustig und hätte gar nicht gemacht werden dürfen. Tut mir leid, du wolltest nur wissen, ob ich Spaß hatte, und nicht hören, mit welchen Problemen ich dieses

Wochenende zu kämpfen hatte. Hab einen schönen Tag. Wir sehen uns später.«

»Ich wünsche dir einen schönen Tag, Mila.«

Ich dachte die ganze Fahrt in den fünfzehnten Stock über ihre Worte nach. Sie hatte seine Bemerkungen nicht lustig gefunden, und er hätte sie nicht machen dürfen. Was dachte sie von mir? Von uns? Ich war im gleichen Alter wie McLain. Ich hatte die gleichen grundlegenden Gedanken wie er. Mila war wunderschön und der Altersunterschied zwischen uns war so drastisch, dass er nicht zu überwinden war.

Aber sie war Dans Kind. Und ich hatte einen gewissen Drang verspürt, ihm eine Faust ins Gesicht zu schlagen, als McLain nicht locker gelassen hatte. Diese besitzergreifenden Gefühle kehrten zurück und bildeten einen festen Knoten in meiner Brust.

»Heather!«, rief ich, als ich mich dem Schreibtisch meiner Verwalterin näherte. »Ich hoffe, es geht dir besser.«

»Guten Morgen, Chandler. Tut mir leid wegen letzter Woche. Die Grippe hat mich schwer erwischt. Ich fühle mich immer noch schwach, aber es geht mir besser.«

Ich ging in mein Büro und schaltete meinen Computer ein. Ich hatte einen vollen Terminkalender. Nach einem kurzen Überblick über meine anstehenden Aufgaben sortierte ich die E-Mails: jetzt, nie, später. Die Liste war länger, als mir lieb war. Ich stand auf und machte mich auf den Weg zu Heathers Schreibtisch.

»Schön, dass du wieder da bist. Wir haben einen vollen Terminkalender, ich bin Donnerstagabend nicht in der Stadt. Wir müssen die Gottlieb-Präsentation für Ledbetter aktualisieren.«

Sie nickte und machte sich Notizen. Sie sah irgendwie aus wie ein aufgeblasener Luftballon. Es gab keine Möglichkeit, das zu beschreiben. Die Überreste der Krankheit hafteten an ihrem Aussehen.

»Du willst nicht mit mir mitkommen, oder?«, fragte ich.

Sie stieß ein Seufzen aus, bevor sie antwortete. »Ich weiß es ehrlich gesagt nicht. Brauchst du mich wirklich, oder brauchst du nur eine Assistentin vor Ort?«

»Ruf die Personalabteilung an. Frag, ob sie Mila Jones dafür einsetzen können. Sie hat besser mit mir Schritt gehalten als alle anderen, die sie je hierher geschickt haben, wenn du im Urlaub warst. Ich denke, sie wird das schon hinkriegen.«

»Du hast doch nicht vor, mich zu ersetzen, oder?«, stichelte Heather.

»Niemals, aber ich hoffe, du verstehst, dass ich mich um dich sorge, nicht dass ich dich kritisiere. Du siehst erschöpft aus, als wärst du immer noch krank. Ich habe fast Angst, dich um diese Reise zu bitten.«

Sie nickte. »Mir geht es gut. Ich sehe schlimmer aus, als ich mich fühle. Aber, ja, ich glaube nicht, dass ich irgendwo über Nacht bleiben kann. Das würde mich umhauen.« Sie klang müde.

»Dann ist es beschlossene Sache. Und ich möchte, dass du dir Freitag freinimmst. Ich werde nicht hier sein. Mila kann doppelte Aufgaben übernehmen.«

Ich sah Mila ein paar Tage lang nicht, bis sie zu mir ins Büro kam.

»Klopf, klopf«, sagte sie, während sie mit den Fingerknöcheln gegen meine offene Tür schlug. »Heather hat gesagt, ich kann reinkommen.«

»Ja, komm rein.«

Als Mila an meinen Schreibtisch herantrat, ließ ich meinen Blick hungrig über ihren Körper schweifen. Ich fühlte mich, als hätte ich sie nicht nur ein oder zwei Tage, sondern Monate oder Jahre nicht gesehen.

Sie reichte mir ein Blatt Papier. »Ist das richtig? Gehe ich morgen mit dir auf eine Reise?«

Ich nahm ihr den Ausdruck ab. Es war eine E-Mail mit ihrer Flugbestätigung und einer kurzen Notiz für die Personalabteilung, in der erklärt wurde, dass sie mich auf eine Reise begleiten würde.

»Ja. Ich hatte erwartet, dass sie das mit dir besprechen würden. Ich brauche eine Assistentin für die Präsentation und Heather ist zu geschwächt, um zu reisen.«

»Warum ich? Ich bin eine Aushilfe.«

Ich hob eine Augenbraue. Warum sie? Stellte sie mir diese Frage wirklich?

»Ich meine …« Sie biss sich auf die Lippe und lehnte sich dicht an mich heran. »Wie kommst du damit durch? Solltest du nicht jemanden mitnehmen, der offizieller ist?«

»Willst du nicht mitkommen?«, fragte ich.

»Doch, natürlich. Das wird lustig. Stimmt's? Wir werden Spaß haben?« Sie betonte das Wort.

Ich wusste genau, was sie meinte.

»Ich hoffe, dass du auf dieser Reise viel Spaß haben wirst, Mila. Und das ein oder andere lernst.«

Sie hob bei meiner Bemerkung die Augenbrauen.

»Über das Geschäft«, sagte ich. »Hast du schon mal eine Geschäftsreise gemacht?«

»Was meinst du? Ich war schon in einem Flugzeug.«

»Das meine ich nicht. Bist du schon mal für die Arbeit verreist? Weißt du, was du tun musst?«

Sie schüttelte den Kopf. »Ich denke, ich verbringe den Vormittag mit Packen und treffe dich dann am Flughafen.«

Ich nickte. »Sorge dafür, dass du einen Laptop aus der IT-Abteilung bekommst und besorge die Präsentationen, die wir brauchen, von

Heather. Schick sie per E-Mail an dich selbst und stell sicher, dass du weißt, wie du von einem anderen Computer aus auf das E-Mail-System zugreifen kannst, falls der Laptop nicht funktioniert. Du musst dafür sorgen, dass die Präsentation läuft und dir Notizen machen. Packe wenig ein und kleide dich im Flugzeug bequem, aber professionell. Es ist nur eine Übernachtung und wir fliegen nach dem Meeting zurück. Alles muss im Handgepäck sein. Wir werden keine Koffer einchecken.«

Sie nickte.

»Noch Fragen?«

»Ich muss heute Abend packen, denn morgen früh muss ich mich um die ganzen Sachen kümmern, nicht wahr?« Sie sah wesentlich weniger begeistert von der Aussicht aus, mit mir zu verreisen, als sie eben noch.

Ich nickte. »Höchstwahrscheinlich. Die Personalabteilung hätte dir das schon am Montag sagen sollen. Du musst den Rückstand aufholen.«

»Ich hoffe, das wird sich lohnen, Chandler«, sagte sie, als sie sich umdrehte und mein Büro verließ.

Ich sah sie erst am nächsten Nachmittag wieder. Heather hatte ein Auto organisiert, das uns vom Büro abholte und zum Flughafen brachte. Während der ganzen Fahrt war Mila auf ihren Laptop konzentriert.

»Du weißt, dass du das während des Fluges machen kannst.«

Sie nickte. »Ich weiß. Ich habe mindestens doppelt so viel Arbeit wie unsere Flugdauer. Und ich weiß nicht, wie viel Zeit ich haben werde, wenn wir ankommen. Deshalb möchte ich so viel wie möglich im Voraus erledigen.« Sie hielt inne und blickte zu mir auf. »Ich möchte keine Minute des Spaßes verpassen, weil ich arbeiten muss, wenn du weißt, was ich meine.«

»Ein guter Plan«, gab ich zu.

Ich wusste ihre Arbeitsmoral zu schätzen. Trotzdem war die Unterhaltung langweilig, während wir auf das Boarding und den Flug warteten. Als wir ankamen, stellte Mila weiterhin wichtige Fragen über die Präsentation. Sie war im Arbeitsmodus.

Sie blieb auch beim Einchecken und während des kurzen Abendessens im Hotelrestaurant im Arbeitsmodus. Langsam dachte ich, dass sie vielleicht nicht wirklich vorhatte, Zeit mit mir zu verbringen.

»Ich werde mich heute Abend hoffentlich ein wenig entspannen können. Ich wohne in Zimmer vier-dreizehn«, sagte sie, als wir auf unserer Etage aus dem Aufzug stiegen.

»Das weiß ich noch vom Einchecken.«

»Gut, ich wollte nicht, dass du den Spaß verpasst.« Sie ging weg. Die kleine Nervensäge. Die ganze Zeit über war sie sehr professionell gewesen.

Ich ließ ihr etwa dreißig Minuten Zeit, bevor ich den Flur hinunterging und an ihre Tür klopfte.

Sie öffnete die Tür und trug einen durchsichtigen Bademantel mit einem flauschigen Pelzbesatz. Mein Gehirn schaltete ab, als ich die dunklen Spitzen ihrer Brustwarzen durch den kaum vorhandenen Stoff sah.

»Mr. Owens, was führt Sie heute Abend in mein Zimmer? Wollen Sie etwas für die morgige Präsentation durchgehen?«

Ich schluckte. Es fühlte sich an, als würde mir ein sehr trockener Stein im Hals stecken. Ich ließ mir Zeit, um sie zu betrachten. Ich wollte jede Sekunde auskosten. Ich wollte mir ihren Anblick einprägen, denn in dem Moment, in dem ich den Raum betrat und die Tür schloss, würde sie in meinen Armen liegen und der kleine Bademantel würde verschwunden sein. Ich wollte genießen, dass Mila sich nur für mich in Schale geworfen hatte.

»Ich dachte mir, ich frage mal, ob du heute Abend Lust auf ein bisschen Spaß hast«, sagte ich.

Sie trat einen Schritt zurück und ich folgte ihr in den Raum.

8

MILA

m Montagmorgen meldete ich mich bei Alana in der Personalabteilung, so wie ich es zu Beginn jeder Woche tat, wenn ich nicht wusste, was meine Aufgabe sein würde.

»Du hast bei den Führungskräften einen guten Eindruck hinterlassen«, sagte sie, als ich ihr Büro betrat.

»Ach wirklich?« Ein Anflug von Panik durchfuhr mich. Hatte jemand herausgefunden, dass Chandler die Übernachtung um eine weitere Nacht verlängert hatte, nur damit wir mehr Spaß haben konnten? Ich setzte mich und hoffte, dass mein Gesicht nicht die Schuldgefühle ausdrückte, die mich plötzlich überkamen.

Ich hatte keinen Grund, mich schuldig zu fühlen. Wir waren erwachsen und was wir in unserer Freizeit machten, ging niemanden etwas an. Auch nicht, wenn wir auf einer Geschäftsreise waren.

»Mr. Owens möchte dich als Junior Management Assistantin in sein Team aufnehmen. Er hat deine Professionalität und deine Multitasking-Fähigkeiten auf einer Last-Minute-Reise in den höchsten Tönen gelobt. Offiziell gibt es eigentlich keine Stelle für dich, die du antreten könntest, also müssen wir eine für dich einrichten.«

Ich starrte sie einen Moment lang an, bevor ich zu blinzeln begann. »Hast du gerade gesagt, dass ihr einen Job für mich einrichtet?«

Alana nickte. »Ich habe keine Stellenbeschreibung oder eine Liste mit deinen Aufgaben und Erwartungen, aber du solltest bereit sein, auf Reisen zu gehen. Chandler Owens reist gerne mit einer Gefolgschaft. Zumindest mit einer Assistentin. Das alles kam heute Morgen an, also weiß ich nicht genau, was ich mit dir machen soll. Es gibt keinen Schreibtisch für dich, und ich weiß nicht einmal, wem du Bericht erstatten sollst.«

»Meinst du, Heather, seine Assistentin, weiß es? Vielleicht sollte ich …«

Alana schüttelte zunächst den Kopf, neigte ihn dann aber, bevor sie nickte. »Das ist möglich. Wir rufen sie mal an.«

Alana griff nach ihrem Telefon und drückte ein paar Tasten.

»Büro von Chandler Owens«, sagte die Stimme aus dem Lautsprecher.

»Heather, hier ist Alana aus der Personalabteilung. Bei mir ist Mila Jones. Wir haben uns gefragt, ob du noch mehr Informationen über die ›Junior Management Assistantin‹-Idee hast, die Chandler hatte?«

»Oh, ja. Okay, er hat mir eine kurze Zusammenfassung seiner Überlegungen gegeben. Er ist in einer Telefonkonferenz und wird noch mindestens eine Stunde lang beschäftigt sein. Schick Mila doch einfach hoch und dann können wir uns überlegen, was wir mit ihr machen. Es muss hier oben eine Ecke geben, wo wir einen Schreibtisch aufstellen können. Oder vielleicht in einem der Büros auf der Vierzehn?«

»Ich kann bei der Verwaltung nachfragen, ob sie irgendwelche leeren Büros haben. Ich kann mir nicht vorstellen, dass irgendjemand ein Büro leer stehen lassen würde«, sagte Alana.

»Ja, gutes Argument. Hör zu, wir werden eine Lösung finden. Wir haben irgendwo einen Platz für dich, Mila«, sagte Heather.

»Okay, danke.« Alana beendete das Gespräch. »Okay, du hast sie gehört. Geh nach oben und dann werden wir das schon hinkriegen.«

Ich war ein wenig verblüfft, als ich ihr Büro verließ. Ich hatte mich innerhalb eines Wochenendes von einer Empfangsdame zu einer Art Juniorchefin entwickelt. Ich hatte nicht gedacht, dass ich auf der Reise so viel leisten würde. Ich hatte dafür gesorgt, dass der Name und das Logo des Kunden auf der Präsentation an der richtigen Stelle standen. Und ich hatte mit dem IT-Mitarbeiter zusammengearbeitet, um sicherzustellen, dass mein Laptop mit dem Projektor verbunden war.

Den Rest hatte Chandler erledigt. Er hatte die Präsentation gehalten und ich hatte mir Notizen gemacht.

Ich dachte im Aufzug bis ganz nach oben daran.

»Guten Morgen«, sagte ich, als ich mich Heathers Schreibtisch näherte.

»Willkommen im fünfzehnten Stock«, sagte sie mit einem leichten Glucksen.

»Was soll ich mit meinen Sachen machen?«

»Das ist eine gute Frage. Ich habe nicht einmal einen Stuhl für dich. Das hört sich jetzt vielleicht komisch an, aber wir werden dich erst einmal im Pausenraum unterbringen. Du kannst deine Handtasche in meinem Fach ablegen, damit sie sicher ist. Hast du noch den Laptop, den du mit auf die Reise genommen hast?«

Ich hielt meine Computertasche hoch. »Ja.«

»Ich sage der IT-Abteilung, dass du ihn vorerst behältst.«

»Weißt du, was der Grund für all das ist?«, fragte ich.

Heather nickte. »Das könnte meine Schuld sein. Ich war so erleichtert, dass ich die Reise letzte Woche nicht antreten musste. Ich war zwar immer noch angeschlagen von der Grippe, aber auch im Allgemeinen habe ich einfach die Nase voll. Es ist nicht mehr so glamourös und macht nicht mehr so viel Spaß wie früher. Als ich anfing, haben wir uns immer ein paar Stunden extra Zeit genommen und sind in die Stadt gefahren. Und dann mussten wir aufgrund von Budgetkürzungen versuchen, so wenig Zeit wie möglich zu verschwenden. Abendessen, Arbeitstreffen, Übernachtung. Manchmal haben wir auch nur Tagesausflüge gemacht. Jetzt sind es lange Tage.«

»Klingt so, als hättest du das viele Reisen satt«, kommentierte ich. Ich fand immer noch, dass Geschäftsreisen glamourös waren und Spaß machten. Es war erfrischend, mit dem Laptop in der ersten Klasse zu sitzen und sich auf etwas zu konzentrieren, anstatt nur ein weiterer Mensch zu sein, der es sich bequem machen und die Zeit vertreiben wollte.

Heather nickte. »Aber sowas von. Und mein Mann hasst es. Wenn eine Reise geplant ist, stört es ihn nicht, aber Chandlers Last-Minute-Treffen sind eine echte Belastung für uns. Dann müssen wir uns immer innerhalb kürzester Zeit um eine Kinderbetreuung kümmern. Ich habe es satt. Ich habe also gesagt, dass er eine Reiseassistentin braucht. So kann ich mich hier im Büro um die Dinge kümmern, während derjenige, mit dem er verreist, die Belange vor Ort regelt. Als Nächstes schickt er eine E-Mail an die Personalabteilung, und schon hast du einen neuen Job.«

»Wow, ich werde einen neuen Job haben. Wie viel reist er denn?«, fragte ich, als wir durch die Etage zum Pausenraum gingen. Die Tische waren eigentlich nicht als Arbeitstische gedacht. Sie waren klein und rund.

Heather schaute sich alles an und verzog die Lippen zu einer konzentrierten Miene.

»Es kommt in Wellen. Wir steuern auf die Messesaison zu. Rechne mit einer Menge. Einige davon werden lange Wochenenden sein, ein paar sogar eine ganze Woche. Du solltest in ein gutes Paar Schuhe investieren, das professionell aussieht und trotzdem gut zu deinen Füßen ist. Die Böden auf den Messen sind brutal. Und besorg dir eine Hose, die eigentlich eine getarnte Yogahose ist, denn du brauchst etwas Bequemes.«

»Das sind tolle Tipps«, sagte ich. Ich war immer noch mehr als nur ein bisschen überwältigt von all dem.

»Oh, ich habe eine Menge Tipps für Geschäftsreisen. Nimm einen von diesen Koffern mit vier großen Rädern. Sie sehen albern aus, aber sie rollen am besten. Zieh im Flugzeug immer etwas an, das du auch bei einem Meeting tragen kannst. Professionelle Strickwaren sind ideal. Sie sind bequem und müssen nicht gebügelt werden. Für längere Reisen solltest du einen Steamer einpacken. Ich gebe dir den, den ich immer mitgenommen habe. Ich kann dir gar nicht sagen, wie oft ich Chandlers Anzügen ausdampfen musste. Dieser Mann weiß nicht, wie man praktisch packt.«

Während sie sprach, war sie damit beschäftigt, Büromaterial aus den unteren Schränken zu holen. Und ich hatte gedacht, der ganze Platz würde für Kaffee, Tee und Snacks gebraucht. Sie trat zurück und betrachtete den kleinen Arbeitsbereich, den wir eingerichtet hatten.

»Das sollte fürs Erste reichen.«

»Was ist denn hier los?« Kathleen McDonalds scharfe, präzise Ausdrucksweise durchbrach meine gute Laune.

»Wir richten einen temporären Arbeitsplatz für Mila ein, sie wurde befördert. Haben wir deinen Titel schon festgelegt?«

»Reiseassistentin und Junior Management Assistentin«, sagte ich.

»So einen Job gibt es nicht. Was machst du wirklich?«, schnauzte Kathleen.

Sie war wirklich nicht sehr angenehm.

»Mr. Owens hat beschlossen, eine Stelle für sie zu schaffen. Wir wissen noch nicht genau, wie die Stelle heißen und welche Aufgaben sie haben wird. Er ist in einer Besprechung, sodass wir gerade nicht nachfragen können. Im Moment wissen wir nur, dass Mila seine Reiseassistentin sein wird. Ich ziehe mich aus dem Geschäftsreiseverkehr zurück. Ich bin hier vor Ort viel wertvoller. Es wird ein gewisses Maß an Mentoring geben, aber in erster Linie wird sie ihm bei Meetings und Messen zur Seite stehen.«

Heather war gut. Ihre Erklärung an Kathleen war improvisiert, aber sie klang einstudiert und oft wiederholt.

Kathleen ärgerte sich. »Nun, Mila, ich hoffe, du weißt die Chance zu schätzen, die dir in den Schoß gefallen ist.«

Ich nickte.

Sie fuhr fort, bevor ich die Chance hatte, etwas zu sagen. »Du musst diese Reisen ernst nehmen. Nur weil du in Hotels übernachtest und nicht im Büro arbeitest, wird trotzdem von dir erwartet, dass du dich genauso professionell verhältst, wenn nicht sogar noch professioneller.«

Ich nickte weiterhin verständnisvoll.

»Glaube nicht, dass diese Kurztrips nur zum Herumalbern sind. Wenn Mr. Owens herausfindet, dass du die Reise nutzt, um mit einem Kunden oder sogar jemandem, den du in der Hotelbar oder auf einer Konferenz kennengelernt hast, eine Affäre zu beginnen, würde das ein schlechtes Licht auf uns werfen und ich wage zu behaupten, dass Mr. Owens dann auch deine Position überdenken würde.«

Irgendwann hatte ich aufgehört, zu nicken. Für wie dumm hielt sie mich eigentlich? Sie dachte offensichtlich, dass ich mich wahllosen Leuten an den Hals werfen würde. Als würde ich auf Geschäftsreisen gehen, um mit jemand anderem als Chandler zu schlafen. Aber sie wusste ja nichts von uns. Keiner wusste es. Und so sollte es auch bleiben.

»Natürlich würde ich sein Vertrauen nicht auf diese Weise missbrauchen. Ich weiß sehr wohl, was für ein Privileg es war, letzte Woche auf die Reise gehen zu können.«

»Du warst schon mit Mr. Owens auf Reisen?«

Ich öffnete den Mund, um etwas zu sagen, aber ich musste aufhören, bevor ich etwas Sarkastisches von mir gab. Kathleen McDonald mochte keinen Sarkasmus.

»Er hatte am Ende der Woche eine Last-Minute-Reise. Ich konnte nicht mitkommen. Ich war krank und ich habe Mila vorgeschlagen. Sie hat wunderbare Arbeit geleistet.« Heather rettete mich. »Das kam alles ziemlich plötzlich nach einem Gespräch, das wir heute Morgen hatten. Ich denke, Mila ist perfekt für den Job. Meinen Sie nicht auch?«

Kathleen ging verärgert weg.

»Ich glaube, sie mag mich nicht«, flüsterte ich Heather zu.

»Ich glaube nicht, dass sie irgendjemanden mag«, antwortete Heather.

9

CHANDLER

»Ist das alles, was du als Büro nutzen kannst?«, fragte ich, als ich die Ecke fand, in der sie Mila jetzt versteckten.

Sie zuckte mit den Schultern. »Es ist besser als der Pausenraum.«

»Du brauchst ein Büro«, betonte ich. »Und einen zweiten Stuhl. Nimm deinen Laptop und komm mit.«

Sie schnappte sich pflichtbewusst ihren Laptop und war mir auf den Fersen. Sie legte ihre Sachen auf den niedrigen Couchtisch in meinem Büro.

»Du hättest mich auch einfach anrufen können, damit ich in dein Büro komme.«

»Du hast keinen Durchwahlanschluss«, stellte ich fest.

Mit einem Seufzer begann sie zu lachen. »Nein, das habe ich wohl nicht. Das kommt davon, wenn man sich einen neuen Job ausdenkt.«

»Ich werde Heather dazu bringen, der Firma Feuer unterm Hintern zu machen. Es muss doch ein freies Büro geben.«

»Es gibt mehrere. Aber sie hat erwähnt, dass du nicht so weit laufen willst und dass ich in der Lage sein muss, innerhalb von zwei Minuten in deinem Büro zu sein, wenn du mich anrufst. Das schränkt die Auswahl erheblich ein.«

Sie war logisch, schön und klug. Verdammt, sie war unglaublich. Ich warf einen Blick auf die Tür, die ich offen gelassen hatte, und dann wieder auf ihren Mund. Ich wollte diesen Mund nehmen und ihn meinem Willen beugen. Als ich näher kam, sah ich Heather aus dem Augenwinkel an ihrem Schreibtisch.

Ich blieb stehen. Die Tür war aus einem ganz bestimmten Grund offen. Ich musste unbedingt meine Libido unter Kontrolle halten, während ich im Büro war. Ich verschränkte meine Arme und änderte meinen Gesichtsausdruck. Mila musste die Lust in meinem Gesicht gesehen haben, aber ich musste mich auf die Arbeit konzentrieren und nicht auf mein Verlangen. Ich setzte mich auf den nächstgelegenen Stuhl und ließ zu, dass mich die Schwerkraft nach unten zog. Ich war dabei, die Kontrolle zu verlieren, und das war nicht gut.

»Wie weit sind wir mit den Vorbereitungen für die Pinnacle Expo?«

»Ja, was das angeht ... Ich kann die Daten, die ich auf der Expo finde, nicht mit den Daten in Einklang bringen, die du mir gegeben hast. Du hast uns für vier volle Tage mehr eingeplant; wir werden eine ganze Woche weg sein.« Sie biss sich auf die Lippe und sah besorgt aus.

Die Sache zwischen uns hatte sich im Grunde auf die Reisen beschränkt. Es gab keine Verabredungen zum Essen, und wenn ich unter der Woche keinen Termin hatte, täuschte ich auch gerne einen vor, nur um mit ihr allein in einem Hotelzimmer zu sein. Das bedeutete aber auch, dass wir nicht viel Zeit hatten, um Pläne zu besprechen.

Das brauchten wir eigentlich auch gar nicht. Die Pläne implizierten, dass es um mehr als nur ein bisschen Spaß ging. Trotzdem hatte ich noch keine Gelegenheit gehabt, ihr zu sagen, was ich vorhatte. Und ich wollte es auch nicht an einem Ort besprechen, an dem ich nicht sicher sein konnte, dass mich niemand ausspionierte. Kathleen hatte mich paranoid gemacht, nicht wegen Firmensabotage, sondern weil diese Frau darauf aus war, mir eine Klage wegen Belästigung anzuhängen.

»Nein, die Woche ist richtig. Nach der Messe gibt es die ganze Woche über Meetings. Sieh zu, dass du für eine Auszeit packst. Unser Hotel hat Haifischbecken im Swimmingpool. Das solltest du dir nicht entgehen lassen.«

Mila hob die Augenbrauen und legte den Kopf schief. »Du hast doch irgendetwas im Ärmel«, flüsterte sie.

Ich nickte nur als Antwort.

Wir verbrachten den nächsten Arbeitstag damit, alle Präsentationen, die ich ihr angekündigt hatte, vorzubereiten.

Erst als sie im Flugzeug ihren Laptop herausholte, gestand ich ihr die Wahrheit über unsere Reise. Sobald die Anschnallzeichen erloschen waren, stellte Mila ihr Tablett auf den Tisch und klappte ihren Laptop auf.

Ich griff hinüber und klappte den Laptop vorsichtig wieder zu. »Den brauchst du nicht«, sagte ich.

»Du hast mir in letzter Minute fünf zusätzliche Meetings aufgehalst. Ich habe noch zu tun. Du hast sieben Präsentationen in fünf Tagen. Machst du dir keine Sorgen, dass ich nicht vorbereitet sein werde?«

»Was würdest du sagen, wenn ich dir sage, dass vier dieser Meetings abgesagt werden, wenn dieses Flugzeug in Vegas ankommt?«

Sie starrte mich mit offenem Mund an. »Woher weißt du das?«

»Weil ich sie niemals geplant habe. Und du hattest recht, die Expo dauert nur einen Tag.« Ich ließ mich von ihrem Gesichtsausdruck ablenken. Ich leckte mir über die Lippe und ließ meinen Blick auf ihr verweilen.

Ich konnte es kaum erwarten, sie ins Hotel zu bringen. Es gab Präsentationen nach Feierabend und einen Eröffnungsvortrag, den wir heute Abend besuchen mussten. Aber wenn alles nach Plan verlief ...

Unser Flug kam nicht pünktlich an und das Auto, das für uns bestellt worden war, steckte im Verkehr fest. Meine Pläne für einen Quickie am Nachmittag vor der Expo scheiterten an der Logistik der Reise.

»Ich werde mich vor der Präsentation frisch machen. Es war ein langer Flug«, sagte Mila, als wir zu unseren Zimmern gingen. »Das ist mein Zimmer. Klopfst du in fünfzehn Minuten an meine Tür?«

Ich nickte und machte mich auf den Weg zu meinem Zimmer. Als ich eintrat, war ich froh, dass das Hotel in der Lage gewesen war, uns verbundene Zimmer zu geben. Ich stellte mein Handgepäck auf dem Bett ab und klopfte an die Zwischentür.

Mila öffnete sie mit einem Grinsen im Gesicht. Sie warf sich in meine Arme und nach Stunden der Sehnsucht beanspruchte ich endlich ihren Mund.

Ein Klopfen ertönte an meiner Zimmertür.

»Verdammt«, fluchte ich. »Das sind wahrscheinlich unsere Taschen. Ich bin gleich wieder da.«

Der Hotelpage brachte die Koffer. Ich gab ihm ein Trinkgeld für meine und Milas Taschen. Ich stand halb im Flur und sah zu, wie er ihre Sachen ablieferte. Nachdem er gegangen war, ging ich wieder in ihr Zimmer.

»Wann hast du das alles arrangiert?«, fragte sie, als ich sie wieder in meine Arme zog.

»Während der langen, einsamen Stunden ohne dich.« Ich küsste sie erneut. »Du weißt, dass wir die Meetings heute Abend ausfallen lassen und den Zimmerservice bestellen könnten.«

»Oder wir könnten hingehen und danach trotzdem den Zimmerservice bestellen. Wir sollten den Anschein erwecken, dass uns die Arbeit nicht egal ist. Das ist eine Geschäftsreise.«

»Du denkst schon wieder logisch.«

Milas Sinn für Anstand und das Sicherstellen, dass wir auf der Messe gesehen wurden, ging mit dem Feierabend in unseren Zimmern Hand in Hand. Die Arbeitszeiten waren lang und langweilig. Vor Mila hatte ich meine Arbeit schon als Herausforderung empfunden. Jetzt war sie einfach nur noch im Weg.

»Bist du bereit für eine weitere Präsentation?«, fragte sie, während sie ihren Laptop verstaute.

Ich blieb auf dem Stuhl im Konferenzraum sitzen, auf dem ich die letzten anderthalb Stunden gesessen hatte. »Ich will, dass das endlich vorbei ist, damit ich mit dem eigentlichen Grund unserer Anwesenheit weitermachen kann«, brummte ich.

»Mr. Owens, was schlagen Sie denn da vor?«, neckte sie mich.

»Ich bin zu müde, um Spielchen zu spielen, Mila.« Es war eine Herausforderung gewesen, sie an diesem Morgen aus dem Bett zu lassen. Ich konnte nur daran denken, wie lange es noch dauern würde, bis ich sie wieder ins Bett kriegen würde.

»Noch ein Meeting und dann können wir allein sein.« Sie streckte mir ihre Hand entgegen.

Ich zog sie herunter, bis sie in meinen Schoß fiel.

»Chandler, nein. Wir dürfen nicht zusammen gesehen werden.« Aber sie gab mir einen kurzen Kuss, bevor sie von meinen Beinen sprang.

Nach weiteren zwei Stunden und einem eher erfolglosen Meeting gingen wir zurück auf unsere Zimmer.

»Ich rufe den Zimmerservice an und lasse dir ein frühes Abendessen schicken. Willst du dich ausruhen, bevor wir ausgehen?«

Ich grunzte zustimmend. Ich ließ Mila in ihr Zimmer gehen, bevor ich die letzten Schritte zu meiner Tür machte. Als sie hinter mir zufiel, hatte ich das Gefühl, mich endlich entspannen zu können.

Es war anstrengend, eine wichtige Funktion zu haben, denn ich musste zu viele Präsentationen halten und Kontakte knüpfen. Ich hatte genug von diesem Teil. Ich öffnete die Tür, die unsere Zimmer trennte, ohne anzuklopfen.

Mila war am Telefon. Sie drehte sich um und lächelte mich an.

Ich schlang meine Arme um ihre Kurven und vergrub mein Gesicht in ihrem Nacken. »Hol etwas Wein«, murmelte ich in ihr Haar.

»Ich will nicht trinken, bevor wir ausgehen«, sagte sie.

»Wir gehen nicht aus.« Ich nahm ihr den Hörer ab. »Bringen Sie das, was sie bestellt hat, dazu ein Rinderfilet medium rare, Ofenkartoffeln, ein paar Flaschen Rotwein und ein Dessert für zwei. Etwas mit Schokolade und Erdbeeren. Alles klar?«

Ich legte auf und drehte sie in meinen Armen. Mit ihr an meiner Brust fühlte ich mich wieder ganz.

»Ich dachte, wir ...«

Ich legte einen Finger auf ihre Lippen, um sie am Reden zu hindern. »Heute Abend bleiben wir zu Hause. Morgen führe ich dich in die Stadt aus. Wir können in eine Show gehen, oder auch in mehrere. Wir können tun, was du willst, aber heute Nacht wirst du nackt in meinem Bett liegen. Und wenn wir aufwachen, bestellen wir noch mehr Zimmerservice und haben noch mehr nackten Spaß.«

»Oh, nackter Spaß hört sich gut an«, schnurrte sie, während sie mit meiner Krawatte spielte. Sie lockerte sie und zog daran, bis sie zu Boden fiel.

Ich eroberte ihre Lippen zurück. Ich schmiegte mich an sie und forderte sie auf, sich für meine Zunge zu öffnen. Mila vergrub ihre Finger in meinem Haar und drückte meinen Kopf fest an sich. Ich zog meinen Griff fester an und drückte sie eng an mich. Wir verschlangen einander und sie gab ein leises Stöhnen von sich, als ich den Kuss noch intensiver machte und meine Bemühungen verdoppelte.

Ich ließ all meine aufgestaute Frustration und Sehnsucht in diesen Kuss fließen. Meine Hände streichelten sie und griffen nach ihr, während ich versuchte, einen Weg zu finden, sie fester zu halten.

Wir fielen in das frisch gemachte Bett. Ich glaubte nicht, dass ich in diesem Moment aufhören könnte, sie zu küssen. Wir rollten, bis sie auf mir war. Sie überhäufte mein Gesicht mit weiteren Küssen, während ich mich darauf konzentrierte, ihren Mund zurückzuerobern.

Ich umschloss ihr Gesicht mit beiden Händen und hielt sie fest. Ihre Augen waren dunkelblau und ich hatte das Gefühl, in ihren Tiefen zu ertrinken. Ich weiß nicht, wie lange wir uns einfach in die Augen starrten, bevor unsere Lippen wieder aufeinander trafen und wir miteinander verschmolzen.

10

MILA

In Chandlers Armen aufzuwachen, war das Beste an diesen Geschäftsreisen. Auch wenn wir während der Geschäftszeiten professionell sein mussten. Das Aufwachen war an diesem Tag anders: keine Messe, keine Meetings, nur ich, Chandler und Las Vegas.

Ich streckte mich und griff nach ihm.

»Guten Morgen. Gut geschlafen?«, fragte er, bevor er mich küsste.

»Ich habe fantastisch geschlafen und bin noch besser aufgewacht.« Ich sprang aus dem Bett und schnappte mir den dicken Frottee-Bademantel, den das Hotel zur Verfügung stellte. »Was willst du heute machen?«

Mit einem Stöhnen setzte Chandler sich auf. Er schwang seine Beine zur Seite. Ich dachte, er würde aufstehen, aber er bewegte sich nur so weit, dass er nach dem Gürtel meines Bademantels griff und mich zu sich zog.

»Warum bist du nicht im Bett?«, beschwerte er sich.

»Weil du mir Shows und Glücksspiele versprochen hast. Es gibt viel zu sehen und wir haben nur ein paar Tage Zeit. Wir sind letzte Nacht zu Hause geblieben.«

»Und war es die letzte Nacht nicht wert?« Er richtete seinen Blick auf meinen Mund. Er glühte. Er war so heiß, dass meine Haut hätte verbrennen müssen, wenn ich ihn berührte.

»Na ja, schon.« Ich konnte nicht anders, als ein wenig zu erröten. Die letzte Nacht war hervorragend gewesen. Sex mit Chandler war immer fantastisch.

»Kann ich dich dazu verführen, noch ein bisschen länger im Bett zu bleiben? Wir können Frühstück bestellen. Ich werde dich mit Champagner und Erdbeeren füttern. Vegas macht erst richtig Spaß, wenn die Sonne untergeht.« Während er sprach, öffnete er den Bademantel, den ich gerade erst um mich gewickelt hatte, und begann, meine Haut zu streicheln.

Ein Kribbeln lief mir den Rücken hinunter. Ich lehnte mich dicht an ihn heran und stützte mich mit einem Knie auf dem Bett ab. »Okay, vielleicht.«

Er saugte eine Brustwarze in seinen Mund und begann an mir zu ziehen. Ich war machtlos. Er kannte mich, kannte meinen Körper. Es dauerte nicht lange, bis er mich in eine hirnlose Ansammlung von Nervenenden verwandelt hatte.

Ich klammerte mich an ihn und hielt ihn fest, während er meine Hüfte knetete und meine Brustwarzen leckte. Ich wurde von ihm angebetet und gleichzeitig verwöhnt. Er gab mehr, als er nahm, und er nahm alles von mir.

»Okay, ich denke, wir können zu Hause bleiben«, brachte ich hervor. Es war schwer zu sprechen. Er raubte mir den Atem und das Denkvermögen. Ich versuchte, ihn zu necken, aber ich hatte keine andere Wahl, als mich seinem Willen zu beugen.

Wenn Chandler mich wollte, würde ich definitiv nicht Nein sagen.

Und die Tatsache, dass er mich wollte, dass er meine Haut unter seinen Lippen und meine Muschi um seinen Schwanz haben wollte, war das unglaublichste Gefühl überhaupt. Zu wissen, was er für mich empfand, gab mir das Gefühl, schwerelos zu sein.

Als er mich packte, mich mit dem Rücken in die Matratze drückte und meine Schenkel weit spreizte, hob ich ab. Seine Zunge verwöhnte meinen Kitzler und als er an meinen Schamlippen saugte und leckte, war ich wie eine Rakete im Flug, die die Atmosphäre verlassen würde. Er beförderte mich in die Stratosphäre.

Seine Finger stießen in mich hinein. Meine Hüften zuckten als Antwort. Ich hatte keine Kontrolle mehr über meinen Körper und meine Reaktionen. Das war es, was er mit mir machte. Er spielte mit mir wie mit einem Instrument und wusste genau, welche Fingerpositionen mich dazu brachten, mich zu winden oder aufzuschreien.

Meine Finger fuhren durch sein Haar, während seine Zunge und seine Finger mich dazu brachten, die Konzentration zu verlieren. Ich wippte gegen sein Gesicht und er leckte mich gründlich. Ich spürte, wie meine inneren Wände in dem Rhythmus, den er für uns vorgab, zu pochen und zu pulsieren begannen. Jedes Schaukeln und jeder Stoß brachten mich dem Höhepunkt ein Stück näher. Je höher, desto besser, denn als Chandler mich über die Schwelle schickte, sorgte er dafür, dass ich auch den Weg nach unten genoss.

Dann glitten seine Finger aus mir heraus. Ich dachte, das wäre vorerst alles gewesen, aber er sagte: »Nicht so schnell, Mila. Es gibt heute Morgen noch viel zu tun.«

Ich wimmerte. »Hör nicht auf.«

»Ich werde nicht aufhören, aber ich werde dich auch nicht kommen lassen.«

Ich schlug ein paar Mal frustriert auf die Matratze. »Das ist nicht fair«, beschwerte ich mich.

»Nein? Aber es wird eine Menge Spaß machen.« Er grinste mich an. Sein Lächeln war verrucht und glücklich, was die Schmetterlinge, die ohnehin schon in meinem Nervensystem tobten, noch mehr in Aufruhr versetzte.

Er stieg aus dem Bett. Dann hörte ich das Geräusch eines Reißverschlusses und ein seltsames Gefühl, als er die Kordel des Bademantels unter mir herauszog.

»Chandler, was machst du da?«, fragte ich, als er um das Bett herumging und sie zwischen seinen Fäusten aufrollte.

»Ich habe ein bisschen Spaß.«

Ich drehte mich auf den Bauch und sah zu, wie er die Kordel um das Kopfende des Bettes band und sie dann zu mir hin ausstreckte. »Gib mir deine Handgelenke.«

Mir fiel die Kinnlade herunter. »Du willst mich fesseln?«

»Nur ein bisschen.«

»Aber ich glaube nicht, dass ich …« Ich wusste nicht, was ich von BDSM hielt. Ich betrachtete mich nicht als sonderlich versaut.

»Kein Schmerz, nur Spaß. Vertrau mir.«

Ich nickte und ließ zu, dass er meine Handgelenke an das Kopfteil fesselte. Ich war vor ihm zur Schau gestellt. Zwar war ich genauso nackt, aber irgendwie trotzdem mehr entblößt. Und dann vergaß ich alles, als er zu mir zurückkehrte und anfing, meinen Körper zum Summen zu bringen.

Er küsste meinen Mund. Ich wollte ihn festhalten und mich an ihn pressen. Stattdessen verteilte er die zärtlichsten Berührungen auf meinem ganzen Körper. Ich wackelte und zappelte. Ich wollte mehr, so viel mehr. Er ließ sich Zeit mit dem Probieren und Berühren.

Ich streckte meine Zunge aus und versuchte, jedes Körperteil zu küssen, das in meine Nähe kam – einen Ellbogen, eine Schulter. Die

Einschränkung machte mich völlig hilflos. Mit einem frustrierten Seufzer gab ich auf.

Chandler gluckste. Er hatte Spaß. Ich auch, ich wollte ihn nur unbedingt auch berühren können. Er drehte mich um.

»Auf die Knie.«

Mit meinen gefesselten Händen war das etwas schwierig. Ich kicherte, aber ich schaffte es, auf die Knie zu gehen und meine Hände gegen die Stelle zu stützen, an der ich gefesselt war. Der Bademantel, den ich immer noch anhatte, hing um mich herum.

Er hob die Rückseite an und entblößte meinen Hintern. Die Zähne streiften meine Pobacke und dann verpasste er mir einen Klaps, der leicht stach.

»Hey-«, beschwerte ich mich. Meine Beschwerde wurde jedoch unterbrochen, als er die Stelle küsste, an der er mich versohlt hatte.

Er berührte und kitzelte meine Haut weiter, griff von hinten an meine Brustwarzen und kreiste über meine Klitoris. Ich war mir nicht ganz sicher, was er tat, als er mit dem Gesicht nach oben zwischen meinen Knien ruhte. Bis seine Hände meine Hüften packten und mich auf sein Gesicht herunterzogen.

Oh, verdammt. Das war unglaublich. Seine Finger gruben sich in meine Hüften, als er mich anhob und wieder sinken ließ. Ich wippte mit den Hüften und war kaum in der Lage, in der Position zu bleiben, in die er mich brachte. Ich hatte einerseits Angst, ihn zu ersticken, andererseits war ich überwältigt von der Lust, die er mir bereitete. Zum Glück schaffte ich es, mich dorthin zu bewegen, wo er mich brauchte und wollte.

Seine Zunge umspielte meinen Eingang und dann saugte er kräftig an meiner Klitoris. Es war magisch und ich schwebte wieder in den Sternen.

»Wenn du mir einen Orgasmus verwehren willst«, keuche ich zwischen zwei Atemzügen, »dann ist das nicht der richtige Weg, um das zu tun.«

Er hob meine Hüften an. »Du kommst erst, wenn mein Schwanz in dir ist«, knurrte er.

»Das solltest du vielleicht bald bewerkstelligen«, keuchte ich. Er hatte mich so fest im Griff, dass ich aus den Fugen geraten wäre, wenn er auch nur eine Brustwarze berührt hätte. Ich wusste nicht, wie viel ich noch von dem heftigen Saugen an meiner Klitoris aushalten konnte, bevor alles explodierte.

Er riss mich herum. Ich ließ die Fessel los, die irgendwann während des Spaßes aufgegangen war, und griff nach ihm. Er glitt mit einem kräftigen, gebieterischen Stoß in mich hinein.

Meine inneren Wände dehnten sich und bebten. Ich war so nah dran.

Er zog sich langsam zurück und ich erschauderte, als die Nerven in meiner Wirbelsäule auf und ab tanzten und sich in meiner Muschi sammelten. Ich war mehr als bereit, ich brauchte nur noch den letzten Kick. Seine Stöße waren kräftig und seine Hüften prallten gegen meine.

Ein, zwei, drei Stöße und ich explodierte. Der Orgasmus, den er mir schenkte, nahm alles in Beschlag. Ich schwebte in einem hellen, weißen Licht, umgeben von einem Geräusch wie in einem Stadion voller brüllender Fans. Jeder Muskel in meinem Körper verkrampfte sich, bevor sie sich alle in einem unkontrollierbaren Schaudern wieder entspannten.

Ich versuchte, mich an seinen Armen festzuhalten und griff nach seinen Schultern. Ich musste mich irgendwo festklammern, sonst würde ich den Halt verlieren. Ich hatte mich bereits in ihm verloren.

»Chandler!«, schrie ich.

Als die Wellen der Emotionen und des Orgasmus langsam abebbten, steigerte er seine Bemühungen. Er stieß kräftig in mich hinein und hob mich wieder in den Himmel. Ich konnte nicht einschätzen, wie lange das alles dauerte, aber es fühlte sich nach einer Ewigkeit an. Aber ich wusste, dass es nicht annähernd lange genug gedauert hatte, als es zu Ende war.

»Ah, verdammt!«, schrie er. Dann wurde ich von der Hitze seines Orgasmus überrollt.

Das feuchte Gleiten unserer Körper setzte meine Erregung wieder in Gang und ein weiterer Orgasmus überkam mich. Wir taumelten, wälzten uns und stießen immer wieder gegeneinander, bevor wir zusammenbrachen.

Er klammerte sich an mich und ich hielt mich genauso an ihm fest, damit wir nicht beide in der Ekstase verloren gingen, in die Chandler unsere Körper gebracht hatte.

Ich wurde von überwältigenden Emotionen übermannt. Ich schmiegte mich an ihn und er hielt mich zärtlich in den Armen. Ich konnte spüren, wie die Gefühle aus seinem Körper strömten. So musste es sich anfühlen, wenn man verliebt war.

»War das deinen Morgen wert?« Chandlers Stimme war ein leises Grollen.

Ich versuchte zu schlucken und stellte fest, dass ich durstig und erschöpft war. »Das war alles wert. Weißt du, ich glaube, du hast recht. Dieses Schlafzimmer ist das Interessanteste, was es in Las Vegas zu sehen gibt.«

11

CHANDLER

Zum ersten Mal seit langer Zeit freute ich mich darauf, zu Meetings zu reisen. Ich bemühte mich, Treffen zu arrangieren, die auch per Videokonferenz hätten abgehalten werden können. Ich setzte mich für die persönliche Note ein. Und das Geschäft profitierte davon. Persönliche Präsentationen ergaben mehr Möglichkeiten für Partnerschaften.

Die Leute reagierten auf die menschliche Komponente. Niemand musste wissen, dass der größte Vorteil darin bestand, dass ich Milas sanfte Hände auf meinem Körper spüren konnte. Ich erledigte meine Arbeit und ihre Anwesenheit war ein Bonus für mich und für das Unternehmen. Und wir zogen beide einen Nutzen daraus. Mila erwarb echte, praktische Kenntnisse für den Job. Sie war nicht mehr das unerfahrene Kind eines Freundes, das einen Job brauchte. Sie wusste, wie man professionelle Präsentationen gestaltete und mittlerweile war sie wahrscheinlich so an mein Geplapper gewöhnt, dass sie im Notfall den Ton angeben konnte.

Unsere Tarnung passte perfekt. Und ihr beruflicher Werdegang gab uns die nötige Sicherheit, damit wir mit dieser kleinen Vereinbarung weitermachen konnten, solange sie uns beiden Spaß machte.

Als Nathans E-Mail aus Dallas mir eine weitere gute Gelegenheit bot, Zeit mit Mila zu verbringen, schlug ich sofort vor, hinzufliegen.

Sobald seine E-Mail bestätigte, dass ein persönliches Treffen am besten wäre, drückte ich auf die Gegensprechanlage, um Heather zu erreichen.

»Ja?«

»Die Zweigstelle in Dallas möchte ein persönliches Treffen, sobald ich verfügbar bin. Organisiere das bitte für Montag. Ich fliege früher los und nehme das ganze Wochenende.«

»Und wenn es am Montag nicht geht?«, fragte sie.

»Ich muss am Freitag für eine Zwischenbilanz hier sein, also Mittwoch oder Donnerstag. Und ich nehme den Rückflug am Nachmittag.«

»Geht klar.«

Das Tolle daran, dass Heather sich darum kümmerte, war, dass sie auch ein Ticket und ein Zimmer für Mila organisierte, ohne dass ich es ihr sagen musste.

Ich rief in Milas Büro an. Endlich hatte sie einen privaten Raum, der nicht aus einem Klapptisch hinter einer Wand aus Pappkartons bestand.

»Ich muss dich in meinem Büro sprechen«, sagte ich.

»Musst du das wirklich? Ich glaube nicht, dass du das willst.« Sie klang schläfrig.

»Harte Nacht?«

»Ja, aber nicht so, wie du denkst. Warum soll ich zu dir ins Büro kommen?«

»Warst du schon mal in Dallas?«, fragte ich.

»Nein, warum?«

»Weil du etwas Besonderes erleben wirst«, trällerte ich.

»Oh, so wie in Vegas? Wir haben nicht besonders viel Zeit mit den Sehenswürdigkeiten verbracht«, sagte sie

»Beschwerst du dich etwa?«

»Wohl kaum.« Sie hustete und stöhnte dann. »Wann?«

»Jetzt gerade«, sagte ich, um sie darauf hinzuweisen, dass sie ein wenig schlecht drauf war. Zumindest hörte sie sich so an.

»Nein, ich meinte Dallas.«

»Heather legt es gerade fest. Entweder fliegen wir morgen für eine Übernachtung oder Freitag und nehmen das Wochenende vor dem Meeting am Montag.«

Sie stöhnte wieder auf. »Ich glaube, die vielen Reisen haben mich eingeholt. Ich fühle mich, als hätte ich eine Erkältung oder die Grippe. Und ich will nicht in ein Flugzeug steigen. Der Druckunterschied würde das alles in meine Nasennebenhöhlen pressen. Wirst du beruflich beeinträchtigt sein, wenn ich aussteige?«, fragte sie.

»Beruflich?«

»Ja, ob ich dadurch Ärger mit meinem Job bekomme? Trotz meiner persönlichen Meinung denke ich, dass ich nicht hingehen sollte. Ich will nicht kränker werden oder dich krank machen.«

»Ah.« Ich verstand, was sie nicht sagen wollte. Wir sprachen im Büro nicht über unsere Beziehung. Wir benutzten nicht einmal Codewörter. Wir vermieden es, sie überhaupt zu erwähnen. »Ich persönlich glaube, dass du dir eine große Chance entgehen lässt. Aber nein, dein Job ist nicht in Gefahr, weil du aus gesundheitlichen Gründen ein Meeting versäumen musst. Ich verstehe das. Ich werde dafür sorgen, dass Heather weiß, dass es eine Planänderung geben wird.«

»Danke«, ihre Stimme klang leise. Sie schien sich wirklich nicht gut zu fühlen.

»Ich brauche dich trotzdem für die Vorbereitung der Materialien.«

»Ja, natürlich. Ich erkundige mich bei Heather nach den Details.«

Langsam legte ich auf. Mila hatte sich nicht gut angehört. Ich konnte ihr nicht einfach Blumen mit einer Gute-Besserung-Karte schicken. Ich schickte keine Blumen an Heather. Die selbst auferlegte Regel, die ich für Mila hatte, lautete: Wenn ich es nicht für Heather tat, würde ich es auch nicht für Mila tun. Zumindest nicht im Büro.

Ich rief Heather an. »Reisepläne für eine Person. Und lass von der Cafeteria eine heiße Kanne Tee in Milas Büro liefern.«

»Hat sie eine Erkältung? Ich kümmere mich darum.«

Und das tat sie auch. Heather war eine erstklassige Assistentin, und das war auch der Grund, warum ich sie nicht aufgeben wollte, nur weil sie nicht mehr reisen wollte. Noch vor dem Mittagessen hatte ich ein Erste-Klasse-Ticket nach Dallas für den nächsten Nachmittag.

Alleine zu reisen war so vertraut, dass ich es weder als aufregend noch als langweilig empfand, es war einfach so. Mila hatte dem Ganzen Leben eingehaucht. Sie hatte die Reise als Abenteuer empfunden. Sie ärgerte sich nie darüber, dass sie bei der Sicherheitskontrolle ihre Schuhe ausziehen oder in der Schlange warten musste. Das war alles Teil des Nervenkitzels.

Dieser Nervenkitzel fehlte ohne sie. Ich war nun gezwungen, zufällige Gesprächsfetzen mitzuhören, wenn sich die Leute um mich herum unterhielten. In einem der Läden schnappte ich mir ein Buch, weil ich dachte, es würde mich ablenken. Das tat es aber nicht. Ich hatte es schon einmal gelesen. Ich hätte besser aufpassen und den hinteren Umschlag vor dem Kauf genau unter die Lupe nehmen sollen.

Die Reise begann erst nach meiner Ankunft richtig loszugehen. Anstatt ein Auto für mich zu schicken, hielt Nathan White, der Leiter des örtlichen Büros, ein Schild mit meinem Namen hoch.

»Nathan, schön, dich zu sehen, aber du hättest einen Fahrer schicken sollen«, sagte ich, als ich ihn ansprach.

»So machen wir das in Dallas nicht. Du bist den ganzen Weg hergekommen, um uns zu sehen, da kann ich dich wenigstens abholen, bevor wir zum Essen gehen. Schön, dich zu sehen, Chandler. Sag mir, dass du im Flugzeug nichts gegessen hast, denn wir gehen jetzt zum besten Steakrestaurant im ganzen Land.« Er griff nach der Tasche, die ich mir über die Schulter gehängt hatte.

»Im ganzen Bundesstaat? Das ist eine ziemlich große Behauptung.«

»Texas ist ein großer Staat und wir machen hier keine halben Sachen, es sei denn, es handelt sich um ein halbes Rind. Hast du Appetit, oder willst du mich in Verlegenheit bringen?«

»Ich könnte durchaus etwas zu essen vertragen«, gab ich glucksend zu.

Stunden später lehnte ich mich mit einem Stöhnen zurück. Ich hatte gedacht, ich könnte viel essen, aber jetzt rieb ich mir den vollen Bauch. Nathan und das Management-Team aus dem Büro in Dallas waren immer noch dabei, sich vollzuschlagen. Ich nahm einen langen Schluck von meinem Bier.

»Machst du schlapp? Das Stadtleben hat dich weich gemacht«, sagte Nathan lachend.

»Du lebst auch in einer Stadt. Und wo bringst du das ganze Essen unter? Hast du nicht zu Mittag gegessen, oder hast du ein hohles Bein?« Nathan war nicht der Einzige, der beträchtliche Mengen an Steak verdrückt hatte. Wir hatten sogar alle eine Vorspeise zu uns genommen.

Als sie mit ihren Mahlzeiten fertig waren, stöhnten wir alle mit vollen Bäuchen. Ich fühlte mich, als müsste man mich zurück in mein Hotelzimmer rollen. Als ich dort ankam, ließ ich mich auf das Bett fallen wie ein gestrandeter Wal. Ich war satt und müde. Als ich am nächsten Morgen aufwachte, stellte ich fest, dass ich mir nicht einmal die

Schuhe ausgezogen hatte. Ich hatte in meinen Klamotten geschlafen. Gut, dass das Hotelzimmer mit einem Bügeleisen und einem Bügelbrett ausgestattet war.

Da ich vom Vorabend noch satt war, beschloss ich, zum Frühstück nur Kaffee zu trinken. Das Essen war großartig gewesen, aber deutlich zu viel. Als ich zu unserem Meeting im Büro kam, war ich hellwach, und niemand konnte sehen, dass ich in meinen Klamotten geschlafen hatte.

Ich schaute mir die Gruppe im Konferenzraum an. Um den Konferenztisch saßen dieselben Männer, die am Abend zuvor im Restaurant gewesen waren. Die Hälfte von dem, was ich zu besprechen hatte, war bereits am Abend zuvor bei Steaks und Bier beschlossen worden.

»Ich glaube, wir sind hier fertig«, verkündete Nathan früh.

Im Grunde genommen hatten wir das Meeting abgeschlossen, bevor es überhaupt angefangen hatte.

»Fantastisch. Damit haben wir jede Menge Zeit. Das Spiel beginnt in etwas mehr als einer Stunde«, sagte Chris, Nathans Finanzchef.

»Spiel? Ich habe einen Flug.«

Nathan begann zu lachen. »Ja, das hast du. Ich habe deine Assistentin gebeten, deinen Flug für nach dem Spiel zu buchen. Das darfst du nicht verpassen.«

»Du bist sehr herrisch geworden, seit du das Büro in Dallas übernommen hast«, kommentierte ich.

»Ich war schon immer herrisch, du kannst es nur besser als ich«, gluckste er. »Chris ist Miteigentümer der Hawgs, einem Baseballteam der Minor League. Das macht richtig Spaß. Baseball aus einer privaten Freiluftbox. Du magst doch noch Sport, oder?«

»Oh, ich liebe ein gutes Baseballspiel, aber ...« Ich warf einen Blick auf meine Kleidung. Ich trug Anzug und Krawatte, also nicht gerade Spielkleidung.

»Wir werden dir ein Trikot besorgen. Wenn es jemandem auffällt, ist es sowieso egal.«

Das Stadion war viel kleiner, als ich es gewohnt war. Unsere Loge zu Hause war gefühlt meilenweit vom Spielfeld entfernt, aber hier aus hatte ich das Gefühl, direkt auf dem Spielfeld zu stehen. Mit einem Hotdog in der einen und einem Bier in der anderen Hand war ich glücklich und konnte das Spielgeschehen genau mitverfolgen. Es hätte nur noch besser werden können, wenn Mila an meiner Seite gewesen wäre.

Das war eine Erfahrung, die es wert war, wiederholt zu werden. Ich würde mich zu Hause in der Minor League umsehen müssen.

»Sag mal, wie hast du es geschafft, dich in ein Baseballteam einzukaufen?«, fragte ich Chris.

»Meine Frau hat es in einer Fernsehsendung gesehen. Ein Schauspieler hat Anteile an einer Fußballmannschaft gekauft, und das hat mich zum Nachdenken gebracht. Ich habe zwar als Kind nicht viel Sport gemacht, aber was sollte mich davon abhalten, Anteile an einem Team zu kaufen? Ich fing an, mich umzuschauen und würde sagen, dass es die beste Investition aller Zeiten war.«

»Du machst eine gute Rendite?«

»Vergiss es. Sieh dich um, Mann. Das ist die Rendite.« Er breitete seine Arme aus.

Ich verstand, was er meinte – es war das Spiel, die Fans und das Gefühl, im Spiel zu sein. Das war alles, das war seine Rendite. Und ich hatte gedacht, eine Loge im Stadion zu besitzen, wäre eine gute Investition gewesen.

12

MILA

»Hey, Dad, ich bin zu Hause«, rief ich, als ich meine Sachen auf den Küchentisch legte. Ich öffnete den Kühlschrank und schaute nach, was wir zu essen hatten. Mir fiel auf, dass Dad noch nichts zum Abendessen gemacht hatte, was bedeutete, dass ich heute Abend dafür zuständig war. Ich fühlte mich immer noch nicht gut und hatte wirklich keine Lust zu kochen.

»Wie war die Arbeit?«, fragte er, als er aus seinem Büro kam.

»Arbeit«, antwortete ich schlicht und einfach.

»Bist du immer noch müde?«

Ich nickte.

»Das liegt an den vielen Reisen. Das holt dich ein und wirft dich um, aber ich bin stolz auf dich, Kleine. Was gibt's zum Abendessen?«

Ich starrte ihn an. Ich hatte nicht die Kraft, ihn anzufunkeln. »Du hast die Wahl: Burritos oder Pizza.«

»Wirklich? Das nennst du eine gesunde Mahlzeit für deinen alternden Vater? Wie wäre es mit Gemüse?«

»Wir können Paprika auf die Pizza legen. Und in den Burrito kommt ein Salat. Zählt Salsa nicht als Gemüse? Das ist doch Tomatensoße«, beschwerte ich mich.

»Ich dachte, wir hätten vereinbart, dass du das Abendessen machst, wenn du hier wohnst.«

»Ich habe gestern gekocht«, sagte ich.

»Nein, gestern hast du chinesisches Essen mitgebracht.«

Oh, er hatte recht. Ich hatte schon seit ein paar Tagen nicht mehr gekocht. Bei dem Gedanken an rohes Essen fühlte sich meine Zunge so dick an, als müsste ich mich gleich übergeben. Das Gefühl musste sich in meinem Gesicht widerspiegeln.

»Du siehst nicht so gut aus, vielleicht solltest du nicht kochen.«

Das fand ich auch. Er wusste, dass es mir vor ein paar Tagen nicht gut gegangen war und ich deshalb diese Woche nicht nach Dallas geflogen war.

Er führte mich zu einem Küchenstuhl und brachte mir ein Glas Wasser. »Du wirst dich doch nicht etwa übergeben, oder Mimi?«

Ich nahm einen Schluck von dem Wasser, bevor ich langsam den Kopf schüttelte. »Ich bin nur sehr müde. Ich werde gleich Essen bestellen.«

Ich war zu müde, um ihn daran zu erinnern, dass er sehr wohl in der Lage war, zu kochen. Immerhin hatte er sich in den letzten fünf Jahren selbst versorgt, während ich in der Uni gewesen war.

»Nein, ruh du dich aus. Ich werde ein paar Burritos bestellen. Weißt du schon, was du in deinem haben willst?«

Ich wollte gerade Rindfleisch sagen, mein übliches Gericht, aber der Gedanke an Fleisch stieß mich ab. »Ich nehme einen vegetarischen Burrito. Bohnen, Reis und extra Käse. Dazu gibt es die übliche saure Sahne und Guacamole. Ich glaube, ich verzichte auf die Salsa, aber ich will Pico.«

»Warum ziehst du nicht deine Arbeitsklamotten aus und machst es dir auf der Couch gemütlich, um ein bisschen fernzusehen? Ich bestelle und hole das Essen ab. Würde dir Ibuprofen helfen?«

Ich schüttelte den Kopf. Ich hatte keine Schmerzen, mir war nur übel. Und ich war müde, wirklich müde. Ich schleppte mich hoch in mein Zimmer. Die Klamotten blieben dort liegen, wo sie hingefallen waren, als ich mein Outfit auszog. Dad hatte recht, ich brauchte Komfort. Es war mir egal, dass es Sommer und warm draußen war. Ich zog mir meine Lieblingsleggings und das dazu passende, langärmelige Oversize-Shirt an. Es war wie eine Umarmung. Als ich wieder unten war, schnappte ich mir mein Handy und rollte mich mit einer Decke auf der Couch zusammen.

»Mimi, ich bin wieder da«, rief Dad wenig später. »Willst du am Tisch essen oder da drin?«

»Hier drin, ich habe keine Lust, mich zu bewegen.« Mein Handy vibrierte gerade, als Dad mir meinen Burrito und einen Stapel Servietten reichte.

Ich schaute auf den Bildschirm. Es war Chandler. Ich wollte das Handy fallen lassen, aber in meiner Panik ließ ich stattdessen den Burrito fallen. Warum rief er an?

»Ups, alles klar bei dir?«, fragte Dad.

Ich stieß einen erleichterten Seufzer aus. Ich hatte noch nicht angefangen, den Burrito zu öffnen; er war immer noch wie eine kleine silberne Mumie in seine Folie eingewickelt.

»Alles ist gut. Nur ein ungeschickter Moment.«

Ich wickelte meinen Burrito aus und begann zu essen. Dann griff ich nach meinem Handy und schickte ihm eine Nachricht.

›Abendessen mit Dad‹, tippte ich.

›Ich bin zurück aus Dallas. Sag ihm, dass du mich anrufen sollst und es um die Arbeit geht.‹

›Kann ich erst essen?‹

›Ruf mich an.‹

Ich interpretierte seine Aufforderung als einen Anruf, wenn ich fertig war. Ich schaffte es bis zur Hälfte meines Essens, bevor die Vorfreude auf das, was Chandler mir zu sagen hatte, siegte.

»Ich bin für heute fertig, ich muss telefonieren«, verkündete ich. Ich wickelte den Rest des Burritos in die Folie ein, stieg von der Couch und brachte das Essen in die Küche, um es in den Kühlschrank zu legen. Ich ging in mein Zimmer und schloss die Tür hinter mir.

Chandler meldete sich nach dem ersten Klingeln.

»Warum rufst du mich an?«, flüsterte ich in das Handy.

»Ich habe dich vermisst und wollte fragen, ob es dir gut geht«, sagte er.

Ich schmolz dahin, als ich die Sorge in seiner Stimme hörte.

»Ich habe dich auch vermisst. Hattest du in Dallas Spaß ohne mich?«

»Ich habe zu viel gegessen, in meinen Klamotten geschlafen und bin zu einem Ballspiel gegangen«, sagte er.

»Irgendwann gab es dort auch ein Geschäftsmeeting, oder?«, stichelte ich.

»Ja, und es war erfolgreich. Ich weiß, dass wir nie wirklich etwas unternehmen, aber was machst du dieses Wochenende?«

»Willst du mich zu einem Date einladen?« Ich war mir nicht sicher, was mit ihm los war. Das Flattern in meiner Brust sagte mir, dass es Liebe war. Ich wusste, dass ich ernsthafte Gefühle für ihn hatte und das war ein weiterer Beweis dafür, dass er auch Gefühle für mich hatte.

»Was immer du willst«, sagte er. »Aber ich will dich sehen, und das nicht bei der Arbeit, wenn du weißt, was ich meine.«

»Was soll ich Dad denn sagen?«

»Sag ihm, dass wir am Wochenende arbeiten müssen, weil etwas Wichtiges ansteht. Dass ich deine Hilfe brauche, um etwas zu recherchieren.«

»Er wird wissen wollen, was es ist«, sagte ich. Es war zu vage, Dad würde diese fadenscheinige Ausrede sofort durchschauen.

»Sag einfach, dass du nicht über laufende Projekte sprechen darfst. Betriebsgeheimnisse. Es wird schon gut gehen.«

Es ging tatsächlich gut. Es funktionierte sogar ganz wunderbar. Ich überrumpelte Dad jedoch nicht sofort mit dieser List. Das hob ich mir auf, bis ich am nächsten Tag von der Arbeit nach Hause kam.

»Ich habe das Gefühl, dass ich bestraft werde. Ich konnte nicht auf die blöde Reise gehen, also muss ich jetzt das ganze Wochenende arbeiten.«

»Tut mir leid, Kleine, willkommen in der amerikanischen Geschäftswelt.«

Und das war alles, was es brauchte. Ohne dass mir Fragen gestellt wurden, stand ich am Samstagmorgen früh auf und machte mich auf den Weg.

Ich hatte vergessen, wie schön Chandlers Haus war, auch wenn es eher protzig als heimelig wirkte.

»Was willst du heute machen? Einkaufen gehen, ins Museum gehen, eine Runde Golf spielen?« Chandler lächelte und war unheimlich aufmerksam.

»Wirklich? Ich darf entscheiden, was ich heute machen will? Du hoffst doch sicher, dass ich sage, ich will eine Pizza bestellen und den Nachmittag im Bett verbringen, oder?«

Er kam näher, schlang seine Arme um mich und begann an meinem Ohr zu knabbern. »Ja, das hatte ich tatsächlich gehofft.«

Ich schmiegte mich in seine Umarmung. In seinen Armen fand ich ein Gefühl der Zugehörigkeit und des Trostes, das mir gefehlt hatte. Es war, als bräuchte ich eine Umarmung von ihm, um mich besser zu fühlen, also ließ ich mich einige Augenblicke lang von ihm halten.

»Das ist schön. Können wir das immer so machen?« Das war halb Scherz, halb ernst.

»Du willst kuscheln? Ich bin ein Experte im Kuscheln.«

Erfahrungsgemäß war er ganz gut im Kuscheln, aber wir kuschelten nicht oft miteinander. Wenn wir zusammenkamen, donnerte und blitzte es. Wir waren im Bett wie ein tobender Sturm. Wir kuschelten nicht.

»Mir geht es immer noch nicht besonders gut. Tut mir leid. Ich weiß, dass du Bettgymnastik erwartet hast, aber ich bin noch nicht ganz auf der Höhe. Wärst du sauer, wenn wir an deinem Pool abhängen und eine Pizza bestellen würden? Wir könnten uns einen Film ansehen und später kuscheln, wenn es draußen zu heiß ist. Ich will heute etwas Einfaches, wenn das für dich okay ist?«

Ich war besorgt, dass es nicht okay sein würde. Aber das hätte ich nicht sein müssen. Er drückte seine Lippen in einem warmen, beruhigenden Kuss auf meine.

»Du fühlst dich nicht wohl und ich habe darauf bestanden, dass du vorbeikommst. Danke, dass du gekommen bist. Ja, draußen am Pool zu sitzen ist perfekt. Hast du einen Bikini dabei? Willst du ins Wasser gehen?«

»Ja, ich habe einen Bikini dabei. Ich hatte gehofft, du könntest mir Sonnencreme auf den Rücken schmieren.«

Er grinste mich schelmisch an und gluckste.

»Das kann ich auf jeden Fall machen. Du kannst dich in meinem Zimmer umziehen. Ich werde den Pool vorbereiten und den Whirlpool einschalten.«

Es war schon eine Weile her, dass ich das erste Mal in seinem Zimmer gewesen war. Als ich mich auszog, um meinen Badeanzug anzuziehen, war ich versucht, unter die Laken zu kriechen. Chandler wäre zwar liebevoll und fürsorglich gewesen, aber von dem ganzen Schaukeln würde mir wahrscheinlich schlecht werden. Allein bei dem Gedanken daran hätte ich mich am liebsten übergeben.

»Das ist ein spektakulärer Bikini«, sagte Chandler, als ich auf die hintere Terrasse trat. »Ich kann verstehen, warum du ihn unter einem T-Shirt versteckt hast, als wir letzten Monat mit dem Boot rausgefahren sind.«

Mir gefiel, wie er mich ansah. Ich fühlte mich schön und selbstbewusst. Ich wünschte nur, das Flattern in meinem Inneren würde sich beruhigen, damit ich mich auch sexy fühlen konnte.

Chandler kam über die Terrasse und streckte seine Hand nach mir aus. »Ich glaube, du brauchst Hilfe mit deiner Sonnencreme?«

Ich reichte ihm die Tube. »Daran habe ich gedacht, aber ich habe mein Handtuch vergessen«, sagte ich.

Er zeigte auf einen Stapel gefalteter Handtücher. »Die liegen schon für dich bereit.«

»Du hast dich um alles gekümmert«, sagte ich.

Er nickte. »Jetzt lass mich für dich sorgen.«

13

CHANDLER

»omm in mein Büro«, sagte ich in die Freisprechanlage des Telefons.

»Bin gleich da«, antwortete Mila.

›Gleich da‹ bedeutete ›in fast zehn Minuten‹. Ich ärgerte mich immer noch ein wenig darüber, dass ihr Büro so weit weg war. Aber wenigstens hatte sie eines.

»Heather, kannst du meinen Terminkalender abrufen?«, fragte ich über die Sprechanlage.

»Klar doch. Wonach suchen wir?«, fragte Heather. »Oh, hey Mila. Geh rein, wir reden über den Terminplan.«

Ich blickte auf und sah eine lächelnde Mila. Sie sah immer noch etwas müde aus. Unsere ›Arbeit‹ am Wochenende war sehr entspannend gewesen, weil ihr einfach nicht nach einem Ausflug zumute gewesen war. Ihre Haut glänzte durch die gesunde Bräune, die sie an den zwei Pooltagen bekommen hatte.

Ich grinste und zwinkerte ihr zu. »Nimm dir einen Stuhl und hol deinen Stundenplan heraus. Ich will diese Woche durchgehen.«

»Ich habe keine Reisetermine eingetragen. Hat sich das geändert?«, fragte Mila und zog einen Stuhl heran, um sich mir gegenüber an den Schreibtisch zu setzen.

»Keine Reisen, aber ich werde nicht im Büro sein. Grimes kommt aus der Schweiz und bringt eine interessierte Partei mit«, begann ich.

»Haben wir eine Ahnung, wer dieser Interessent ist?«, fragte Heather. Das Geräusch ihrer Finger, die über ihre Tastatur flogen, ertönte aus dem Lautsprecher.

»Grimes?«, fragte Mila.

»Marcel Grimes war früher der Leiter des Büros. Als er nach Europa ging, bin ich eingesprungen.«

»Er ist also sehr wichtig«, stellte Mila fest.

Ich nickte. »Deshalb müssen wir meinen Zeitplan klären. Was steht an und was muss ich an Kathleen oder Mila weitergeben?«

Sie zeigte auf sich selbst und formte ihren Mund zu einem überraschten, aber lautlosen ›Mich?‹.

»Ja, an dich. Du hast schon genug Präsentationen miterlebt. Ich bin mir sicher, du könntest auch eine übernehmen. Setz dich mit Kyle Manning in Verbindung. Frag ihn, ob er diese Woche deine Hilfe braucht. Sag ihm, dass ich dich zu ihm geschickt habe.«

»Oh, ich kenne ihn. Sein Büro ist auf der anderen Seite des Gebäudes. Ich hatte schon mit ihm zu tun, als ich für Kathleen McDonalds Assistentin eingesprungen bin.«

Mila klang ein bisschen zu enthusiastisch, als sie sich an Kyle erinnerte. Ich biss die Zähne zusammen und verdrängte die Wut, die bei dem Gedanken aufkam, dass sie Kyle anlächeln würde. Er war jünger, näher an ihrem Alter.

»Renn nur nicht gleich los, um dich ihm an den Hals zu werfen. Du musst erst noch ein paar Dinge für Grimes vorbereiten.«

Milas Augenbrauen zogen sich zusammen und sie machte ein säuerliches Gesicht. ›Was?‹, fragte sie wieder lautlos, diesmal ziemlich empört.

»Nichts.«

»Wann kommen Mr. Grimes und sein Gast an? Weißt du, wo sie übernachten werden?«

»Ich nehme an, im Four Seasons«, sagte ich.

»Ich werde das überprüfen. Müssen wir damit rechnen, dass die Meetings woanders stattfinden?«, fragte Heather.

»Ja, und …«

»Wie lange ist er in der Stadt? Soll ich euch einen Termin im Country Club buchen?« Das war genau der Grund, warum Heather so wertvoll war.

Mila war auf Reisen nützlich, aber sie kannte die Firma noch nicht gut genug, um zu wissen, dass Grimes seine Geschäfte beim Mittagessen und beim Golfen erledigte. Der Mann saß selten in einem Konferenzraum und sah sich PowerPoint-Präsentationen an. Im Moment saß Mila einfach nur da und sah hübsch, wenn auch etwas verloren aus.

»Was willst du wegen deines Meetings mit der TTT-Agentur am Donnerstag machen?«

»Wer?«

»Triple T. Das Talent Team. Es ist ein Marketing-Meeting. Ähm, in meinen Notizen steht Branding«, sagte Mila und las etwas auf ihrem Tablet.

»Oh, richtig. Da solltest du auf jeden Fall dabei sein. Mach dir gute Notizen für mich«, wies ich sie an.

Sie nickte und kritzelte etwas auf ihren Notizblock.

»Wo bin ich noch eingeplant? Darum müssen wir uns jetzt kümmern.«

»In deiner Aufgabenliste stehen ein paar Folgemeetings, aber du hast nichts anderes bestätigt.«

»Verschiebe diese Folgemeetings, bis Grimes abreist. Ich gehe davon aus, dass er bis zum Wochenende in der Stadt sein wird, bevor er an die Küste fährt.«

»Ich werde seinen Assistenten in der Schweiz kontaktieren. Es ist … Nachmittag dort. Ich sollte sie erreichen können. Ich rufe dich zurück, wenn ich Informationen habe.« Die Sprechanlage klickte, als Heather die Verbindung unterbrochen hat.

Mila blinzelte zu mir hoch. »Du brauchst mich also wirklich nicht?«

Ich räusperte mich. »Das würde ich nicht unbedingt sagen.«

Sie warf einen Blick über ihre Schulter auf die Tür zu meinem Büro. Sie stand weit offen, sodass jeder, der vorbeikam, uns sehen konnte.

»Ich hatte ein schönes Wochenende«, murmelte sie und gab dabei kaum einen Laut von sich.

Ich nickte. Es war angenehm. Nicht das, was ich geplant hatte, aber ihre Gesellschaft war immer schön. Wir saßen einen langen Moment da und sahen uns an, bevor sie aufstand.

»Na ja, ich denke, ich werde in Kyle Mannings Büro vorbeischauen. Schick mir per E-Mail, was ich für deine Meetings mit diesem Typen vorbereiten soll. Aber so wie es sich anhört, brauchst du doch eigentlich keine Präsentation, oder?«

Ich schüttelte den Kopf. »Keine Präsentationen. Notizen, aber ich werde nicht wissen, welche Recherchen ich brauche, bis er kommt.«

Sie nickte und sah ein wenig enttäuscht aus. Es ging ums Geschäft, sie musste sich daran gewöhnen.

»Flirte nicht mit Kyle, wenn du da runtergehst«, sagte ich, als sie ging.

Sie drehte sich um und starrte mich an. »Ich flirte nicht in der Arbeit, aber danke für die Erinnerung.« Ihren Gesichtsausdruck würde ich nicht als Lächeln bezeichnen, eher als eine Grimasse.

Ich wusste nicht, worüber sie sich so aufregte. Sie war diejenige, die aus meinem Wochenende nichts weiter als ein gemütliches Beisammensein mit ein paar Küssen gemacht hatte. Ich hätte meine Zeit auch bei einem Spiel verbringen können. Kaum war Mila aus meinem Büro verschwunden, war sie auch schon wieder aus meinem Kopf.

Ich musste mich vorbereiten. Marcel Grimes war fast wie ein Mentor für mich gewesen, als er das Büro geleitet hatte. Ich musste ihm zeigen, dass nicht nur die Einnahmen und die Produktivität stiegen, sondern dass ich die treibende Kraft hinter den Verbesserungen war.

Die Gegensprechanlage vibrierte. »Sag mir, dass du Informationen hast.«

»Ich habe eine Menge Informationen. Die Assistentin von Mr. Grimes war sehr hilfreich. Ich habe sogar die Namen der Leute, die er mitbringt«, begann Heather.

»Leute? Also nicht eine Person?«, fragte ich.

»Genau. Er trifft sich mit ein paar Investoren aus Argentinien. Ich werde die Reiseroute weiterleiten, sobald sie sie schickt. Und sie haben Zimmer und eine Suite im Four Seasons gebucht. Ich kümmere mich als Nächstes um deine Meetings. Die willst du doch morgen nicht haben, oder?«

»Nicht, wenn er heute Abend kommt. Morgen werden alle so tun, als hätten sie keinen Jetlag. Mach das nach einem späten Frühstück.«

»Wird erledigt.«

Heather arrangierte ein Auto, das mich am Morgen abholen würde, damit ich mich nicht um den Parkservice kümmern musste. Mit einem Fahrer auf Abruf konnte ich sicher sein, dass ich meine Gäste überall hinbringen konnte, wo sie gebraucht wurden. Abgesehen von einem Mittagessen war ich mir sicher, dass der erste Tag nur dazu dienen würde, alte Zeiten wieder aufleben zu lassen und, wenn ich Glück hatte, einen Hinweis darauf zu bekommen, warum Grimes in der Stadt war.

Als ich im Hotel ankam, ging ich zum Gästeservice und fragte, ob sie Grimes wissen lassen könnten, dass ich angekommen war.

»Mr. Grimes hat gesagt, Sie können nach oben gehen.« Die Angestellte gab mir die Zimmernummer und ich ging zu den Fahrstühlen.

Als ich ankam, war die Tür schon halb geöffnet.

»Hallo?«

»Chandler, komm rein.« Ich hatte fast vergessen, wie laut und dröhnend seine Stimme war.

Ich trat ein und sah, wie mein alter Freund eine Vase mit Obst, das wie Blumen geschnitten war, von dem niedrigen Tisch in der Mitte auf einen Beistelltisch stellte.

»Marcel, du bist ein wahrer Augenschmaus. Wie lange ist es her?« Ich wollte ihm die Hand schütteln, wurde aber in eine Umarmung gezogen. Er gab mir Küsschen auf beide Wangen, ganz nach europäischer Art. Das überrumpelte mich.

»Viel zu lange, mein Freund, viel zu lange. Du siehst gesund aus.«

Ich grinste und konnte nicht wirklich dasselbe von ihm sagen. Er war in den letzten Jahren drastisch gealtert. Seine Wangen sahen eingefallen aus und obwohl er braun war, sah diese Bräune irgendwie unecht aus.

»Du musst deiner Assistentin für das Obstarrangement danken. Es ist ein schönes und leckeres Geschenk. Ich weiß, dass du nicht daran gedacht hast«, gluckste Grimes.

Er zupfte an einem Spieß mit verschiedenen Früchten und reichte ihn mir. Ich nickte anerkennend und nahm das Obst an. Er zog einen weiteren Spieß aus dem Arrangement und biss hinein. Während ich kaute, betrat ein Mann, den ich nicht kannte, die Sitzgruppe.

»Marcel, du hast nicht erwähnt, wann dein Begleiter ankommen wird. Oh, hallo, da bist du ja schon.«

»Chandler, du musst unsere neuen Freunde und zukünftigen Mitarbeiter kennenlernen. Dieser Herr ist Dane Nunez, und Fernando Torres ist auch hier irgendwo.«

Als ich Dane die Hand schütteln wollte, war das zum Glück alles, was ich bekam: einen Händedruck.

»Erzählst du mir, was es damit auf sich hat, oder soll ich warten, bis wir morgen auf dem Golfplatz sind?«, fragte ich.

»Du hast schon gebucht?«, fragte Grimes.

»Die Abschlagzeit ist gebucht, der Caddy steht fest und der Brunch ist reserviert. Wann habe ich dich jemals im Stich gelassen, wenn es um Golf ging?«

»Dane, du spielst doch Golf, oder?«, fragte Grimes.

»Ich bin sehr gut darin, schlecht darin zu sein. Das dürfte interessant werden«, gab Dane zu.

»Sobald Fernando zu uns stößt, werde ich die Details besprechen. Denn dazu sind wir hier. Du kommst ins Spiel, sobald Dane, Fernando und ich uns geeinigt haben. Ich werde dich überzeugen müssen, in die Schweiz zu kommen und dort meine Abteilung zu leiten«, sagte Grimes. Er redete nicht lange um den heißen Brei herum und ließ mich auf die Informationen warten.

»Ich glaube nicht, dass du mich überzeugen musst«, gab ich zu.

14

MILA

Ich wusste nicht, was in Chandler gefahren war. Als dieser Grimes aufgetaucht war, war mein heimlicher Freund auf einmal ein anderer Mensch geworden. Nachdem ich ihn ein paar Tage lang nicht gesehen hatte, begann ich ihn wirklich zu vermissen.

»Ist Chandler da?«, fragte ich Heather, als ich mich seinem Büro näherte.

Sie schüttelte den Kopf. »Er kommt erst zurück, wenn Grimes die Stadt verlässt.«

Ich legte das Tablet und das Notizbuch, das ich bei mir trug, auf ihren Schreibtisch. »Wer ist dieser Typ? Ist er wirklich so wichtig?«

»In der Vergangenheit hat er den Laden übernommen und den Gewinn mehr als verdoppelt. Das war zwar vor meiner Zeit, aber soweit ich weiß, hat er Chandler im Grunde zu dem gemacht, was er heute ist. Ich schicke ihm jedes Jahr eine Geburtstagskarte und zu Weihnachten einen Obstkorb in Chandlers Namen. Das ist ein Dauerauftrag.«

Ich seufzte. Ich hatte keine Chance gegen einen alten Freund. Ich musste meine Gefühle unterdrücken und mich darüber freuen, dass Chandler Spaß mit seinem Freund hatte. Wenn ich eine gute Partnerin sein wollte, musste ich genau das tun. Mich für Chandler freuen und ihm seinen Freiraum lassen. Immerhin war er mir eine Stütze gewesen, als es mir nicht so gut gegangen war, hatte Zeit mit mir verbracht und dafür gesorgt, dass ich mich wohlfühlte.

Ich biss mir auf die Lippe und lächelte innerlich darüber. Wir unterstützten einander. Wie echte Partner.

»Woran denkst du?«, fragte Heather. Sie lehnte sich nah an mich heran und warf mir einen wissenden Blick zu. »Du bist auf einmal sehr glücklich geworden.«

Panik machte sich in mir breit. »An nichts«, sagte ich ein bisschen zu laut. Ähm, da der Chef nicht da ist, wollte ich mich früher aus dem Staub machen.«

»Du hast an einen Typen gedacht. Du willst früher gehen, um diesen Mann zu treffen?«, fragte Heather mit singender Stimme.

»Ja, aber sag es niemandem. Er ist Kellner in einer Sportbar und ich weiß, dass er heute die Mittagsschicht hat. Ich werde eine sehr lange Mittagspause machen und mich dann für den Rest des Nachmittags krankmelden.« Das mit dem Mann war gelogen, aber nicht, dass ich mich für den Rest des Tages krankmelden würde. Ich fühlte mich nicht besonders gut und ein Mittagsschlaf schien mir eine gute Idee zu sein.

»Ich werde niemandem ein Wort sagen, wenn du meinen Kaffee für mich nachfüllst.« Sie hielt mir ihre leere Tasse hin.

»Klar, wie willst du ihn?«

»Schwarz, aber bring mir vier oder fünf Päckchen Zucker mit, nur für den Fall.«

Ich nahm die Tasse und ging in den Pausenraum. Kathleen McDonalds Assistentin, Lisa, war dort und unterhielt sich mit einer anderen Verwaltungsangestellten aus der Etage, die ich nicht kannte. Ich nickte zur Begrüßung, versuchte aber, die beiden zu ignorieren.

»Ich war einfach die ganze Zeit so müde«, sagte die Verwaltungskraft, die ich nicht kannte.

»Ich auch. Die Morgenübelkeit ist das Schlimmste«, antwortete Lisa.

»Ich hatte eigentlich nie wirklich Morgenübelkeit. Ich war immer kurz davor, aber nie richtig. Im ersten Trimester ging es mir meistens beschissen.«

Ich fummelte an der Kaffeekanne herum und verschüttete etwas auf dem Tresen. Sie beschrieb damit genau meine Symptome. Ich war ständig müde und mir war übel, aber ich musste mich nie wirklich übergeben.

»Du hast Glück. Im Moment kotze ich mindestens einmal am Tag.«

»Bist du schwanger?«, fragte ich. Ich hätte mich nicht in ihr Gespräch einmischen sollen, aber ich musste mehr erfahren.

»Das bin ich, aber bitte sag es nicht weiter. Ich warte, bis ich das erste Trimester hinter mir habe, bevor ich etwas verkünde«, antwortete Lisa.

»Glückwunsch. Ich werde nichts sagen. Du bist doch nicht auch schwanger, oder?«, fragte ich die andere Frau.

»Nein, ich bin gerade aus dem Mutterschaftsurlaub zurückgekommen, also ist mir das alles noch in Erinnerung.«

»Deshalb kennen wir uns noch nicht. Ich bin Mila«, sagte ich und wischte den Fleck mit einem Papiertuch auf.

»Jaimie, schön, dich kennenzulernen.«

»Schwanger zu sein, hört sich ziemlich miserabel an«, gab ich zu. »Tut mir leid.«

»Das ist es auch irgendwie«, sagte Lisa. »Aber das Elend geht vorbei und dann soll es angeblich irgendwann leichter werden.« Sie tätschelte ihren immer noch flachen Bauch.

»Dein Geheimnis ist bei mir sicher.«

Ich schnappte mir eine Handvoll Zuckerpäckchen und trug den Kaffee vorsichtig zurück zu Heather.

»Danke, ich wünsche dir einen schönen Nachmittag.« Sie winkte mir zu, als ich meine Sachen nahm und zurück in mein Büro ging.

Am liebsten hätte ich alles stehen und liegen gelassen und wäre losgerannt. Ich musste immer wieder daran denken, was Lisa und Jaimie gesagt hatten. Jaimie hatte beschrieben, wie ich mich in den letzten Wochen gefühlt hatte. Ich war ständig müde gewesen und hatte das unangenehme Gefühl gehabt, mich gleich übergeben zu müssen. Ich hatte das Gefühl, dass es mir besser gehen würde, wenn ich mich einfach auskotzen könnte.

Ich hatte vor dem Mittagessen noch ein paar Dinge zu erledigen. Sobald ich die letzte E-Mail abgeschickt hatte, fuhr ich meinen Computer herunter, schnappte mir meine Sachen und ging. Zwanzig Minuten später saß ich auf dem Parkplatz eines Supermarktes und musste mich überreden, hineinzugehen, um einen Schwangerschaftstest zu kaufen. Leute kamen und gingen, und ich saß immer noch da.

Was sollte ich tun, wenn ich schwanger war? Ich würde es Chandler sagen müssen. Würde er sich freuen? Würde er wütend auf mich sein? Das war meine Angst, aber ich ignorierte diese innere Stimme. Chandler hatte bereits bewiesen, dass er ein liebevoller, fürsorglicher Mann war. Ich war mir sicher, dass er in der Sekunde, in der er erfuhr, dass er Vater werden würde, ein sehr fürsorglicher Partner sein würde.

Ich wusste in meinem Herzen, dass wir verliebt waren. Keiner von uns beiden hatte die Worte gesagt. Aber Taten sprachen lauter als

Worte und seit unserer Reise nach Las Vegas strahlten wir beide vor Freude über unsere Liebe.

Er hatte sich in dieser Woche nur so verhalten, weil ein alter, wichtiger Mentor zu Besuch war. Wir waren zusammen, und ein Baby würde das noch mehr festigen.

Ich weiß nicht, wie lange ich dort war, als jemand in der blauen Uniformweste des Ladens an mein Fenster klopfte. Ich kurbelte es gerade weit genug herunter, um die Person zu hören. »Geht es dir gut? Du sitzt schon eine ganze Weile da drin.«

»Oh, mir geht's gut. Ich habe mir ein Hörbuch angehört, und es wurde richtig gut. Ich wollte niemanden beunruhigen.«

Der Gesichtsausdruck der Dame zeigte, dass sie wusste, dass ich gelogen hatte. Ich hörte nicht einmal Musik, sondern saß nur mit laufendem Motor da. Ich stellte das Auto ab und ging hinein. Sofort schnappte ich mir den ersten Schwangerschaftstest, den ich fand, und sprach ein stilles Gebet zu jedem Gott, der mir zuhörte.

Dad war nicht zu Hause. Das war auch gut so, denn ich hatte keine Lust, ihm irgendetwas zu erklären. Ja, ich war früher zu Hause. Ja, ich wollte meinen Job behalten. Ja, ich wusste, dass ich lernen musste, mit Unannehmlichkeiten umzugehen, um als zuverlässige Mitarbeiterin zu gelten. Ich war müde und fühlte mich nicht gut.

Also machte ich den Test. Und dann saß ich im Bad und starrte ihn die ganze Zeit an, während die Zeit ablief. Sobald es auch nur so aussah, als würde er ein positives Ergebnis anzeigen, warf ich ihn in den Papierkorb. Ich wusch mir die Hände und ging ins Bett.

Ich würde mich später mit dieser Information befassen. Darauf war ich überhaupt nicht vorbereitet gewesen.

Als ich aufwachte, hämmerte es an meiner Tür. »Mimi, bist du da drin?«, bellte Dad.

»Ja, was ist?« Ich war schläfrig, als ich die Tür öffnete.

Dad stand mit blasser Miene da. Er hielt den Schwangerschaftstest hoch. »Was ist das?«

»Was hast du in meinem Badezimmer gemacht?«, fragte ich.

»Ich bringe den Müll raus. Willst du mir jetzt sagen, dass der nicht von dir ist, oder müssen wir uns mal unterhalten?« Er war wütend und gab sich wirklich Mühe, nicht zu schreien.

Ich war so müde, dass ich nur noch schlafen wollte. »Können wir darüber reden, wenn ich mein Nickerchen beendet habe?« Ich ließ mich zurück auf mein Bett fallen.

»Nein, wir werden jetzt darüber reden.« Er stapfte in mein Zimmer und stand mit verschränkten Armen da. »Weiß dein junger Mann Bescheid?«

Ich schnaubte. Mein Mann war nicht so jung. Aber das wollte ich nicht sagen. »Wie sollte er das? Ich habe es gerade erst erfahren.«

»Habt ihr vor, zu heiraten? Muss ich mit ihm reden? Ich denke, ihr beide solltet euch schnellstens damit auseinandersetzen –«

»Dad, hör auf. Ich habe es wirklich gerade erst erfahren. Ich hatte noch keine Gelegenheit, es jemandem mitzuteilen. Wenn du nicht in meinem Müll herumgeschnüffelt hättest, würdest du es nicht wissen.«

»Ich habe nicht herumgeschnüffelt. Er lag ganz oben«, sagte er. »Du kannst das deiner Arbeit nicht erzählen.«

»Du weißt schon, dass Frauen während der Schwangerschaft arbeiten dürfen, oder? Ich meine, ich weiß, dass die Dinge anders waren, als du und meine Mutter jünger waren, aber … auch damals haben schwangere Frauen gearbeitet.«

Dad atmete schwer und lange aus. »Ich habe meinen Freund gebeten, dir einen Job zu geben, und das sieht nicht gut aus, Mila. Wenn er herausfindet, dass du schwanger, alleinstehend und planlos bist, wird er denken, dass du verantwortungslos bist. Und er wird sich auf alles konzentrieren, was du von jetzt an falsch machst. Du könntest deinen Job verlieren.«

Ich starrte Dad an. Meinte er das ernst? Würde Chandler das als einen weiteren Fehler ansehen, den ich gemacht hatte? Würde die Schwangerschaft meine Arbeit ruinieren? Ich konnte nicht glauben, dass Chandler so denken würde. Aber Dad dachte so, und sie stammten aus der gleichen Generation. Sicherlich gab es Manager, die so etwas tun würden. Dad würde das offensichtlich tun. Und im Internet kursierten jeden Tag eine Million solcher Geschichten, in denen ein winziger Fehler eine Lawine gegen jemanden auslöste und ihn entweder zur Kündigung zwang, oder dazu führte, dass er gefeuert wurde.

Ich starrte Dad an und blinzelte ein paar Mal. Ich hatte jetzt einen Plan, den ich fünf Minuten zuvor noch nicht gehabt hatte. Ich würde es Chandler dieses Wochenende sagen. Irgendwann musste ich es ja sowieso tun. Aber Dad hatte nicht ganz unrecht: Ich hatte keine Ahnung, wie es mit dem Mutterschaftsurlaub in der Arbeit aussah und ob ich nach der Geburt weiterreisen konnte. Das würde sich auf meinen Job auswirken; die Frage war nur, wie stark.

15

CHANDLER

»**G**uten Morgen, Chandler«, rief Milas Stimme mir von meiner Bürotür aus zu. Sie stand da und sah mich erwartungsvoll an, in der Hand ihr Tablet und ein paar andere Dinge, die sie normalerweise mitbrachte.

»Ich habe dich nicht gerufen«, betonte ich.

»Ich weiß, ich dachte mir, ich bin mal proaktiv und erscheine zu unserem Montagsmeeting, damit du mich nicht rufen musst. Wie liefen deine Treffen mit Marcel Grimes?«

»Alles lief gut. Hör zu, Mila, ich habe einen vollen Terminkalender und muss mich jetzt konzentrieren.«

»Oh, okay«, sagte sie. »Wann soll ich wiederkommen?«

Ich brauchte sie nicht, zumindest nicht, bis ich sie gerufen hatte.

»Ich gebe dir Bescheid.«

»Also keine Reisetreffen diese Woche?«

»Ich hatte gesagt, ich rufe dich, wenn ich dich brauche«, bellte ich.

Ihre Augen wurden groß und ich könnte schwören, dass ich gesehen hatte, wie ihre Lippen zitterten. Ich hatte keine Zeit, ihre verletzten Gefühle zu schonen.

»Ich rufe dich an«, sagte ich mit ruhigerer Stimme.

Ich wartete, bis sie nickte und das Büro verließ. Ich hatte zu viel zu tun und nicht genug Zeit. Grimes wollte, dass ich Anfang des Monats in die Schweiz kam. Als er mir zum ersten Mal vorgeschlagen hatte, seinen Platz einzunehmen, hatte ich gedacht, er spreche von einer fernen Zukunft, oder zumindest von dem Beginn des neuen Quartals. Ich wusste, dass das alles von dem Argentinien-Deal abhing.

Ich war in seine Pläne eingestiegen, ohne zu wissen, dass sie schon fast unter Dach und Fach waren. Sie waren praktisch am zehnten Golfloch abgeschlossen worden.

Er hatte sechs Wochen Zeit, um in Buenos Aires zu sein. Grimes war bereit, umzuziehen, und ich musste die Lücke füllen, die er hinterlassen würde. Im Idealfall würden wir uns ein wenig überschneiden. Deshalb musste ich hier alles in die Wege leiten. Ich hatte weniger als drei Wochen Zeit.

Ich musste alles organisieren und in Position bringen, denn sobald ich meine Abreise ankündigte, sollte alles geregelt ablaufen. Wie eine Reihe von Dominosteinen, die perfekt fielen.

»Ich brauche Kyle Manning und meinen Zeitplan für die nächsten zwei Wochen«, bellte ich in die Sprechanlage. »Oh, und ich brauche Eis.«

»Wird erledigt«, sagte Heather.

Innerhalb von zehn Minuten folgte Heather Kyle mit einem Ausdruck meines Zeitplans in mein Büro und trug den Eiskübel aus meiner Minibar.

»Mach die Tür zu, wenn du rausgehst«, sagte ich.

Kyle und ich sahen beide zu und warteten, bis Heather die Tür schloss.

»Worum geht es hier eigentlich?«, fragte er.

»Setz dich«, wies ich ihn an und deutete auf die niedrige Sitzgruppe. »Drink?«

»Es ist noch nicht einmal zehn. Ist das eines dieser Meetings? Bei denen man einen Drink braucht?«, gluckste er.

Ich ging zur Minibar und ließ zwei Eiswürfel in ein Glas fallen. Ich öffnete die Flasche Whiskey. »Es ist diese Art von Meeting. Ich weiß, dass ich einen Drink brauche.«

»Klar, ich nehme das Gleiche.«

Ich schenkte ihm einen ein und trug die Gläser hinüber. Dann reichte ich ihm seins und neigte meines zur Begrüßung, bevor ich einen Schluck nahm. »Ich ziehe in die Schweiz um. Und ich möchte, dass du dich hier um die Dinge kümmerst.«

Er nahm einen Schluck, bevor er etwas sagte. »Du hattest recht, dass ich das brauchen würde. Wann? Hast du deshalb deine Reisesekretärin bei mir abgeladen?«

Ich konnte mich nicht erinnern, Mila an ihn übergeben zu haben. Ich hatte ihr gesagt, sie solle sehen, ob er ihre Hilfe brauche.

»Nein«, gluckste ich. »Das sollte nur vorübergehend sein. Aber sie ist eine gute Mitarbeiterin, du solltest darüber nachdenken, sie in dieser Position zu behalten. Die Meetings in diesem Sommer hatten eine bessere Beteiligung als die vorherigen. Ich werde sie nicht mehr brauchen. Darüber hatte ich nicht nachgedacht, aber ... ich will jemanden, der mit der europäischen Kundschaft vertraut ist.«

»Hast du das dem Vorstand mitgeteilt? Bin ich der Erste, der es erfährt, oder der Letzte?«

Er wusste, wie dieses Unternehmen funktionierte. Er wusste, dass der Vorstand dazu neigte, Geheimnisse zu bewahren und alle anderen im Regen stehenzulassen.

»Du bist der Erste. Im Moment wissen nur du, ich, Marcel Grimes und ein paar Männer von einem Start-up in Argentinien Bescheid. Und das soll auch so bleiben.«

»Danke, dass du mir diese Neuigkeiten anvertraut hast, und das Abteilungsbüro.«

»Hör zu, ich habe ein paar Personalanforderungen«, begann ich.

»Schieß los.«

»Behalte Heather. Sie ist eine Bereicherung für dieses Unternehmen. Mach sie zur Vizepräsidentin für Logistik oder so, wenn du sie nicht als Verwaltungsangestellte behältst.«

»Ist sie wirklich so gut?«, fragte er.

»Das ist sie. Du könntest in Erwägung ziehen, sie als Verwalterin zu behalten und deine jetzige Verwalterin zur Reisesekretärin zu machen. Ich habe diese Position wirklich unterschätzt, als ich sie geschaffen habe. Sie hat mir bei mehr als nur ein paar Präsentationen den Arsch gerettet. Du musst Mila nicht behalten, wenn du sie nicht willst. Ich habe ihrem alten Herrn versprochen, ihr einen Job zu geben. Wenn es sein muss, schick sie als flexible Assistentin zurück in die Personalabteilung. Aber warte mindestens sechs Wochen, bevor du sie entlässt.«

Kyle gluckste. »Du fühlst dich wirklich für sie verantwortlich, was?«

»Ich kenne sie, seit sie ein Kind war. Ich teile mir mit ihrem Dad eine Loge im Stadion. Sie leistet gute Arbeit, aber wenn du entscheidest, dass es mit ihr nicht klappt, möchte ich dir nicht im Weg stehen.«

Kyle nickte. »Ich verstehe. Ich werde ihr eine Chance geben, bevor ich eine Entscheidung treffe. Ich nehme an, du gibst diese Meetings an mich weiter?«

»Ja, ich habe diese Woche zwei. Mila sollte die Details bereits kennen, aber deine Verwalterin wird die Reise buchen müssen. Heather muss mir helfen, die Dinge hier in Ordnung zu bringen.«

»Hast du es ihr schon gesagt? Verwaltungsangestellte können weinerlich werden, wenn ihre Chefs weiterziehen und sie bei der Versetzung nicht mitnehmen.«

»Ich werde es ihr in ein oder zwei Tagen sagen. Bis dahin wird sie schon gemerkt haben, dass etwas im Busch ist«, gab ich zu. Heather war schlau, sie würde merken, dass ich meine Akten zusammenpackte.

Ich hätte gerne noch länger geredet, aber wie Kyle sagte, musste er einige Präsentationen vorbereiten, und ich musste mich auf meinen Umzug ins Ausland vorbereiten.

Ein paar Stunden später vibrierte mein Handy. »Ja?«

»Chandler, kann ich mit dir reden?«, fragte Mila.

»Geht es um etwas Geschäftliches?«

»Natürlich, sonst würde ich dich nicht während der Arbeitszeit damit belästigen.«

»Alles, was du in den nächsten zwei Wochen über die Arbeit zu sagen hast, ist Kyle Mannings Sache. Du solltest dich mit ihm über deine Reisepläne für die Woche absprechen.«

»Genau darüber wollte ich mit dir reden«, sagte sie schnippisch.

Ich hatte keine Zeit für ihr Verhalten. Ich holte tief Luft.

»Mila, alles, was mit den anstehenden Meetings oder Präsentationen zu tun hat, wird in absehbarer Zeit über Kyle laufen. Ich muss mich konzentrieren. Ich erwarte, dass du das verstehst und mich nicht mit kleinlichen Beschwerden über die Arbeit belästigst. Ich weiß, dass du professionell bist und mit dieser Veränderung in deinem Management umgehen kannst.«

»Natürlich, du hast recht. Tut mir leid, dass ich dich belästigt habe.« Sie beendete das Gespräch.

Ich hörte ein paar Tage lang nichts von ihr. Aber das hatte ich auch nicht erwartet. Sie hatte Meetings und Reisen, und sie arbeitete jetzt für Kyle.

Am Ende der Woche erhielt ich eine Nachricht von ihr. Ich stöhnte auf. Mein Wochenende war schon vollgepackt.

›Tut mir leid, dass ich dich störe, aber ich muss dringend mit dir reden‹, schrieb sie mir.

›Schreib mir eine Nachricht.‹

›Am besten persönlich. Bitte.‹

›Samstag nach zehn.‹ Bis dahin sollte der Hausverwalter gekommen und gegangen sein. Die Packer waren erst später angesetzt. Ich hatte ein kleines Zeitfenster.

›Ich werde da sein.‹

Mila war pünktlich, sie kam fünf Minuten nach zehn. Ich war noch dabei, die Dinge mit der Hausverwaltung abzuschließen.

»Ich denke, wir werden keine Probleme haben, das Haus zu vermieten. Wir können es wahrscheinlich so vermieten, wie es ist, aber ich denke, Sie werden zuerst alles streichen wollen«, sagte der Verwalter, als ich Mila hereinließ.

»Hallo, Chandler«, sagte Mila.

Ich öffnete die Tür und winkte sie wortlos herein.

»Tun Sie, was Sie für das Beste halten. Ich habe keine Zeit, mich um die Malerarbeiten oder die notwendigen Änderungen und Reparaturen zu kümmern. Deshalb habe ich Sie hinzugezogen. Sie müssen das Haus vollständig verwalten.«

»Natürlich. Ich dachte, Sie wollten sich vielleicht Kosten sparen …«

»Ich reise in weniger als zwei Wochen ab. Im Moment habe ich mehr Geld als Zeit. Sie können alles auf Vordermann bringen, was Sie für nötig halten, ohne das Haus komplett umzugestalten.«

Der Hausverwalter reichte mir die Hand.

Ich nahm sie.

»Es wird mir ein Vergnügen sein, mit Ihnen zu arbeiten, Mr. Owens. Ich wünsche Ihnen eine gute Reise.« Er nickte Mila zu, als er das Haus verließ.

Mila sah ihm mit offenem Mund und großen Augen nach. Sie schloss ihren Mund, um ihn dann wieder zu öffnen wie ein Goldfisch. Es war zwar ein hübscher Goldfisch, aber es war trotzdem ein hirnloses Glotzen. »Was ist …«

Die Türklingel unterbrach sie.

Ich hob einen Finger. »Merk es dir.«

Ein grobschlächtig aussehender Mann stand an meiner Tür. Er hielt ein Klemmbrett aus Aluminium in der Hand, das gleichzeitig eine dünne Schachtel war, in der man Papiere und Stifte aufbewahren konnte.

»Mr. Chandler Owens?«

»Das bin ich«, sagte ich.

»Wir sind hier, um Ihre Sachen zu packen.«

»Sie sind früh dran«, bemerkte ich, als ich zurücktrat und ihn hereinließ. »Ich habe Sie nicht vor elf erwartet.«

»Die Crew kommt um elf, ich bin hier, um unseren Bedarf an Vorräten zu ermitteln. Haben Sie antike Stücke oder große Spiegel, die besonders zerbrechlich sind?«

»Chandler?«, rief Mila meinen Namen.

»Gib mir eine Minute, Mila. Ich bin gleich wieder da.« Ich wandte meine Aufmerksamkeit wieder dem Mann zu. »Ich habe nicht vor, die Möbel mitzunehmen. Sie werden hier bleiben. Kommen Sie mit, ich zeige Ihnen, welche Räume für den Versand und welche für die langfristige Lagerung verpackt werden.«

Ich führte ihn in mein Büro und gab ihm zu verstehen, dass der gesamte Raum eingepackt und verschifft werden sollte, ebenso wie mein Schlafzimmer. Den Rest des Hauses würde ich einlagern. Ich brauchte keine Möbel ins Ausland zu schicken, wenn es billiger war, sie dort zu kaufen. Er machte sich Notizen, während er mir folgte.

Als wir fertig waren, stand Mila immer noch an der Eingangstür.

»Ich und die Jungs sind in einer Stunde zurück.«

Ich schloss die Tür und drehte mich zu Mila um. »Du hättest dich hinsetzen können. Weshalb wolltest du mich sprechen?«

»Du ziehst um?«, fragte sie mit ausdrucksloser Miene.

Ich nickte. »Ich übernehme die Schweizer Niederlassung.«

»Wann wolltest du mir das denn sagen?«

Ich zuckte mit den Schultern. »Wahrscheinlich, wenn ich die Ankündigung offiziell mache. Du arbeitest bereits für Kyle, also bleibt dein Job derselbe. Er wird meine Rolle hier vor Ort übernehmen.«

»Er wird ein guter Mentor sein, aber schlaf vielleicht nicht mit ihm, er ist verheiratet«, neckte ich.

16

MILA

Ich wusste nicht, was ich sagen sollte. »Du ziehst um?«

»Es ist nicht so, dass ich pendeln kann. Natürlich ziehe ich um. Ich muss vor dem ersten Tag dort sein. Ich weiß, das ist nicht der ideale Zeitpunkt, Mila. Aber du weißt ja, dass man manchmal die Gelegenheit ergreifen muss, besonders im Geschäftsleben.«

Ich starrte ihn an. Er wollte gehen und konnte nur über Geschäftsmöglichkeiten reden. Was war mit uns passiert?

Gab es ein ›uns‹?

»Also arbeite ich jetzt für Kyle?«

»Ja, das habe ich mit ihm abgesprochen. Du hast dich diese Woche übrigens gut geschlagen. Er sagte, du wärst eine echte Bereicherung für die Präsentationen, die ich ihm aufgehalst habe. Ich würde es begrüßen, wenn du das im Büro noch nicht erwähnst. Ich habe die Ankündigung noch nicht gemacht. Das werde ich diese Woche tun.«

Ich schluckte die Galle hinunter. Zum ersten Mal seit ein paar Wochen war ich mir ziemlich sicher, dass ich mich wegen der morgendlichen Übelkeit krank fühlte.

»Kann ich es meinem Dad sagen? Ich denke, dass er und deine Gruppe daran interessiert sein werden ...«

Er blieb stehen und sah mich an. Ich konnte förmlich sehen, wie ihm ein Licht aufging, als ihm der Gedanke kam.

»Ja, ich muss es ihnen sagen. Wir haben nächste Woche ein Spiel, ich werde sie dort sehen. Aber klar, du kannst es Dan sagen.«

Er hatte wirklich überhaupt nicht über die Menschen in seinem Leben nachgedacht. Er war nur darauf aufmerksam geworden, dass er es seinen Freunden sagen sollte, weil ich etwas gesagt hatte. Wenn er die persönlichen Beziehungen, die er hatte, nicht über das Geschäftliche stellte, würde er weder mich noch das Baby zu schätzen wissen.

Wie hatte ich mich nur so täuschen können? Er sah mich überhaupt nicht als Partnerin an. Verdammt, er nahm meine Existenz kaum zur Kenntnis. Ich war nichts weiter als eine geschäftliche Entscheidung.

»Worüber wolltest du mit mir sprechen?«, fragte er. Ich war überrascht, dass er sich überhaupt daran erinnerte, warum ich da war.

»Ich konnte nicht zu dir ins Büro kommen. Ich wusste nicht genau, was es mit Kyle Manning auf sich hat. Es tut mir leid, dass ich dich am Wochenende belästigt habe, aber es hat mich beschäftigt. Heather hatte auch keine Informationen für mich.« Das war keine Lüge.

Heather hatte gesagt, dass Chandler am Montagmorgen in einer manischen Stimmung ins Büro gekommen war. Er hatte die ganze Woche wie im Rausch verbracht und keine Besprechung wahrgenommen, wenn er sie nicht einberufen hatte. Nun, dieser plötzliche Ortswechsel erklärte so ziemlich alles.

»Das tut mir leid. Ich hatte eine Menge zu tun.«

Ich bezweifelte, dass er sich wirklich entschuldigte. Er kannte die wahre Bedeutung des Wortes nicht. Wie sollte er auch? Er dachte immer nur an sich selbst. Ich war so dumm. Ich hatte gedacht, dass sich zwischen uns etwas Ernsthaftes entwickeln würde. Ja, meine Dummheit und mein blindes Vertrauen.

Ich musste da raus.

»Wenn ich dich nicht mehr sehe, heißt es wohl Abschied nehmen«, sagte ich. Ich hob meine Arme, um ihn zu umarmen. Ich dachte, er würde mir wenigstens das geben. Er wandte seine Aufmerksamkeit wieder seinem Handy zu. Er war beschäftigt. Er war abgelenkt.

»Ja, wir sehen uns.«

Ich machte mich auf den Weg nach draußen.

»Mila, es war schön, mit dir zusammenzuarbeiten. Wir hatten Spaß.« Er zwinkerte mir zu.

Ich verzog das Gesicht. Vielleicht dachte er, es sei ein Lächeln. Spaß. Mehr war es für ihn nicht gewesen. Er hatte heimlich die naive Tochter seines Freundes gefickt.

Ich saß lange im Auto, bevor ich es startete. Ich drehte das Radio auf, bis der Bass der Musik meine Fenster vibrieren ließ. Ich legte den Gang ein und sobald ich auf der nächsten Autobahn war, fuhr ich so schnell ich konnte und schrie.

Ich schrie und schrie immer weiter, bis mir die Kehle wehtat. Danach sang ich nicht mehr, sondern brüllte mit dem Radio mit. Nach einer Weile fing ich wieder an zu schreien und zu schnell zu fahren, bis etwas in mir zerbrach. Ich schlug auf den Regler des Radios und schaltete es aus. Ich konnte den Lärm nicht mehr ertragen.

Es war wie ein verdammter Zusammenbruch. All meine Wut wurde weggespült, und ich blieb leer und verängstigt zurück. Ich war allein in der Stille. Dann fing ich an zu weinen. Und ich konnte nicht aufhören. Die Tränen trübten meine Sicht und ich konnte nichts mehr erkennen.

Ich hielt am Straßenrand an und schluchzte. Ich war abwechselnd traurig, leer und wütend. Gewaltsam schlug ich auf das Lenkrad ein, bis ich Angst hatte, es kaputtzumachen.

Ich sackte darüber zusammen und weinte weiter, bis ich Schluckauf bekam und sicher war, dass ich nicht mehr weinen konnte. Irgendwann mussten meine Tränendrüsen doch austrocknen, oder? Meine Augen fühlten sich geschwollen an. Ich hätte nie gedacht, dass ich gleichzeitig so wütend und verletzt sein konnte. Chandler hatte sich nie für mich interessiert, und ich hatte ihn in meiner Fantasie zu einem perfekten Märchenprinzen gemacht.

Nur weil ich es so wollte, wurde es nicht zur Wahrheit. Lektion gelernt. Jetzt musste ich meinem Dad gegenübertreten, ihm sagen, dass sein Freund gehen würde, und so tun, als wäre ich nicht traurig darüber. Ich konnte ihm nicht zeigen, wie erschüttert ich über diese Neuigkeit war. Ich konnte ihm niemals sagen, dass Chandler der Vater war.

Ich saß noch eine Weile nachdenklich da. Das Auto schaukelte, als ein LKW vorbeisauste. Es war wahrscheinlich weder sicher noch klug, dass ich am Straßenrand saß und eine existenzielle Krise hatte. Ich wartete, bis die Straße frei war, und fuhr weiter.

Ich war schon eine ganze Weile gefahren, bevor ich an einer Tankstelle hielt. Ich musste auf die Toilette. Ich kaufte zu viele Snacks und ein großes Getränk, bevor ich zum Auto zurückkehrte und es volltankte.

Auf der Heimfahrt hörte ich Musik, aber in einer vernünftigen Lautstärke. Ich hörte größtenteils auf zu weinen und die Schokoriegel schienen meiner Stimmung geholfen zu haben. Mir wurde bewusst, dass ich nichts gegessen hatte. Als ich von der Autobahn fuhr, hielt ich an einem Schnellimbiss an und holte mir etwas Deftigeres zum Mittagessen.

Ich aß, während ich nach Hause fuhr. Ich wollte mich nur noch auf der Couch einrollen und den Rest des Wochenendes Filme gucken.

»Mimi, geht es dir gut? Du warst eine ganze Weile weg. Hast du geweint?« Dad blieb stehen und musterte mich, als ich hereinkam.

Ich nickte.

»Was ist denn los? Was ist passiert?«

Ich krümmte meine Finger so, dass meine Nägel sich in meine Handflächen bohrten und blinzelte an die Decke. Ich wollte endlich mit dem Weinen aufhören.

»Alles. Ich musste mit Chandler ein paar Dinge über die Arbeit klären und habe erfahren, dass er das Land verlässt. Er sagte, ich könnte es dir sagen. Er wird es allen beim Spiel nächste Woche sagen. Ich schätze, ihr werdet alle bei einem Baseballspiel sein. Und jetzt mache ich mir Sorgen um meinen Job.« Das war alles völlig wahr.

»Ich werde doch trotzdem hier wohnen können, oder? Wenn ich nicht genug verdiene, um mir den Auszug leisten zu können?«

»Ich dachte, du würdest mit deinem jungen Mann darüber sprechen. Er muss sich um dich kümmern.«

Tränen füllten meine Augen und liefen über meine Wangen.

»Mimi?«

Ich fuchtelte mit meiner Hand herum und versuchte, meine Gefühle zu zügeln. Es funktionierte nicht besonders gut. Ich stieß einen langen Atemzug aus.

»Nachdem ich bei Chandler war, bin ich zu seinem Haus gefahren, zu dem Vater des Babys. Er hat mit mir Schluss gemacht.«

»Was? War das bevor oder nachdem du ihm gesagt hast, dass du sein Kind bekommst?«

»Ich wollte es ihm sagen, aber ich kam nicht dazu.« Das war das Einzige, was von dem, was ich Dad erzählte, der Wahrheit entsprach. »Er sagte, ich wäre anhänglich und würde ihn zu etwas drängen, dem er nie zugestimmt hat. Er sagte auch, dass er nie wieder mit mir reden würde, wenn ich behaupten würde, schwanger zu sein, nur um ihn bei der Stange zu halten, denn darauf würde er nicht hereinfallen. Er sagte, ich solle verschwinden und vergessen, wo er wohnt.« Ich schniefte und verkrampfte mich, um die Tränen zu unterdrücken. Ich wollte nicht mehr um diesen Mann weinen. Er war es nicht wert.

»Ich hatte keine Gelegenheit, viel zu sagen. Du wirst mich doch nicht auch noch rausschmeißen, oder?« Meine Stimme brach, als ich weiter weinte.

Dad legte seine Arme um mich und hielt mich fest. Er sagte lange Zeit gar nichts. Ich geriet in Panik und fing an, noch mehr zu weinen, weil ich überzeugt war, dass er nichts sagte, weil er mich rauswerfen wollte.

»Deine Mom und ich haben dich bekommen, als wir noch viel jünger waren, als du es jetzt bist. Ihre Eltern haben ihr keine Wahl gelassen. Ich wusste bereits, dass ich sie heiraten würde. Ich dachte nur, wir würden älter sein.« Er streichelte mein Haar, als mein Weinen nachließ.

»Ich habe mir geschworen, dass ich mein Kind niemals rausschmeißen würde, weil es einen Fehler gemacht und sein Leben gelebt hat. Wir waren Kinder und mussten ziemlich schnell erwachsen werden. Ich werde nirgendwo hingehen, Mimi.«

Nach einem langen Schweigen fragte er: »Würde es helfen, wenn ich mit diesem Typen rede? Von Mann zu Mann?«

»Nein, du würdest ihn nur bedrohen und verhaftet werden. Ich würde ihn lieber vergessen. Er war ein Fehler.«

»Aber in ein paar Monaten wirst du ihn nicht mehr vergessen können. Du bist schwanger, das wird dein Leben verändern.«

»Ich weiß, aber im Moment will ich nicht an ihn denken. Ich muss mich um meinen Job kümmern. Ich muss anfangen, für ein neues Auto und ein Kinderbett zu sparen. Ich habe keine Zeit, mich mit jemandem zu beschäftigen, der sich nicht für mich interessiert.«

»Das ist mein Mädchen.«

Ich merkte, dass Dad noch etwas sagen wollte. Er konnte nicht besonders gut mit meinen Gefühlen umgehen, also musste das sehr viel für ihn gewesen sein. Ich dachte immer, Erwachsene seien reifer. Der heutige Tag bewies, dass das nicht der Fall war, sie waren egoistisch. Zumindest die Männer, die ich kannte, waren das.

17

CHANDLER

Ich stand auf dem Balkon meiner neuen Wohnung und betrachtete den späten Sonnenuntergang. Zürich lag etwas nördlich des fünfundvierzigsten Breitengrades. So weit im Norden zu sein, veränderte die Menge des Tageslichts im Sommer. Ich könnte mich wirklich an die längeren Tage gewöhnen. Ich wusste, dass dies im Winter längere, dunklere Nächte bedeuten würde, aber im Moment war es einfach fantastisch.

Zu Hause hatte ich immer weit genug im Süden gelebt, dass die Sommerstunden bei weitem nicht so lang waren wie hier. Selbst im Hochsommer wäre es so spät in der Nacht nicht mehr hell gewesen. Ich sollte mal nach Schweden reisen und mir das Phänomen der Mitternachtssonne ansehen. Na ja, vielleicht nächstes Jahr. Es war schon so spät im Sommer, dass ich den vollen Effekt nicht mehr erleben würde. Trotzdem war es schön, die Sonne zu sehen, auch wenn sie gerade unterging.

Seit meiner Ankunft verbrachte ich ganze Tage in Meetings mit Grimes im Büro. Wir standen kurz vor der Übergabe, was bedeutete, dass wir von dem Zeitpunkt an, an dem ich zur Tür hereinkam, bis zu dem Zeitpunkt, an dem wir zu müde waren, um uns zu konzentrieren, damit verbrachten, zu analysieren und zu bewerten, wo und wie meine Strategien aussehen würden, sobald er die Kontrolle vollständig übergeben hatte. Wären wir in den USA gewesen, wäre es schon dunkel gewesen, wenn ich das Büro verließ.

Wir waren wieder ganz in unserer Mentorenbeziehung angekommen. Ich hatte diese Zeit vermisst. Marcel Grimes war eine Quelle des Wissens und ich hatte das Glück, dass er bereit war, es mit mir zu teilen. Aber manchmal vergaß er, dass ich viele Jahre lang selbständig gewesen war. Alles würde gut werden.

Er musste einfach sicher sein, dass dieser Ort in guten Händen war, sobald er in das Flugzeug nach Südamerika stieg. In meinen Händen, den besten Händen für diesen Job.

Ich nahm einen Schluck von meinem Getränk und bewunderte die Landschaft. Der Blick aus meiner neuen Wohnung unterschied sich sowohl von meinem Zuhause in den Staaten als auch von meinen Erwartungen. In den USA war mein Haus in einem wohlhabenden Viertel mit kurvigen Straßen, ruhigen Nachbarn und wenigen Straßenlaternen gewesen, das vollständig von Bäumen umgeben war. Von meiner Terrasse aus hatte ich den Pool, die großen Bäume in meinem Garten und den Zaun gesehen, der den Garten von dem des Nachbarn trennte. Hier waren die Bäume kleiner und meine Wohnung lag direkt über den Baumkronen. Von meinem Balkon aus konnte ich die Nachbarschaft auf der anderen Straßenseite überblicken und den Zürichsee sehen.

Ich dachte, ich würde eine großstädtische Hochhauswohnung bekommen, aber ich hatte wohl einfach keine Ahnung gehabt, was mich in Zürich erwarten würde. Als ich mir den Umzug nach Europa ausgemalt hatte, waren mir Vorstellungen von verschiedenen Urlauben in Paris und Rom oder von den Skireisen in die bayerischen Alpen gekommen. Zürich hatte einen alten europäischen Charme, aber es war ein sehr moderner Ort. Die abgelegenen Stadtteile waren mir so vertraut, dass sie fast wie zu Hause schienen.

Ich hatte Marcels Assistentin damit beauftragt, eine möblierte Wohnung mit einem einjährigen Mietvertrag für mich zu finden. Ich hätte mich selbst um die Wohnungssuche kümmern sollen. Das Arrangement war nicht schrecklich, nur nicht das, was ich für mich selbst ausgesucht hätte. Nachdem ich jahrelang in der Vorstadt gelebt hatte, wäre das eine tolle Gelegenheit gewesen, im Herzen der Stadt zu wohnen. Aber ich bezweifelte, dass ich eine so große Wohnung wie diese gefunden hätte. Zumindest war mir gesagt worden, es sei eine große Wohnung, aber ich hielt sie eher für klein.

Und an diesem Abend fühlte sie sich sogar noch kleiner an. Alle meine Kartons waren angekommen. Ich hatte den ganzen Vormittag festgesessen, während die Umzugshelfer einen Karton nach dem anderen hereingetragen hatten. Es war gut, dass ich keine Möbel eingepackt hatte. Mein Wohnzimmersofa hätte nicht hineingepasst, und für den Billardtisch war auch kein Platz. Auch wenn ich mein Kingsize-Bett vermisste, gab es in diesen Schlafzimmern keinen Platz für die Matratze und die Kommoden.

Ich wies die Möbelpacker an, alles an der Wohnzimmerwand zu stapeln. Die Kisten nahmen viel zu viel Platz ein. Die Wohnung hatte sich schon klein angefühlt, bevor die Wand mit den Kartons den Raum noch mehr eingeengt hatte.

Als ich nach einem Tag voller Meetings zurückkam, hatte ich das Gefühl, dass alles irgendwie noch kompakter geworden war.

Als ich auf den Balkon flüchtete, wusste ich, dass ich die gefürchtete Aufgabe des Auspackens vermeiden wollte. Ich kehrte ins Haus zurück und stellte das Getränk auf dem niedrigen Couchtisch ab. Dann musterte ich die Etiketten der Kartons. Manche konnte man nicht lesen, weil die Kartons falsch herum platziert worden waren, also stapelte ich sie neu.

Ich hatte keine Lust, alles selbst auszupacken, aber ich war es leid, praktisch aus einem Koffer zu leben. Ich wollte frische Kleidung und meine Pflegeprodukte. Als ich die richtigen Kartons gefunden hatte, nahm ich sie von den Stapeln, als würde ich die Ziegelsteine einer Mauer entfernen.

Ich schleppte die Kisten und verteilte sie im Schlafzimmer und im Bad. Das Öffnen der Kartons und das Auspacken meiner Sachen war eine interessante Erfahrung. Es waren viel zu viele Dinge. Ich hatte keine Ahnung, warum ich sie eingepackt hatte. Warum hatte ich eine Glasflasche mit Rasierwasser eingepackt? Es war nicht meine übliche Marke. Ich hätte sie leicht durch etwas von hier ersetzen können. Ich schraubte den Deckel ab und schnupperte.

Erinnerungen an Mila, die in dem Hotelzimmer in Las Vegas herumtanzte, kamen zurück. Ich war tagelang im Bett gewesen und hatte mich geweigert, es zu verlassen. Ich hatte sie gehabt, wo und wie ich wollte, warum hätte ich gehen sollen?

Sie hatte mir das Probenfläschchen hingehalten, das sie im Badezimmer gefunden hatte. »Hier, das musst du auftragen.«

Ich griff nach ihrer Hand und hielt sie davon ab, mich mit dem Duft zu übergießen, den sie gefunden hatte.

»Was ist das?«, fragte ich.

»Ich weiß es nicht. Es riecht gut. Teuer. Du wärst unwiderstehlich, wenn du so riechen würdest.«

Ich schnupperte an der Probe, sie war nicht schlecht. Ich gab ein paar Tropfen auf meine Hände und klatschte mir das Aftershave in den Nacken. Es war definitiv nicht zu aufdringlich.

Sie schmiegte sich an mich, drückte ihre Nase in meinen Nacken und machte ein großes Theater daraus, an mir zu schnüffeln. Sie gurrte und machte anerkennende Geräusche. Es hatte also definitv einen Grund gegeben, warum ich das Bett nicht verlassen hatte.

Ob es nun das Aftershave war oder einfach ihre Laune, sie hatte auf jeden Fall gezeigt, dass ich unwiderstehlich war. Ihren nackten

Kurven unter mir hatte ich auch nicht widerstehen können. Und in diesem Moment hatte ich es nicht einmal versucht.

Sobald sie es geschafft hatte, mich aus dem Bett zu zerren und mir Klamotten aufzuzwingen, hatte ich dieses Rasierwasser bestellt.

Danach hatte ich es nur noch auf unseren gemeinsamen Reisen getragen. Und es war offensichtlich, dass sie mich um einiges unwiderstehlicher fand, wenn ich den Duft trug. Das war mein Mila-Aftershave. Hier würde ich es nicht brauchen.

In meiner Brust bildete sich ein kleiner Spannungsbogen. Ich hatte sie nicht unter den besten Umständen verlassen. Ich hatte sie nicht im Stich gelassen, und wahrscheinlich hätte ich meinen Abschied besser gestalten sollen. Ich hatte dafür gesorgt, dass sie noch einen Job hatte. Sie wusste, dass das, was wir zusammen gehabt hatten, nur unverbindlicher Spaß gewesen war. Der Wechsel nach Zürich war die klügste Entscheidung gewesen, die ich in Bezug auf meine Karriere hätte treffen können. Sie würde das verstehen. Sie musste es. Wenn sie es nicht tat, war sie nicht so klug, wie ich gedacht hatte.

Zu Hause war es schon Morgen. Ich könnte ihr eine E-Mail schreiben und mich melden. Aber was würde das nützen? Ich wollte sie nicht verwirren, indem ich mich bei ihr meldete, obwohl zwischen uns eigentlich nichts mehr sein sollte. Ich war hier. Ich hatte nicht vor, sie zu bitten, für eine Woche im Bett hierher zu fliegen. Ich könnte hier genauso gut jemanden finden, mit dem ich mich amüsieren konnte. Ich nahm an, dass Mila schon jemand Neuen im Auge hatte.

Autsch. Ich blickte nach unten und stellte fest, dass ich die Plastikverpackung meiner bevorzugten Kopfschmerztabletten zerdrückt hatte. Ich schaute sie an und schüttelte den Kopf. Noch ein Gegenstand, den ich nicht hätte einpacken müssen. Hier gab es Apotheken und ich hätte problemlos etwas Ähnliches finden können.

Mir gefiel zwar nicht, dass Mila jetzt einen neuen Mann finden würde, aber ich war nicht in der Lage, ihr das zu verbieten. Wenn sie bei meiner Rückkehr in die Staaten immer noch Single war, sah ich keinen Grund, warum wir nicht gleich da weitermachen konnten, wo wir aufgehört hatten.

Wenn ich mich melden wollte, könnte ich Kyle eine Nachricht schicken und fragen, wie es so lief. Ihn anrufen. Das wäre nichts Ungewöhnliches oder Außergewöhnliches. Ich rechnete damit, dass Grimes mich ein paar Mal anrufen würde, bevor er so beschäftigt mit seiner neuen Rolle in Argentinien war, dass er es vergaß.

Ich schaute auf meine Uhr. Es war schon spät. Zu spät, um in den Staaten anzurufen. Ich hatte vor, morgen anzurufen, bevor ich das Büro verließ. Das sollte mit dem Morgen in den Staaten übereinstimmen. Als ich ins Wohnzimmer zurückkehrte, schnappte ich mir mein Tablet. Ich fügte eine Notiz hinzu, dass ich Kyle morgen früh anrufen und mich nach Heather und Mila erkundigen wollte. Außerdem merkte ich an, dass Grimes' Verwaltung jemanden beauftragen sollte, um meine Sachen auszupacken.

Wir hatten immer noch nicht genau geklärt, für wen seine Verwaltungsassistentin zuständig war. Sie war gut, aber ich wusste nicht, ob sie weiter mit mir arbeiten wollte oder ob sie die Gelegenheit nutzen würde, sich eine andere Stelle zu suchen. Ich nahm an, dass das ihre Entscheidung war. Grimes hatte nicht erwähnt, dass sie mit ihm umziehen würde. Und er hatte sich auch nicht darum bemüht, jemand Neues für mich zu finden. Ich fügte meinen Aufgaben für heute Morgen hinzu, dass ich mich über die Verwaltung informieren musste. Der morgige Tag sah jetzt schon anstrengend aus.

18

MILA

Drei Jahre später ...

Ich saß auf dem Boden im Wohnzimmer. Luke reichte mir immer wieder die kleinen Figuren, die zu seinem Spielset gehörten. Ich wünschte, er wäre genauso enthusiastisch beim Aufräumen. Aber jetzt war es erst einmal Zeit zum Spielen.

»Danke«, wiederholte ich, als er mir ein weiteres Plastiktier reichte.

»Nimm, Mami.« Seine Worte waren nicht so klar, wie seine Absicht.

»Mami nimmt«, wiederholte ich. »Danke. Kannst du mir den Tiger bringen?«

Wir arbeiteten daran, die Tiere zu benennen. Er liebte seine Tiere. Mein Schoß war voller Plastikfiguren. Und noch mehr waren im ganzen Wohnzimmer verstreut. Unser Schlafzimmer im Obergeschoss war ein regelrechter Zoo mit einer ganzen Sammlung von Plüschtieren.

»Tiger!«, verkündete er stolz, als er mir das Tier halb zuwarf, halb schenkte.

»Kannst du den Elefanten finden?«

Er watschelte durch das Zimmer, bis er das richtige Tier gefunden hatte und warf es mir zu.

»Wenn das deine Vorstellung von Aufräumen ist, wird es ewig dauern«, sagte Dad, als er das Zimmer betrat. In seiner Stimme war kein Humor zu hören.

»Opa!«, schrie Luke und rannte los, bis er gegen Dads Beine prallte.

»Hallo, Kumpel«, sagte er und hob Luke hoch. »Wie geht es meinem besten Freund?«

»Opa, Tiere.« Luke zeigte auf unsere Unordnung.

»Ihr werdet das doch bis heute Abend wieder aufräumen, oder?«, fragte Dad.

»Das mache ich doch jeden Abend«, konterte ich.

Dad liebte Luke – oder zumindest tat er so. Aber er mochte es nicht, ein Kleinkind im Haus zu haben. Kleinkinder machten Unordnung. Mein Kleinkind, meine Unordnung. Das bedeutete, dass ich nach allem, was wir taten, ständig putzen musste und dass ich jeden Abend, nachdem ich Luke ins Bett gebracht hatte, das Haus so herrichten musste, als würde er nicht darin wohnen. Das war anstrengend.

Ich war schon mit meinem beschissenen Job ausgelastet. Luke war die ganze Zeit voller Energie. Und dann machte Dad auch noch Druck auf mich. Ich wusste, dass er nicht wollte, dass ich und Luke hier wohnten, aber ich verdiente einfach nicht genug, um allein zu leben.

»Hast du vor, morgen mit Luke in den Z-O-O zu gehen?«

»Das hatte ich nicht vor, warum?«

»Es findet ein Spiel statt. Die Jungs kommen zum Zuschauen rüber.«

»Habt ihr dafür nicht eine Loge im Stadion?« Wieder ein Tag, an dem ich aus dem Haus gehen und verschwinden musste. Ich musste dringend Hausarbeiten erledigen und hatte damit gerechnet, den ganzen Sonntag Zeit dafür zu haben.

»Das ist für Heimspiele.«

»Und das ist kein Heimspiel. Aha. Morgen soll es den ganzen Tag regnen, da nehme ich Luke nicht mit.«

Dad kitzelte Luke und das Zusammenspiel der beiden stand im krassen Gegensatz zu der Auseinandersetzung, die ich mit ihm hatte. Es war offensichtlich, wie sehr er uns beide liebte. Aber die Worte, die aus Dads Mund kamen, ließen mich glauben, dass er nicht wollte, dass seine Freunde wussten, dass es uns beide gab.

»Kannst du mit ihm ins Einkaufszentrum gehen oder so?«

Ich starrte ihn an. Ich wollte, dass er einfach zugab, dass er uns aus dem Weg haben wollte. »Wir können eine Zeit lang gehen, aber ich muss Wäsche waschen. Euer Spiel wird vier Stunden oder länger laufen. Ich weiß, wie gerne du die Kommentatoren nach dem Spiel anschreist.«

»Mach deine Wäsche heute Abend, wenn Luke im Bett ist.«

Ich schloss meine Augen. Das war kein Streit, den ich gewinnen würde. »Okay, dann mache ich sie morgen früh fertig. Aber ich werde ihn zum Mittagsschlaf nach Hause bringen müssen. Ich bringe ihn einfach direkt in unser Zimmer. Solange du und deine Freunde vor dem Fernseher sitzen, werdet ihr uns nicht kommen sehen. Und wenn er aufwacht, bleiben wir in unserem Zimmer und lesen Bücher.«

Ich werde mich nicht so verhalten, als würde ich in meinem eigenen Haus leben. Ich werde mich so unauffällig wie möglich verhalten.

»Das dürfte kein Problem sein. Ich erwarte, dass du nett bist, wenn du jemandem begegnest, aber versuche nicht, ein Gespräch zu führen. Wenn sie dich fragen, wie es dir geht, sind sie nicht wirklich interessiert.«

Ich nickte. Er meinte damit, dass ich auf keinen Fall erwähnen sollte, wie müde ich war, weil ich ein Kleinkind hatte und gleichzeitig versuchte, Vollzeit zu arbeiten. Das Dumme war nur, dass seine Freunde es schon wussten. Sie hatten Luke schon gesehen, als er auf die Welt gekommen war.

Ich glaubte nicht, dass Dad über seine Verlegenheit hinweggekommen war, nachdem McLain einmal einen Kommentar gemacht hatte. Ich glaubte ehrlich gesagt nicht, dass der Mann wusste, wie man mit Frauen sprach, ohne zu flirten. Mit neckischer Stimme hatte er mich gefragt, ob ich schon wüsste, wer der Vater sei.

Zu diesem Zeitpunkt war ich so müde gewesen, dass ich einfach in Tränen ausgebrochen bin. Ich hatte das Baby genommen und mich in meinem Zimmer versteckt. Danach hatte Dad immer versucht, uns zu verstecken. Ich wusste nicht, ob ihm meine Reaktion oder die Tatsache, dass ich mich weigerte, ihm zu sagen, wer der Vater war, mehr peinlich war.

»Versuch, McLain nicht anzulächeln«, sagte er.

Ich konnte nur nicken. Ich konnte Dad nicht sagen, er solle McLain verbieten, unangemessen mit mir zu flirten. Der Mann hatte schon seine dritte oder vierte Frau. Er hatte keinen Grund, mich mit diesen Anspielungen anzusprechen. Ich hatte nie etwas getan, um ihn zu ermutigen. Und ich hatte ihn schon gar nicht angelächelt.

»Ich lächle McLain nie an, Dad. Ich spreche nicht einmal mit ihm, das weißt du«, sagte ich. Ich stand auf und fing an, die verstreuten Tiere aufzusammeln. Wenn ich früher mit dem Aufräumen anfing, war er vielleicht nicht mehr so wütend auf mich. Es war Wunschdenken, aber das war alles, was ich noch zu haben schien.

»Deshalb halte ich es für das Beste, wenn du einen Weg findest, um uns aus dem Haus zu gehen.«

Dad hatte mir versprochen, dass er mich nicht rausschmeißen würde. Als Mom mit mir schwanger geworden war, hatten sie keine andere

Wahl gehabt. Mein Großvater wollte meine Mutter hinauswerfen, wenn sie nicht heirateten. Ich konnte mich nicht einmal an ihn erinnern. Also hatte Dad, ein braver, katholischer Junge, sie geheiratet. Er behauptete, er habe Gott verloren, als er Mom verloren hatte. Aber die Einstellung, mit der er aufgewachsen war, hatte er nie abgelegt.

Er hatte mich allein großgezogen. Ich hatte ein Kind und war nicht verheiratet. Aber weil er Witwer war und ich mich einfach weigerte, jemandem zu sagen, wer Lukes Vater war, war ich eine ständige Quelle der Scham. Er gab es nicht zu, aber ich spürte es. Es war in jedem Blick und in seinen Worten zu erkennen.

Während ich Lukes Spielzeug in den Eimer warf, kitzelte Dad meinen Sohn und spielte mit ihm. Es hätte wunderbar sein sollen. Es hätte mich glücklich machen sollen.

Ich hatte einen Weg gefunden, mit der Ablehnung von Chandler Owens, Lukes leiblichem Vater, zu leben. Ich würde einen Weg finden, um Dads Enttäuschung zu überleben. In meinem Herzen hegte ich die Hoffnung, dass Luke nie erfahren würde, welches Urteil wir zu ertragen hatten.

Es hätte geholfen, wenn ich einen besseren Job gehabt hätte. Aber so war es natürlich nicht. Ich hatte in letzter Zeit überhaupt nicht viel Glück gehabt.

»Meinst du, du kannst ihn ablenken, während ich das Essen mache?«, fragte ich.

»Du musst mich nicht darum bitten, Zeit mit Luke zu verbringen«, sagte Dad zu mir. »Komm, lass uns draußen Stöcke suchen.«

»Zieh ihm bitte eine Jacke an.«

Ich war so abgestumpft von der gespaltenen Persönlichkeit, die Dad an den Tag legte, wenn es um Luke ging. Vielleicht war ich das eigentliche Problem? Luke war in Ordnung, er war ein völlig unschuldiger kleiner Junge, während ich das Problemkind gewesen war. Ich hatte meinen Vater in Verlegenheit gebracht. Ich hatte mich schwängern lassen. Ich konnte keinen anständigen Job finden. Ich fuhr ein beschissenes Auto, weil ich mir nichts Besseres leisten konnte. Nachdem er jahrelang versucht hatte, alles für mich zu kaufen, und nicht verstanden hatte, warum ich versuchen wollte, auf eigenen Füßen zu stehen, wo ich doch eigentlich Hilfe gebraucht hätte, hatte Dad beschlossen, dass es auf meine Art besser war. Dass ich es selbst schaffen musste.

Er hatte sich ein neues Auto mit einer hohen Sicherheitsstufe gekauft. Das einzige Mal, dass er einen Autositz hineingesetzt und Luke irgendwohin mitgenommen hatte, war direkt nach seiner Geburt gewesen, als ich ein paar Tage lang nicht hatte fahren können.

Danach war Luke nie mehr in Dads Auto mitgefahren.

Ich sah zu, wie er Luke eine Jacke anzog. Er schaute mich an und das Lächeln, das er für Luke hatte, verschwand aus seinem Gesicht, als sich unsere Blicke trafen. Ich wandte mich ab.

Es tat weh, zu wissen, dass ich alles kaputt gemacht hatte. Es hatte eine Zeit gegeben, da hatte ich gedacht, ich hätte den besten Vater, den es je gegeben hatte. Und als ich schwanger geworden war, hatte er sich ziemlich gut geschlagen. Die unbedachten Äußerungen waren mir nicht sofort aufgefallen. Erst als ich Luke mit nach Hause gebracht hatte und Dads Freunde ihn darauf angesprochen hatten, hatte sich seine Einstellung mir gegenüber merklich geändert.

Ich schleppte den Eimer mit Spielzeug in unser Zimmer. Auf dem Weg dorthin hob ich alles auf, was Luke sonst noch herumliegen lassen hatte. Oben angekommen, schnappte ich mir alle Trinkbecher und nahm sie mit in die Küche. Ich warf sie in die Spüle. Ich musste sie von Hand waschen und dann in einen Schrank stellen, den Dad nicht benutzte. Ich bemühte mich sehr, Lukes Bedürfnisse und Besitztümer nicht zu sehr in den Vordergrund treten zu lassen.

Als ich die Küche betrat, bemerkte ich, dass der Müll rausgebracht werden musste. Ich stellte das Geschirr ab und holte eine neue Tüte unter der Spüle hervor. Als ich die Tüte wechselte, sah ich zwei Trinkbecher im Müll.

Tränen stachen mir in die Augen. Das war ein Schlag ins Gesicht und es tat genauso weh, als wäre er echt gewesen. Das beste Szenario, das ich mir vorstellen konnte, war, dass Dad die Becher gefunden hatte, die ich beim letzten Mal übersehen hatte. Anstatt sie in die Spüle zu stellen, damit ich sie abwaschen konnte, hatte er sie weggeworfen. Es waren nur Plastikbecher, aber der Mangel an Mitgefühl und Respekt war so eklatant.

Er hatte zwar gesagt, dass er uns nicht rausschmeißen würde, aber das fühlte sich an, als würde ich weggestoßen werden. Nach und nach drängte Dad mich dazu, wegzugehen. Auf diesem Weg würde Dad mich nicht direkt rausschmeißen müssen, wenn ich von alleine gehen würde. Aber er machte deutlich, dass wir dort nicht erwünscht waren.

19

CHANDLER

Als ich vor Daniels Haus anhielt, war seltsamerweise alles noch genauso wie beim letzten Mal, als ich dort gewesen war. Und das war Jahre her. Doug fuhr immer noch ein rotes BMW Cabrio und sein alter Mustang stand auch noch da. Ich nahm an, dass der leuchtend gelbe Corvette McLain gehörte.

Von allen in der Gruppe war er derjenige, der am ehesten die typische Midlife-Crisis durchmachen würde. Ich hatte erfahren, dass er nach nicht ganz zwei Jahren Ehe schon wieder mitten in einer Scheidung steckte. Der Sportwagen war zu erwarten gewesen.

Milas altes, ramponiertes Auto sah ich nicht. Ich wusste nicht, warum ich mir die Mühe machte, danach Ausschau zu halten. Sie war auf dem Sprung zu einer glänzenden Karriere gewesen, als ich sie das letzte Mal gesehen hatte. Sie musste inzwischen ausgezogen sein und ihr Auto aufgerüstet haben. Vielleicht wohnte sie nicht einmal mehr in der gleichen Stadt.

Es wäre schön, sie zu sehen, aber ich war nicht sehr optimistisch.

Ich klopfte an und ging dann hinein, wie ich es immer tat.

»Chandler, du bist dem Anlass entsprechend gekleidet«, sagte Doug und kommentierte mein makelloses Team-Trikot. »Schön zu sehen, dass du nicht vergessen hast, wie man ein Footballspiel anschaut.«

»Hey, Mann. Wie geht es dir?« Ich klopfte ihm auf die Schulter.

»Ich kann mich nicht beklagen.«

Daniel kam mit einem Tablett voller Chickenwings herein. McLain war ihm dicht auf den Fersen, mit einer riesigen Schüssel Chips in der einen und Salsa in der anderen Hand.

»Mach dich nützlich und nimm dir ein paar Bierflaschen«, wies Daniel ihn an. »Du erinnerst dich doch noch an Bier, oder? Das gibt es doch auch in Europa, oder?«

»Ich weiß nicht, ob ich dieses verdünnte amerikanische Zeug vertragen werde.«

»Sei kein Biersnob«, sagte McLain.

»Ist das dein neues Auto?«, fragte ich.

»Ja, ich habe meine letzte Frau dafür eingetauscht. Ich glaube, ich habe endlich die richtige Entscheidung getroffen. Diese Schönheit meckert nicht und sieht dabei auch noch gut aus.«

»Die gibt dein ganzes Geld aus, genau wie deine letzten beiden Frauen«, scherzte Doug.

»Ja, wenn ich genug von ihr habe, kann ich sie für ein Upgrade verkaufen und sie wird nicht versuchen, mir alles zu nehmen, was ich habe«, sagte McLain. »Ich bin fertig mit Frauen.«

»Glaub ihm nicht«, sagte Daniel, als er zwischen uns hindurchging. »Er wird die Frauen nie aufgeben und seine Lektion nie lernen.«

Daniel schaltete den Fernseher ein und wir machten es uns auf der Couch bequem. Es war gut, zu Hause zu sein. Das Spiel begann und es war wie in alten Zeiten, als wir die Trainer im Fernsehen angebrüllt hatten. Es schien keine Rolle zu spielen, wie gut unsere Jungs spielten, sie schafften es einfach nicht, das erste Tor zu machen. Am Ende des ersten Viertels hatten wir immer noch keinen Touchdown erzielt.

Als unsere Jungs endlich punkteten, sprang ich auf und reckte meine Faust in die Luft. Leider stieß ich dabei die Chips und Salsa um und verschüttete etwas davon auf meine Kleidung.

»Ah, Mist.« Die Salsa würde mein Trikot verschmutzen. Es war neu und ich wollte auf keinen Fall einen großen roten Fleck in der Mitte haben.

McLain reichte mir ein paar Servietten.

»Ich muss das auswaschen.«

»Du klingst wie eine alte Frau«, kommentierte McLain.

»Ich klinge wie ein Mann, der weiß, wie er seine Wäsche selbst wäscht«, schnauzte ich zurück, als ich mich auf den Weg in die Küche machte. Ich ignorierte die Jungs, als sie über meinen Scherz lachten.

Als ich in die Küche ging, zog ich mein Trikot aus. Ich blieb stehen. Mila war da. Sie stand an der Theke und füllte Milch in einen Kinderbecher um.

»Mila?«

Sie zuckte zusammen, denn ich hatte sie erschreckt. Die Milch wurde verschüttet. Sie starrte mich an und fluchte leise vor sich hin. Ich griff nach der Küchenrolle und reichte sie ihr.

»Chandler, was machst du denn hier?«

»Football«, sagte ich und deutete auf das laufende Spiel nebenan. Ich hielt ihr mein Shirt hin, als wollte ich ihr den Fleck zeigen. »Ich muss mein Trikot auswaschen. Ich habe Salsa darauf verschüttet.«

»Ich meinte, du bist aus Europa zurück.« Sie schraubte die Lippe auf den Becher und stellte die Milch in den Kühlschrank.

Ich hielt mein Trikot unter den Wasserhahn und drehte das Wasser auf.

»Nimm auf jeden Fall kaltes Wasser dafür«, sagte sie, als sie ging.

Ich schaffte es, den Wasserhahn auf kalt zu stellen. Ich wollte noch etwas sagen, aber sie war schon weg. Ich hatte nicht einmal gewusst, dass sie hier war.

»Warum hast du so lange gebraucht? Du verpasst das Spiel«, sagte Doug.

»Ich werde mir die Wiederholung anschauen. Daniel, ich habe gerade Mila getroffen. Ist sie Babysitterin oder so? Sie hatte einen von diesen kleinen Kinderbechern.«

»Mila ist zu Hause? Ich dachte, sie wollte den ganzen Tag unterwegs sein«, sagte Daniel. Er klang nicht erfreut und antwortete nicht auf meine Frage.

»Hat Daniel es dir nicht gesagt? Er ist offiziell alt.«

»Wir sind alle alt, McLain«, sagte Doug.

»Ich weiß. Ich habe meine erste Midlife-Crisis, aber Daniel hier ist Großvater. Das ist wirklich alt.«

Es dauerte eine Minute, bis die Information bei ihm ankam. Wenn Daniel ein Großvater war, war Mila eine Mutter. Kein Wunder, dass sie nicht mit mir reden wollte. Ich war die alte Flamme, und sie hatte offensichtlich eine neue Familiensituation.

»Glückwunsch, Mann. Wann hat Mila geheiratet?«

Doug schüttelte energisch den Kopf und fuhr sich mit den Fingern über die Kehle. Ich war wohl in ein Fettnäpfchen getreten. Hätten meine Freunde mich informiert, hätte ich es vielleicht nicht versaut.

»Tut mir leid, Mann. Ich wusste es nicht.« Ich ließ das Thema fallen.

»Du wusstest es nicht. Sie ist im Moment eine alleinerziehende, berufstätige Mutter«, sagte Daniel.

Ich kannte Daniels Geschichte: Er hatte jung geheiratet, weil er seine Freundin geschwängert hatte. Offensichtlich war es ein wunder Punkt, keinen Ehemann zu haben.

Das Spiel begann wieder und ich schenkte ihm nur die Hälfte meiner Aufmerksamkeit. Ich hielt meine Ohren offen, um abzuwarten, bis Mila wieder in der Küche auftauchen würde. Als ich sie zu hören glaubte, schlich ich mich hinaus.

»Mila«, sagte ich. »Wie geht es dir?«

Sie hatte einen Arm voller Geschirr dabei, das sie in die Spüle stellte. »Es geht. Nicht gut, nicht schlecht. Geh zurück zu deinem Spiel Chandler.«

»Ich habe gehört, du hast ein Kind. Der Vater ist also ein Versager?«

»Wie kommst du darauf?«, fragte sie.

»Weil dein Dad gesagt hat, dass du single bist.«

Sie stieß einen langen Seufzer aus. »Kein Versager. Das hört sich an, als wüsste er von seinem Sohn. Er hat keine Ahnung und will nichts mit mir zu tun haben. Das war's dann auch schon.«

Sie sah gut aus. Ich hatte vergessen, wie sinnlich ihre Kurven waren.

»Du siehst gut aus. Du solltest mit mir ausgehen. Lass mich dich zum Essen einladen.«

»Du kommst nach wie vielen Jahren zurück und denkst, ich gehe einfach mit dir essen? Mein Vater ist nebenan. Wenn er dich hören würde, würde er dich verprügeln oder so. Du bist genauso bescheuert wie McLain. Mir war nie bewusst, wie dumm erwachsene Männer sein können.«

»Ach komm schon, Mila. Wir können doch an einen schönen Ort gehen, nur wir beide. Es könnte wie in alten Zeiten sein, wenn du weißt, was ich meine.«

»Ich weiß, was du meinst, und ich gehe nicht mit dir aus«, zischte sie.

»Warum nicht? Du bist single, ich bin single. Wir hatten früher viel Spaß zusammen«, erinnerte ich sie.

»Das sollte Grund genug sein.« Sie verkrampfte ihren Kiefer und riss ihre Augen weit auf. Ich bemerkte, dass sie heute ihre natürliche, goldbraune Farbe hatten.

Ich gluckste. Ich deutete auf meine Augen und dann auf ihre Augen. »Machst du immer noch diese Sache mit den Kontaktlinsen? Ich weiß noch, wie du deine Kontaktlinsen immer auf deine Outfits abgestimmt hast.«

Sie rollte mit den Augen und schüttelte den Kopf. »Heutzutage habe ich keine Zeit mehr, irgendetwas abzustimmen.«

»Worüber unterhaltet ihr beiden euch hier drin?« Daniel kam herein und warf Mila einen sehr spitzen Blick zu, bevor er in meine Richtung lächelte.

Er war schon immer sehr darauf bedacht gewesen, dass Mila etwas aus sich machte. Das wollte ich zu meinem Vorteil nutzen.

»Mila und ich haben uns gerade unterhalten. Jetzt, wo ich wieder in der Stadt bin, brauche ich eine qualifizierte Verwaltungskraft. Ich hatte gehofft, Mila dazu zu bewegen, wieder für mich zu arbeiten. Wir waren ein tolles Team, bevor ich gegangen bin.«

»Wirklich?«, fragte Daniel. »Sie könnte einen anständigen Job gebrauchen.«

»Dad!«, beschwerte Mila sich.

»Es ist wahr und das weißt du auch. Du beschwerst dich ständig über deinen Job«, sagte er. Er richtete seine Aufmerksamkeit auf mich.

»Was hast du denn im Sinn? Reisen ist nicht drin, das sage ich dir jetzt schon.«

Ich fing an, zu glucksen. Daniel spielte mir direkt in die Hände. »Ich glaube, ich muss einen Abend lang mit Mila über die Möglichkeiten sprechen.«

Sie schürzte ihre Lippen und ihre Nasenflügel blähten sich auf. Ich grinste. Ich war dabei, diese Runde zu gewinnen.

»Warum nicht zum Mittagessen?«, fragte Daniel.

»Mila hat einen Job, ich kann nicht von ihr erwarten, dass sie sich mitten am Tag Zeit für mich nimmt.«

»Sie kann kündigen und ab nächster Woche für dich arbeiten.«

Ich klopfte Daniel auf die Schulter. »Ich schätze deinen Enthusiasmus, aber das ist eine Chance, die Mila für sich selbst entscheiden muss.«

»Gut, wann sollen wir kommen?«

Das ließ er nicht auf sich sitzen. »Ich sag dir was. Lass Mila und mich sehen, ob wir etwas aushandeln können, und dann können du und ich uns zum Mittagessen treffen.«

»Ich weiß dein Angebot zu schätzen, Chandler. Das tue ich wirklich. Aber ich kann mich nicht mit dir treffen. Ich habe keinen Babysitter, den ich anrufen kann, und wie du siehst, würde das mit dem Essen nicht klappen.«

»Babysitter?« Ich schüttelte den Kopf und deutete mit dem Daumen auf Daniel. »Wozu ist er da? Daniel, du passt doch auf deinen Enkel auf, oder?«

»Äh«, stammelte Daniel.

»Du hast ein Kind großgezogen, du weißt, wie man auf eines aufpasst. Warum passt du nicht auf ihn auf, damit ich mit Mila ausgehen und sie davon überzeugen kann, dass sie wieder für mich arbeiten muss?«

Daniel zuckte mit den Schultern. »Ja, das kann ich machen.«

»Ich kann nicht …«, begann Mila, bevor sie sich selbst stoppte und den Kopf schüttelte. »Gut, Abendessen. Wann?«

20

MILA

»Ich dachte schon, du würdest mich hier draußen sitzen lassen«, sagte Chandler aus dem Fenster, als ich mich dem Auto näherte. »Ich dachte schon, du hättest es dir anders überlegt.« Er lächelte mich mit seinem umwerfenden Lächeln an und mein Inneres schmolz dahin.

Ich hatte es mir schon mehrmals anders überlegt. Ich hatte vor, mit ihm zu Abend zu essen und ihm die Meinung zu sagen. Ich würde ablehnen. Ich würde auftauchen und mich in seine Arme werfen. Ich würde so tun, als wäre ich krank.

Seit ich ihn wiedergesehen hatte, war ich innerlich ganz durcheinander. Als er mich auf ein Abendessen eingeladen hatte, hatte ich geglaubt, ich müsste mich vor Nervosität übergeben. Aber irgendwann, mitten in der Nacht, als ich nicht schlafen konnte, weil Chandler wieder da war, wurde mir klar, dass er mich immer noch wollte. Mir wurde schwindlig vor Freude. Das hatte eine Welle von Adrenalin durch meinen Körper geschickt.

Nachdem ich zu wenig geschlafen hatte, dachte ich morgens darüber nach, Dad nichts zu sagen, sondern Chandler abzusagen und einfach einen ruhigen Parkplatz zu suchen, um ein paar Stunden in meinem Auto zu sitzen. Der Gedanke war zwar verlockend, aber ich wusste, dass ich damit nicht durchkommen würde. Sie waren Freunde und würden miteinander reden.

Am Ende hatte ich keine andere Wahl. Er tauchte vor dem Haus auf, um mich abzuholen. Da wurde mir bewusst, dass ich hingehen sollte. Vielleicht konnte ich damit abschließen, vielleicht würde ich ihm von Luke erzählen. Innerlich war ich immer noch ganz durcheinander.

Ich öffnete die Beifahrertür seines Geländewagens und stieg ein.

»Dad hat sich heute Abend viel Zeit gelassen. Er musste eine Liste mit Fragen ausdrucken, die ich unbedingt stellen muss.« Ich zog das zusammengefaltete Blatt Papier aus meiner Handtasche und reichte es Chandler.

Er musterte es und fing an zu lachen. »Wow, Daniel ist wirklich bemüht, dir einen neuen Job zu besorgen.«

»Beruflich waren es ein paar schwierige Jahre. Er nimmt es persönlich, auch wenn es meine Jobs sind.«

Chandler reichte mir das Blatt zurück. »Sag ihm, dass das keine Bewerbung ist und dass dies einfach nur ein Gespräch war.«

Er startete das Auto und fuhr aus der Einfahrt.

»Wohin fahren wir?«, fragte ich. Ich lehnte mich zurück und genoss einen Moment lang die Fahrt in einem Luxusauto.

»Ich dachte, ich schaue mal, worauf du Lust hast.«

»Keine Chicken-Nuggets, kein Apfelmus und keine Mahlzeiten, zu denen man ein Spielzeug geschenkt bekommt. Und kann ich ein Getränk für Erwachsene haben, in einem Glas, nicht in einem Plastikbecher?«

Während er fuhr, fühlte sich das Schweigen zwischen uns bedrückend an. Es gab etwas zu sagen. Die Nervosität in meinem Magen machte sich wieder bemerkbar und ich tippte mit den Fingern auf die Armlehne. War das der richtige Zeitpunkt, um ihm von Luke zu erzählen?

»Du hast jetzt also ein Kind?«

Mein Herz raste. »Ja, das habe ich.«

»Wie ist das passiert?«

Ich fing an, zu lachen. »Chandler, du bist ein erwachsener Mann, wenn du nicht weißt, was es mit den Bienchen und Blümchen auf sich hat, dann weiß ich nicht, was ich sagen soll.«

Sollte ich es ihm jetzt sagen?

»Du bist lustig. So habe ich das nicht gemeint. Ich nehme an, dein Dad redet nicht viel darüber. Ich bin gestern irgendwie ins Fettnäpfchen getreten, als ich es erfahren habe«, sagte er.

Ich drehte mich um und musterte ihn, während er sich auf den Verkehr konzentrierte. »Dad versucht, mich zu unterstützen, aber die Umstände sind nicht ideal. Dass ich ein außereheliches Kind habe, widerspricht seinen persönlichen Überzeugungen. Er vergöttert meinen Sohn, aber ich glaube, er mag mich nicht besonders.«

Wir hielten an einer roten Ampel. Chandler streckte seine Hand aus und strich mit seinem Fingerknöchel an meinem Gesicht entlang. Es war das erste Mal, dass mir jemand Mitgefühl entgegenbrachte, seit Luke geboren worden war. Ich lehnte mich in seine Berührung.

»Ich mag dich immer noch. Ich habe dich vermisst.«

Er beugte sich vor, griff mir in den Nacken und zog mich zu sich heran. Seine Lippen glitten über meine. Ich war verloren. Ich lehnte mich an ihn und forderte ihn auf, mich inniger zu küssen. Ein Hupkonzert von hinten brachte Chandler dazu, zurückzuweichen.

Diesmal war die Stille zwischen uns besonders angespannt. Er legte seine Hand auf meinen Oberschenkel und strich mit seinem Daumen an meinem Bein auf und ab. Jede Streicheleinheit schickte einen Stromstoß durch meinen Körper. Ich konnte mich nicht darauf konzentrieren, wohin er uns brachte. Alles, was ich wahrnahm, war eine Liebkosung nach der anderen und wie mein Körper darauf reagierte. Streicheleinheiten und meine Nippel erregten mich und verlangten nach Aufmerksamkeit. Ich spürte, wie sich mein Inneres zusammenzog.

Ich nahm seine Hand und begann, seine Finger zu küssen. Ich saugte sie in meinen Mund und erforschte sie mit meiner Zunge. Ich konnte nicht viel von ihm berühren, während ich angeschnallt war. Die Mittelkonsole in seinem Auto war zu groß, als dass ich seinen Schwanz hätte erreichen können.

Wir waren in einer dunklen, abgelegenen Gegend. Viele Bäume und wenig Licht, als er das Auto anhielt und parkte.

In Sekundenschnelle war er aus dem Auto gestiegen und riss meine Tür auf. Ich schnallte mich ab und er war über mir. Er klappte meinen Sitz nach hinten, bis wir praktisch waagerecht waren. Ich hob mein Bein über seine Hüfte, während er sich gegen meine Körpermitte presste.

Seine Lippen waren fordernd und raubten mir den Atem. Seine Zunge verwöhnte meine. Seine Hände streichelten meinen Körper, während er seine Hüften an meinen rieb. Die harte Erektion hinter seinem Reißverschluss verriet, wie sehr er mich wollte.

Konnte er spüren, wie heiß ich auf ihn war? Seine Hände liebkosten meine Brüste und ich bewegte meine Hüften gegen seine. Er ließ seine Hand über meinen Körper wandern. Nachdem er eine Handvoll Stoff zur Seite geschoben hatte, hob er den Saum meines Kleides an, bis er den Bund der Leggings fand, die ich darunter trug.

Ich half ihm, sowohl die Leggings als auch den Slip von meinen Hüften zu ziehen, sodass er meine Muschi berühren konnte.

Er umschloss meine Hitze. Ich schrie in seinen Mund und stemmte mich gegen seine Hand.

Er bewegte sich und begann, durch den Stoff meines Kleides hindurch in meine Brüste zu beißen. Ich wollte, dass er mich berührte, dass er mich nahm. Seine Finger glitten zwischen meine Schamlippen. Ich war feucht vor Lust und als er mit seinen Fingern über meinen Kitzler strich, sah ich Sterne.

Ich hatte die Berührung eines Mannes nicht mehr erlebt, seit er mich verlassen hatte. Ich sehnte mich nach mehr. Ich wippte mit den Hüften und zog am Ausschnitt meines Kleides, um die obersten Knöpfe zu öffnen und meine Brüste zu entblößen.

Er zog den BH herunter und entblößte mich noch mehr. Wir hatten nicht viel Platz und meine Klamotten zogen auf unbequeme Art und Weise an mir. Aber das war mir egal.

Hitze durchströmte mich, als er meine Brustwarze in seinen Mund nahm. Er leckte und saugte. Es war fast eine Erleichterung, wieder so etwas zu fühlen. Seine Finger glitten weiter nach unten und tauchten in mich ein. Ich stöhnte auf. Er fühlte sich so gut an. Als er mit seinen Fingern in mich eindrang, spürte ich, wie sich alles verkrampfte.

Und dann veränderte sich etwas. Nicht in der Art und Weise, wie er mich berührte, sondern in meinen Gefühlen. Mein Körper verkrampfte sich nicht mehr wegen eines Orgasmus. Ich spürte ein Zucken, als würde ich nur die Nachbeben erleben, aber die große Explosion blieb aus.

Warum vögelten wir wie Teenager in einem Auto in einem dunklen Park? Das sollte nicht passieren. Wir waren erwachsen, aber wir verhielten uns nicht so. Chandler war wieder da, und wir waren wieder in dieser Lage. Es war, als hätte sich nichts geändert. Wir machten einander verrückt vor Lust. Aber das war alles, was es war: Lust.

Das war keine Liebe. Das würde mich nicht weiterbringen. Als Chandler weggegangen war, hatte ich es kaum geschafft, den Job noch sechs Wochen zu behalten, bevor ich entlassen worden war, weil meine Stelle überflüssig geworden war. Ich hatte ein Kind, aber keine Familie.

Chandlers Lust würde meine Probleme nicht lösen. Sie verursachte sie. Ich war nicht mehr als jemand, mit dem er sich amüsieren konnte. Ich war nur wichtig, wenn er Sex wollte.

Ich drückte gegen seine Schultern. »Nein, ich kann nicht. Wir müssen aufhören.«

Chandlers Finger hörten auf, sich zu bewegen, aber er ließ sie an Ort und Stelle. Er hörte auf, an meiner Brustwarze zu saugen und blickte zu mir auf. Ich drückte ihn erneut weg. Als seine Finger sich entfernten, zweifle ich an meinem Verstand und an meinen Gründen, das zu unterbrechen.

In dem kleinen Auto lehnte er sich zurück. Ich wich vor ihm zurück und landete auf dem Rücksitz. Ich keuchte, weil ich nicht wusste, was er tun würde. Wir atmeten beide schwer und starrten einander an.

»Warum? Was ist los?«

Ich steckte meine Brüste weg und zog meine Klamotten wieder an ihren Platz. Alles war falsch. Wir waren falsch.

»Wir können das nicht tun. Es ist keine gute Idee«, sagte ich.

»Eben schien es noch eine sehr gute Idee zu sein. Ist es das Auto? Wir können zu mir nach Hause fahren. Ich habe noch das schöne Doppelbett.«

Ich schloss meine Augen, um ihn nicht anzusehen. Es war zu schwer. Ich wollte seine Berührung, aber ich wollte so viel mehr. Er würde mir niemals geben, was ich brauchte. Ich brauchte einen Mann, der seine Familie über seine eigenen Bedürfnisse stellte. Und Chandler war ein Mann, dem seine eigenen Wünsche und Bedürfnisse wichtiger waren als die aller anderen.

»Es tut mir leid«, begann ich. »Ich kann das nicht tun. Wir können nicht zu unserer vorherigen Vereinbarung zurückkehren. Ich habe ein Kind, ich kann nicht deine persönliche Assistentin sein, mit der du Sex haben kannst, wann immer du willst.«

»Glaubst du wirklich, dass ein Jobangebot nach dieser Aktion noch auf dem Tisch liegt?« Er fing an, seine Klamotten zusammenzusuchen und öffnete dann die Autotür.

Natürlich glaubte ich das nicht. Ich war nicht mehr so dumm, wie ich noch vor ein paar Minuten gewesen war. Ich stieg auf den Sitz und brachte ihn wieder in eine aufrechte Position, bevor ich die Tür schloss und mich anschnallte.

Auf der Heimfahrt war die Stille dieses Mal noch schlimmer. Da war keine Spannung, keine Sehnsucht, keine Feindseligkeit. Es war eine Leere, die zwischen uns entstanden war.

21

CHANDLER

Das Wetter war nicht das beste für einen Tag am See, aber wie Daniel zu sagen pflegte, war es den Fischen egal, ob es regnete oder nicht. Da hatte er recht. Wir waren auf dem Weg zu einem richtigen Angelausflug. Das bedeutete, im kalten Regen zu sitzen und zu versuchen, den größten Fisch zu fangen.

Es ging darum, mit etwas prahlen zu können, den frisch gefangenen Fisch zu grillen und mit den Jungs ein Bier zu trinken. Das bedeutete auch, dass ich etwas Zeit mit Mila verbringen konnte. Daniel hatte erwähnt, dass sie und ihr Kind vielleicht dort sein würden. Zumindest würde sie beim Abendessen anwesend sein.

Ich war mir immer noch nicht ganz sicher, was zwischen uns passiert war. In der einen Minute hatten wir gebrannt wie ein Feuer und in der nächsten hatte Mila die Bremse angezogen, und zwar ganz schnell. Aus irgendeinem Grund ging mir meine Reaktion auf sie immer wieder durch den Kopf. Ich hätte nicht beunruhigt sein sollen, aber das war ich. Nicht über ihr Verhalten, sondern über mein eigenes.

Ich wollte eine Gelegenheit haben, die Dinge mit ihr zu klären. Ich parkte, holte meine Sachen aus dem Kofferraum und machte mich auf den Weg zum Steg. Ich sah weder Daniel noch Mila, aber das Boot war bereits im Wasser und wartete auf uns. Ich musste etwa eine Viertelstunde warten, bis die anderen Jungs eintrafen.

»Weißt du noch, wie man das macht?«, fragte McLain, stets der Spaßvogel.

»Es gibt Seen in der Schweiz«, antwortete ich.

»Europäische Seen sind zum Faulenzen und um reich auszusehen«, sagte Greg, als er an mir vorbeiging, die Arme voller Angelruten.

Daniel folgte den beiden mit einer großen Kühlbox. Ich war enttäuscht, dass ich Mila nicht hinter ihm sah.

»Das kann ich nicht beurteilen«, sagte ich verwirrt. Ich hatte mich wirklich darauf gefreut, sie wiederzusehen. »Ich war nie auf dem Wasser, als ich dort war.«

»Was? Keine Jachten, auf denen nackte Models einem Drinks servieren?«

»Du verwechselst einen Bergsee mit dem Mittelmeer«, sagte ich.

»Aber die Frauen dort sind doch um einiges heißer, oder?«, drängte McLain weiter.

»Da hast du vielleicht recht.« Ich zeigte auf ihn, als hätte er endlich herausgefunden, womit ich die letzten drei Jahre meines Lebens verbracht hatte.

»Ich wusste es.« Er gab mir einen Klaps auf den Rücken. »Ich hätte deinem Beispiel folgen und nie heiraten sollen.«

Der Deckel der Kühlbox öffnete sich mit einem Knarren, als McLain ein Bier herausholte. Die Dose machte ein zischendes Geräusch, als er sie öffnete und zu trinken begann.

»Ah«, sagte er, sichtlich erfrischt von dem Getränk. »Man kann sich nicht scheiden lassen, wenn man nicht heiratet.«

Greg klopfte ihm auf den Rücken, bevor er vom Boot sprang. Er löste das Seil von der Anlegestelle und sprang wieder an Bord. »Man kann sich aber auch nicht begründet betrinken, wenn man sich nicht scheiden lässt.«

McLain hielt die Dose hoch. »Das habe ich verdient. Ihre Anwälte haben den Ehevertrag durchforstet wie Ameisen bei einem Picknick. Sie haben nichts gefunden. Ich habe den Vertrag sorgfältig aufgesetzt, bevor wir den Bund fürs Leben geschlossen haben.«

Ich ging zum Ruder, wo Daniel das Boot steuerte, während McLain über seine jüngste Ex lästerte.

»Soll ich das übernehmen?«, fragte ich.

»Nein, schon gut. Wie war das Essen neulich?«, fragte Daniel. »Mila hat nicht viel gesagt, als sie nach Hause kam. Ich dachte, du wärst damit beschäftigt, die Details ihres neuen Jobs zu besprechen.«

Sie hatte ihm also nichts erzählt.

»Ich glaube nicht, dass es klappen wird. Wir haben ein gutes Gespräch begonnen, aber es gab einige Überlegungen, die ihr nicht gefielen.«

»Sie hat dich abgewiesen?« Daniel kam direkt auf den Punkt.

Natürlich wusste er nicht, dass sie mich körperlich abgewiesen hatte und dass wir nie über einen Job verhandelt hatten. Es gab keinen Job, den ich anbieten konnte. Das hätte ich nachholen müssen, wenn sie zugestimmt hätte. Aber keine Einigung, kein Job und keine Mila.

»Wärst du nicht bereit, noch einmal mit ihr zu reden? Als einen Gefallen?«

»Das habe ich schon einmal gemacht«, erinnerte ich ihn.

»Und das hat gut funktioniert. Sie hat sich ausgezeichnet geschlagen.«

»Das hat sie. Warum ist sie nicht dabei geblieben? Ich hätte gedacht, sie wäre inzwischen schon Managerin«, sagte ich.

»Ja, aber leider hat der neue Chef entschieden, dass ihr Posten überflüssig ist. Sie wurde zwei Monate, nachdem du gegangen bist, entlassen.«

»Ich habe ihnen gesagt, dass sie sie behalten sollen, auch wenn sie die Stelle streichen. Das ist eine Schande. Sie hatte Potenzial, ich meine, sie hat es immer noch, oder?«

Daniel schwieg eine Weile lang. Ich betrachtete die Bäume am Rande des Sees. Ein leichter Nieselregen setzte ein. Es regnete nicht wirklich. Es war zumindest nicht genug Niederschlag, um uns vom See fernzuhalten und uns von unserer Mission abzubringen.

Er drosselte den Motor und das Boot wurde langsamer, als wir in die Bucht fuhren, in der wir saßen und uns fragten, warum wir beim Angeln so schlecht abschnitten.

»Wollt ihr zwei den ganzen Tag hier oben sitzen und wie alte Weiber tratschen?« McLain gesellte sich zu uns ans Ruder.

»Wir reden übers Geschäft, so wie es Erwachsene tun«, sagte ich.

McLain gab mir einen Klaps auf den Arm. »Ich habe dich vermisst, Mann. Es ist gut, dich wiederzuhaben. Aber im Ernst, hör auf zu fachsimpeln. Wir sind hier draußen, um uns zu entspannen und ein paar Fische zu fangen. Um unserem männlichen Bedürfnis nach Jagd nachzukommen. Um mit der Natur eins zu werden.«

Ich war mir nicht sicher, ob McLain nicht schon zu viel getrunken hatte. Ich hatte kein inneres Bedürfnis zum Jagen. Es war eher ein optionales Hobby. Eine Möglichkeit, Dampf abzulassen und Spaß zu haben. Sex diente demselben Zweck und ich würde den Tag viel lieber mit einer schönen Frau im Bett verbringen.

Aber ich verstand, was er meinte. Heute sollte ich mich auf meine Freunde konzentrieren und den Stress der Welt abschütteln.

»Worüber redet ihr überhaupt?«, fragte er.

»Mila hat ein Jobangebot abgelehnt«, antwortete ich.

»Sie hat nicht den Luxus, bei der Arbeit wählerisch zu sein. Sie hatte es in den letzten Jahren schwer, einen anständigen Job zu bekommen. Wenn wir wieder zu Hause sind, solltest du ihr noch eine Chance geben.«

»Natürlich. Aber ich glaube nicht, dass sie mit mir reden wird. Sie scheint sehr entschlossen zu sein, das alleine zu schaffen.«

»Ja, ich weiß, wie es dir geht. Sie will nicht einmal mehr mit mir reden«, beschwerte McLain sich.

Ich sah ihn an. »Machst du immer noch all diese sexistischen Witze auf ihre Kosten?«

»Nein, tue ich nicht.«

»Wann hast du sie das letzte Mal nicht gefragt, ob sie deine nächste Ex sein will? So kannst du nicht mit Frauen reden, McLain. Jemand wie Mila verdient es, besser behandelt zu werden.«

McLain legte den Kopf schief und hob die Augenbrauen. Er war ein totaler Sexist und bis zu diesem Moment hatte ich ihn mit dieser Scheiße durchkommen lassen. Ich hatte es teilweise sogar lustig gefunden. Aber es verletzte Mila, und das war nicht cool. Wenn ich einen Freund nicht auf seine Fehler ansprechen konnte, war er dann überhaupt ein Freund?

Der Rest des Morgens verlief relativ ruhig und das Fischen war erfolgreich. Als Daniel sein Boot an den Steg lenkte, war ich froh, dem ständigen Nieselregen zu entkommen. Ich fröstelte und sehnte mich nach warmer Kleidung, einem heißen Getränk und einer Mahlzeit.

»Wir sehen uns bei mir zu Hause.« Daniel nahm die Kühlbox, die jetzt keine Getränke mehr enthielt, dafür aber frische Fische. »Wer zuletzt kommt, putzt die Fische.«

McLain war als Erster da und sein leuchtend gelber Corvette wartete in der Einfahrt, als ich anhielt.

Er stand an der Haustür und sprach mit Mila. Er sah besorgt aus.

Meine Nervosität stieg. Wenn er sie schon wieder beleidigte, würde ich auch nicht mehr mit ihm reden. Ich verspürte den Drang, ihr zur Rettung zu eilen. Ich ließ meinen Motor laufen und blieb sitzen. Ich fühlte mich, als würde ich sie ausspionieren. Ich konnte nicht hören, was sie sagten. McLain rieb sich den Oberarm. Sie lächelte und nickte, bevor sie zurücktrat und ihn hereinließ.

Hatte er sich gerade entschuldigt? Das würde echtes Wachstum zeigen. Etwas, das McLain sicher nicht mehr erlebt hatte, seit er noch zur Schule gegangen war.

Greg kam als Nächster an, gefolgt von Daniel.

»Sieht aus, als müsstest du den Fisch ausnehmen«, sagte ich, als Daniel den Kofferraum seines Geländewagens öffnete.

Daniel griff hinein und zog die Kühlbox heraus. Er drehte sich um und drückte sie mir in die Arme.

»Ich nicht. Ich muss den Grill anschmeißen. Sieht aus, als hättest du heute Glück gehabt, Chandler.«

Das Ausnehmen von Fischen würde ich wohl kaum als Glück bezeichnen. Ich wusste, wie es funktionierte. Ich trug die Kühlbox auf die hintere Terrasse und ging auf den Rasen hinunter. Als ich ins Haus zurückkam, warteten ein Stapel Zeitungen, einige Plastiktüten und ein Messer auf mich. Das Ausnehmen der Fische war eine ziemlich lästige Arbeit, aber das Endergebnis würde es wert sein.

Nachdem ich den Fisch gesäubert und abgeliefert hatte, ging ich wieder nach draußen und holte einen Rucksack aus meinem Auto. Ich war bereit für eine heiße Dusche und Kleidung zum Umziehen. Zum Glück war Daniel die Art von Gastgeber, die das verstand.

Alle anderen waren bereits da und Greg reichte mir einen Drink. Der Scotch brannte. Genau das, was ich brauchte: Wärme von innen heraus.

Ich schnappte mir meine Sachen und ging nach oben, um zu duschen.

Mila stand mit einem kleinen Kind im Arm im Flur.

Wir starrten uns einen langen Moment lang an. Ich hievte meine Tasche hoch. »Ich bin mit der Dusche dran«, sagte ich.

Sie nickte, sagte aber immer noch nichts. Sie trat zur Seite und ich ging an ihr vorbei.

»Chandler, hast du etwas zu McLain gesagt?«, fragte sie, als ich an ihr vorbei war.

Ich drehte mich um und sah sie wieder an. »Warum?«

»Er hat sich vorhin bei mir entschuldigt. Ich dachte, du hättest vielleicht etwas gesagt. Ich weiß, dass mein Vater das nicht getan hat. Wenn du es warst, dann danke ich dir.«

22

MILA

Mein Inneres schmolz dahin und verdrehte sich, als ich Chandler sah. Es fühlte sich wie ein Verrat an. Ich wollte ihn nicht mehr mögen. Und ich wollte mich ganz sicher nicht mehr so hilflos zu ihm hingezogen fühlen, wie ich es tat. Es war irgendwie einfacher, wenn er weg war. Es tat weh und es war ätzend. Ich vermisste ihn so sehr, auch wenn ich mir einredete, dass er mir nichts bedeutete. Aber lieber würde ich ihn nie wieder sehen, als diese Qualen zu ertragen.

Jetzt, wo er zurück war, fühlte sich der Schmerz wieder frisch an. Ihn zu sehen und zu wissen, dass ich nicht mehr als eine sexuelle Ablenkung gewesen war, obwohl ich gedacht hatte, dass sich so viel mehr zwischen uns entwickelt hatte, stach wie ein brennendes Messer in meinem Bauch. Ich war nichts weiter als eine Ablenkung für ihn gewesen, während er die erste Liebe meines Lebens war.

Zu sehen, dass er sich verhielt, als hätte sich nichts geändert, erinnerte mich an meine Dummheit, und ich hasse es, daran erinnert zu werden. Ich hasse es zu wissen, dass ich so leichtgläubig gewesen war.

Es fühlte sich so an, als hätte Dad plötzlich ständig seine Freunde hier. Warum konnten sie nicht zu jemand anderem nach Hause gehen, um dort zu grillen und Football zu schauen? Lag es daran, dass alle anderen verheiratet waren und ihre Frauen nichts mit ihren Freunden zu tun haben wollten? McLain war wieder einmal single, warum gingen sie nicht zu ihm nach Hause?

Sie kamen hierher und ich musste mich verstecken, falls meine Anwesenheit und Lukes Existenz alle daran erinnerte, dass ich meinen Vater in Verlegenheit gebracht hatte. Ich weiß, dass es ihm lieber wäre, wenn ich mit Luke einen Ausflug machen würde. Bei wärmerem Wetter war das eine Option. Aber wohin sollte ich gehen, bis sich das Wetter änderte?

Ich konnte nicht wegfahren. Ich konnte Luke bei Regen nicht einfach irgendwohin mitnehmen und ich konnte auch nicht im Einkaufszentrum abhängen. Ich war kein Teenager mehr, der Stunden im Einkaufszentrum verbringen konnte. Früher hatte Shoppen Spaß gemacht. Heutzutage war es weniger amüsant, da ich mein eigenes Geld ausgeben musste und mir bewusst war, dass ich nicht über ein unendliches Einkommen verfügte. Jeder Dollar, den ich verdiente, wurde für unseren Alltag gebraucht. Das meiste davon ging für Lukes Kinderbetreuung drauf, der Rest für Windeln und Kleidung.

Es war gut, dass McLain seinen neuen Sportwagen gekauft hatte. Das Aufheulen des Motors verriet mir, wann alle von ihrem Angelausflug zurückkehrten. Sobald Dads Freunde auftauchten, nahm ich Luke und wir gingen in unser Zimmer. Ich wollte eine pflichtbewusste Tochter sein und die Spuren meiner Schande beseitigen.

Ich hatte nie die Absicht gehabt, Chandler Luke vorzustellen. Es war bemerkenswert einfach, nichts zu sagen, als wir uns auf dem Flur gegenüberstanden. Wenn Chandler noch nicht begriffen hatte, dass der kleine Junge, den ich im Arm hielt, sein Sohn war, dann war das sein Problem, nicht meines.

Mein Problem war, dass ich mich nicht davon abhalten konnte, mit Chandler zu reden. Vor allem, nachdem McLain zugegeben hatte, dass er mir gegenüber ein Arschloch gewesen war. Das war ein Schock gewesen. Aber es war schön zu wissen, dass er endlich verstanden hatte, dass ich seinen Sinn für Humor nicht lustig fand. Da ich den Freund meines Vaters so gut kannte, konnte ich nur vermuten, dass ihn jemand auf seinen Schwachsinn hingewiesen hatte. Dad stand immer daneben und kicherte leicht, wenn McLain einen Witz auf meine Kosten machte, also bezweifelte ich ernsthaft, dass er etwas gesagt hatte. Es musste Chandler gewesen sein.

Ich hätte nichts sagen sollen. Ich hätte Chandler an mir vorbeilaufen lassen sollen, ohne es zu erwähnen.

Ich trug Luke in unser Zimmer und holte den Korb mit den Plastiktieren heraus. Wir sortierten und arrangierten sie gefühlte Stunden lang. Luke freute sich, dass ich ihm meine ungeteilte Aufmerksamkeit schenkte. Auch wenn ich mich darüber ärgerte, in mein Zimmer geschickt worden zu sein, war diese Zeit mit Luke für mich kostbar. Ich redete mir ein, alles andere zu ignorieren und die Zeit mit meinem Sohn zu genießen.

Irgendwann schlief Luke ein. Mein Magen knurrte, als der Geruch von gegrilltem Fisch und Gemüse in mein Zimmer wehte. Nachdem ich mich vergewissert hatte, dass Luke sicher in seinem Bettchen lag, machte ich mich auf den Weg. Ich war hungrig, und Luke würde es auch sein, wenn er aufwachte.

Dad und die Jungs waren alle auf der Terrasse. Das bedeutete, dass der Fisch bald fertig sein würde. Ich nutzte die Gelegenheit, um in die Küche zu gehen. Dort fand ich die Chips und die Salsa. Ich aß, während ich eine Schachtel mit Nudeln und Käse herausholte. Ich hatte nur wenig Zeit, bis die Jungs wieder nach drinnen kommen und Dad von mir erwarten würde, dass ich so tat, als gäbe es mich nicht.

Mit einer großen Schüssel Makkaroni und Käse zum Abendessen kehrte ich in mein Zimmer zurück und sah Luke beim Schlafen zu.

Ihm beim Schlafen zuzusehen und Chandler wiederzusehen, schnürte mir das Herz ein. Luke sah seinem Vater so ähnlich.

Es war wahrscheinlich gut, dass wir uns versteckt hielten. Die Freunde meines Vaters waren schlaue Männer. Irgendwann würde einer von ihnen den Zusammenhang bemerken. Ich war erstaunt, dass es noch niemand herausgefunden hatte. Dad akzeptierte meine Geschichte: Ich wurde von einem Kellner aus einer Sportbar abserviert. Warum auch nicht? Er würde sicher nicht glauben, dass ich eine Affäre mit einem seiner Freunde gehabt hatte. Oder vielleicht war es auch umgekehrt gewesen und einer seiner Freunde hatte eine Affäre mit mir gehabt. Immerhin war er in der Lage gewesen, sie ohne weiteres zu beenden.

Luke wachte auf. Sein dunkles Haar war durcheinander und sein Kopf war ein wenig verschwitzt.

»Aufgewacht«, sagte er mit seiner kleinen Stimme.

»Das bist du.«

»Tiere«, sagte er. Wir fingen an, mit den Plastikfiguren zu spielen, als wäre er nicht mitten in seinem Spiel eingeschlafen.

»Bist du bereit fürs Abendessen?« Ich saß mit der Schüssel auf meinem Schoß da und Luke watschelte zwischen den Bissen im Kreis herum. Ich aß das meiste davon.

Es gab Zeiten, in denen ich mir Sorgen machte, ob er genug aß, aber er wuchs wie Unkraut. Jeden Tag fühlte er sich schwerer an und seine kleinen Beine wirkten länger. Mein kleiner Junge war großartig und ich würde alles tun, um ihn zu beschützen. Ich musste stark für ihn sein. Am besten konnte ich das tun, indem ich Chandler so gut wie möglich aus dem Weg ging.

Ich ließ mich von Luke ablenken, bis er für die Nacht einschlief. Ich wartete, bis ich hörte, wie McLains Corvette aus der Einfahrt fuhr, bevor ich mit dem schmutzigen Geschirr wieder nach unten ging.

Dad trug ein Tablett voller Geschirr herein.

Ich sagte nichts zu ihm, und er sagte nichts zu mir. Ich räumte mein Geschirr weg und stellte einen frischen Becher Wasser für Luke bereit.

»Mila.« Dad hielt mich an, als ich auf dem Weg zurück in mein Zimmer war.

Ich schaute ihn erwartungsvoll an.

»Komm schon, hilf mir hier.« Er zeigte auf das Geschirr, das er abgestellt hatte.

Ich blinzelte die Tränen zurück. Ich war in meinem eigenen Haus nicht willkommen und trotzdem wurde von mir erwartet, dass ich kochte, putzte und alle anfallenden Arbeiten erledigte, solange niemand wusste, dass weder Luke noch ich existierten.

»Du hast Chandlers Angebot abgelehnt. Mila, du brauchst einen anständigen Job, und als du das letzte Mal für ihn gearbeitet hast, hast du gutes Geld verdient. Du hattest eine Karriere vor dir.«

Das letzte Mal, als ich für Chandler gearbeitet hatte, war ich seine persönliche Reise-Fickfreundin gewesen und schwanger geworden. Ich hatte keine berufliche Laufbahn vorzuweisen. Wenn mein Job damals etwas wert gewesen wäre, hätte man mich nicht schon nach ein paar Wochen gefeuert.

Ich war dumm gewesen. Aber ich hatte das Gefühl, dass ich endlich all die Fehler verstanden hatte, die ich gemacht hatte. Ich wollte mich nicht noch einmal in die Lage bringen, so ausgenutzt zu werden.

»Es hätte nicht funktioniert, Dad. Ich will diese Art von Arbeit nicht machen.«

»Und du willst das tun, was du jetzt tust?«

Ich tat mein Bestes, um zu überleben. Ich wusste nicht mehr, warum ich mir die Mühe gemacht hatte, aufs College zu gehen. Ich hätte für ein Museum oder eine Bibliothek arbeiten sollen. Aber ich war irgendwie in der Immobilienbranche gelandet, weil mein Vater einen Typen gekannt hatte.

»Ich weiß nicht mehr, was ich machen will, Dad. Das hier ist es nicht.« Ich deutete auf die Küche und sein Geschirr.

»Mila.«

Ich kannte diesen Ton. Ich war in Schwierigkeiten. Als Kind war dieser Ton für Schimpfwörter reserviert gewesen. Jetzt wurde er an den Tag gelegt, wenn ich ihm widersprach. Ich hörte auf. Ich ärgerte mich nicht und rollte nicht mit den Augen. Und ich dachte mir die schnellste Lüge aus, die mir einfiel.

»Ich habe das Jobangebot nicht angenommen, weil es mit Reisen verbunden war, was ich zu diesem Zeitpunkt nicht schaffen würde«, sagte ich langsam und deutlich. »Es war ein gutes Angebot. Aber ich konnte es nicht annehmen. Kannst du das verstehen?«

»Wenn es um Luke geht –«, begann er.

Es ging immer um Luke. Ich konnte mein Baby nicht zurücklassen. Ich hatte niemanden, auf den ich mich verlassen konnte, um mich zu unterstützen.

»Nein, Dad, was auch immer du jetzt sagen willst, nein.«

»Mila, es ist ein gutes Angebot.«

»Du nimmst an, dass es ein gutes Angebot ist, weil du deinem Freund vertraust. Und es ist auch ein gutes Angebot, aber nicht für mich, und nicht im Moment. Ich bleibe bei meinem beschissenen Job und suche weiter nach etwas, das besser zu meiner aktuellen Situation passt. Ist das okay?«

Er atmete tief durch und ließ den Kopf sinken. »Ja, das ist okay. Ich will doch nur, dass du …«

Er schüttelte den Kopf und beendete seinen Gedanken nicht. Das brauchte er auch nicht. Ich glaube, ich wusste, was er wollte. Er wollte, dass ich mich niederließ, heiratete und für mich selbst sorgte. Dass ich nicht als Last unter seinem Dach lebte.

»Ich kümmere mich um den Abwasch. Das war nicht fair von mir«, sagte er.

Ich nickte ihm zu. Ich würde dieses Gespräch nicht als Fortschritt bezeichnen, aber zumindest erwartete Dad nicht mehr, dass ich seinen stinkenden gegrillten Fisch abwusch.

23

CHANDLER

»Willst du wirklich wieder babysitten?«, scherzte ich, als Daniel seine Tür öffnete, um mich hereinzulassen.

»Das habe ich doch gesagt, als ich dir gesagt habe, dass ich nicht zum Spiel komme.«

Ich folgte ihm in die Höhle, wo Milas Kind auf dem Boden saß, umgeben von Plastikspielzeug.

»Das ist dir wichtiger als mit uns im Stadion abzuhängen?«

»Mir ist aufgefallen, dass du hier bist und nicht im Stadion«, sagte er.

»Ja, na ja.« Ich zuckte mit den Schultern. »Ich dachte, ich hänge mit dir ab und wir können uns ein weiteres Spiel im Fernsehen ansehen.«

»Ich habe ja Luke hier, der mir Gesellschaft leistet.«

Luke hatte eines der Plastikspielzeuge im Mund. »Ich bin sicher, er ist ein fesselnder Gesprächspartner.«

»Er lernt noch, aber ich bin froh, etwas Gesellschaft zu haben. Willst du einen Drink?«

»Klar.« Ich schnappte mir die Fernbedienung und schaltete den Fernseher ein.

Ich klickte mich gerade durch die Kanäle und suchte nach dem Spiel, als Daniel aus der Küche zurückkam. Er reichte mir ein Bier, aber ich bemerkte, dass er ein Sportgetränk dabei hatte.

»Du trinkst nichts?«

Er neigte sein Getränk in Richtung des Jungen auf dem Boden.

Ich stand auf und ging in die Küche, um das Bier zurückzustellen und mir ein Sportgetränk aus der Speisekammer zu holen. »Wenn du wegen des Kindes nicht trinkst, sollte ich auch nicht trinken.« Ich schüttelte den Kopf. Wann waren wir Babysitter geworden?

»Ich gebe dir die Schuld«, sagte Daniel.

»Was habe ich mit all dem zu tun?« Ich lehnte mich zurück und drehte den Deckel von meinem Getränk.

»Du hast Mila zum Essen ausgeführt und mich überredet, auf Luke aufzupassen.«

Der Junge auf dem Boden blickte auf, als er seinen Namen hörte. »Opa?« Er sprach deutlich, auch wenn sein Wortschatz nicht sonderlich umfangreich war. Seine Aussage war aber klar genug. Daniel war sein Großvater.

»Alles in Ordnung, Kumpel«, sagte Daniel und beruhigte den Jungen. »Jetzt denkt Mila, dass sie mich bitten kann, auf Luke aufzupassen, damit sie ausgehen kann.«

»Sie ist ausgegangen?« Warum ging Mila aus und ließ ihr Kind zu Hause?

Daniel hob eine Augenbraue und machte eine unverbindliche, halb zuckende Bewegung. »Sie sagt das eine, aber ehrlich gesagt weiß ich nicht, ob ich ihr glaube.«

Ich wusste, dass Mila Geheimnisse vor Daniel hatte. Verdammt, wir hatten ein ziemlich großes Geheimnis vor ihm. Es überraschte mich also nicht, dass sie etwas vor ihm verheimlichte. Aber ich kannte sie. Sie war immer sehr ehrlich zu mir gewesen. Meine Neugierde war geweckt. Was hatte sie vor, dass ihr Vater davon überzeugt war, dass sie etwas Hinterhältiges vorhatte?

»Sie hat endlich einen neuen Job gefunden, zumindest behauptet sie das. Sie geht zu ungewöhnlichen Zeiten zur Arbeit, so wie heute. Ich weiß, dass viele Bürojobs Überstunden erfordern, aber irgendetwas daran ist komisch. Normalerweise ist sie sehr offen, was die Firma angeht, für die sie arbeitet. Das kommt mir dubios vor.«

»Vielleicht arbeitet sie nicht in einem Büro. Du kennst den Einzelhandel, der hat unberechenbare Arbeitszeiten.«

»Ja, aber ich glaube nicht, dass es der Einzelhandel ist. Ehrlich gesagt bin ich mir nicht einmal sicher, ob es ein Job ist. Sie scheint schon eine normale Arbeitswoche zu haben, und dann macht sie noch diese Überstunden. Ich habe fast den Verdacht, dass sie sich mit jemandem trifft.«

»Fast den Verdacht?«, lachte ich. Mein Magen verkrampfte sich bei dem Gedanken, dass Mila sich mit jemandem traf. »Warum sollte sie es heimlich machen, wenn sie mit jemandem zusammen wäre?«

»Sie weiß, dass ich verärgert wäre. Ich wusste nicht, dass sie sich mit jemandem trifft, bis ich erfuhr, dass sie schwanger war. Sie wollte es dem Vater nicht sagen, und als ich sie dazu zwang, lernte sie auf die harte Tour, dass nicht alle Männer ehrenhaft sind.«

Wut stieg in meiner Kehle auf. Wie konnte ein Mann es wagen, sie zurückzuweisen, wenn sie ihm sagte, dass sie mit seinem Kind schwanger war. »Bastard.«

»Nenn mein Enkelkind nicht so.«

»Ich habe seinen Vater gemeint«, sagte ich. »Hat sie den Kerl wenigstens auf Unterhalt verklagt?«

Daniel schüttelte den Kopf. »Soweit ich weiß, hatte sie nie die Gelegenheit, es ihm zu sagen, weil er mit ihr Schluss gemacht hat. Und sie weigert sich, darüber zu sprechen. Das ist schon seit Jahren ein Streitpunkt zwischen uns. Ich liebe meine Tochter, Chandler. Wenn ich jemals herausfinde, wer dieser Kerl ist, werde ich ihm eine Abreibung verpassen.«

»Nun, wenn du Unterstützung brauchst, bin ich dein Mann.«

»Das werde ich vielleicht, wenn ich herausfinde, mit wem sie sich jetzt trifft. Und wenn ich herausfinde, dass dieser Kerl sie nicht mit Respekt behandelt.«

»Glaubst du wirklich, dass sie sich mit jemandem trifft und es nicht nur ein Job ist?«

Er zuckte mit den Schultern.

Das Spiel lief, aber meine Aufmerksamkeit war woanders. Was war mit Mila los? Wenn sie sich mit jemandem traf, könnte das erklären, warum sie mich abgewiesen hatte. Sie hätte mir sagen können, dass sie nicht interessiert war, weil sie mit jemandem zusammen war. Aber warum sollte sie einen neuen Mann geheim halten? Es sei denn, er war nicht neu. Vielleicht war sie wieder mit dem Vater des Jungen zusammengekommen?

Er schien ein unkomplizierter Junge zu sein. Er ließ Daniel und mich das Spiel anschauen und watschelte ab und zu zu mir herüber, um mir ein Plastiktier zu geben. Er nannte mir den Namen in seinem Babygebrabbel, ich korrigierte ihn und dann nahm er das Tier zurück.

»Ich bin zu Hause. Danke, Dad«, sagte Mila, als sie hereinkam. Sie schaute mich an und ging dann direkt zu Luke, um ihn hochzuheben.

Sie machte gurrende Babylaute und fragte ihn, ob er einen schönen Tag mit seinem Opa gehabt und ob er mit seinem Spielzeug gespielt habe. Luke hielt den Plastiktiger hoch, den er in der Hand hielt, und plapperte mit ihr.

Sie küsste seinen Kopf.

»Tut mir leid, dass ich zu spät gekommen bin. Hat er ein Nickerchen gemacht?«, fragte sie.

»Nein, er wollte nicht, als ich ihn gefragt habe.«

»Du kannst ihn nicht fragen, ob er ein Nickerchen machen will, Dad. Sein Lieblingswort ist Nein. Du musst ihn in sein Bettchen legen und ihn dazu bringen.«

»Ich dachte, er würde vielleicht einfach auf dem Boden einschlafen oder so.«

Sie stieß einen Seufzer aus und schüttelte den Kopf. »Du hast mich großgezogen, ich dachte, du würdest dich auskennen.«

»Deine Mutter war noch da, als du noch Nickerchen gemacht hast.«

»Ich sollte ihn hinlegen, sonst wird er noch launisch. Ich bin überrascht, dass er noch nicht zusammengebrochen ist.«

»Es ging ihm gut«, sagte Daniel. Sein Handy klingelte und er zog es aus der Tasche. »Luke geht es gut. Wenn er nicht schlafen will, sehe ich keinen Grund, ihn zu zwingen. Ich muss da rangehen, entschuldige mich.« Er fing an, in sein Handy zu sprechen, als er aus dem Zimmer trat.

»Hallo, Mila«, sagte ich.

Sie sah mich an. Ich erwartete, dass sie etwas sagen würde, aber das tat sie nicht. Und dann war es so, als hätte sie mich nicht gesehen. Sie drehte sich um und ging weg.

Ich sah ihr nach, bevor ich aufstand und ihr folgte.

»Wo bist du gewesen?«, fragte ich mit gedämpfter Stimme.

»Das geht dich nichts an«, sagte sie.

Ihr Kind kuschelte sich an ihre Schulter und schaute mich mit den gleichen großen braunen Augen an wie seine Mutter. Er presste seine

Faust gegen sein Kinn und begann an seinem Daumen zu lutschen. Plötzlich sah er müde aus.

»Du hast deinen Sohn den ganzen Tag bei deinem Vater gelassen und hast keine Lust, ihm zu sagen, wo du gewesen bist?«

»Wovon redest du? Ich habe ihm gesagt, dass ich in der Arbeit war«, sagte sie. »Wenn Dad sich so sehr darüber aufregt, dass ich weg war und er nicht glaubt, dass ich in der Arbeit war, dann muss er etwas sagen. Und um das klarzustellen: Als ich sagte, dass ich den Tag über weg sein muss und die Kita für Samstage extra Gebühren verlangt, hat Dad sich freiwillig gemeldet.«

Ich warf ihr einen strengen Blick zu. Ihr Outfit sah zu ... ich weiß nicht, wie ich es beschreiben soll. Sie sah aus, als wäre sie für ein Date gekleidet und nicht für die Arbeit in einem Laden oder sogar einem Restaurant. Jetzt gingen mir alle Worte von Daniel durch den Kopf. Was für einen Job hatte sie wohl an einem Samstag? War sie mit ihrem Freund unterwegs gewesen? Hatten sie und der Vater des Kindes sich wirklich getrennt?

»Wie hast du ihn kennengelernt?«, fragte ich. Ich wollte sehen, was sie sagen würde. Würde sie mir verraten, wer der Vater des Kindes wirklich war, wenn ich sie mit meiner Frage überrumpelte?

»Wen kennengelernt?«, fragte sie.

»Den Vater des Kindes. Wann hattest du denn Zeit für einen Freund, von dem ich nichts wusste?«

Sie neigte den Kopf zur Seite und sah mich an, als würde sie mich nicht verstehen.

»Dachtest du, ich würde es nicht herausfinden? Ich weiß, wie Kalender funktionieren, Mila. Ich habe herausgefunden, dass du dich mit diesem anderen Typen getroffen haben musst, als du mit mir zusammen warst. Wann hattest du denn Zeit?«

Sie blinzelte mich an und ihr fiel die Kinnlade herunter. Ich hatte sie erwischt. Jetzt musste ich sie dazu bringen, die Informationen preiszugeben.

»Als ich für dich gearbeitet habe, haben wir uns nur gesehen, wenn wir nicht in der Stadt waren. Zwischen diesen Reisen lag eine Menge Zeit. Ich hatte viel Zeit, um andere Dinge zu tun, Chandler. Damals schien es dich nicht sonderlich zu stören, warum also jetzt?«

»Warum beantwortest du meine Fragen nicht?«

»Warum verhörst du mich? Mein Leben geht dich nichts an. Das hast du deutlich gemacht. Ich bin müde, mein Sohn ist müde. Und ich verstehe nicht ganz, was du mit deinen Fragen bezweckst und was dich das alles angeht. Entschuldige mich.«

Sie drehte sich um und ging von mir weg.

Ich ging zurück zum Fernseher, um das Spiel zu Ende zu schauen und in meinen eigenen Verdächtigungen zu schwelgen.

»Wie ist das Spiel gelaufen? Es ist doch nichts passiert, oder?«, fragte Daniel, als er wieder ins Zimmer kam.

Er hatte nicht bemerkt, dass ich Mila hinterhergelaufen war. »Keine Veränderungen. Hast du Hunger? Ich habe Lust, eine Pizza zu bestellen.«

Ich musste mir überlegen, was ich wegen Mila tun sollte. Ich stimmte Daniel zu, dass sie etwas verheimlichte. Ich konnte nur nicht genau zuordnen, was es war.

24

MILA

»Dad, kannst du heute Abend auf Luke aufpassen?«, fragte ich, als ich seinen morgendlichen Kaffee auf den Tisch stellte. »Ich hole ihn von der Tagesstätte ab, aber ich muss heute Abend wieder für ein paar Stunden zur Arbeit.«

»Du hast ja merkwürdige Arbeitszeiten«, meinte er.

»Nicht seltsamer als anderswo, wo Überstunden vorgeschrieben sind.« Ich wollte ihn nicht fragen, aber ich hatte noch keine Zeit gehabt, eine Kita mit flexibleren Öffnungszeiten zu finden. Ich konnte nicht die einzige Mutter sein, die während einer normalen Arbeitswoche nicht nur zu den üblichen Geschäftszeiten arbeitete.

Ich setzte mich hin und fing an, Luke zu füttern. Ich löffelte ihm Haferflocken in den Mund. Ich hatte keine Zeit, mich mit dem Essen abzumühen oder es aufzuräumen, nachdem ich es ihm überlassen hatte. Ich hatte kaum Zeit für das Frühstück.

»Obligatorische Überstunden? Ist es das?« Er traute mir nicht.

Ich nahm es ihm nicht übel. Aber es war anstrengend. Ich konnte ihm nicht sagen, was wirklich los war. Sonst würde er mir auf die Pelle rücken und mich zwingen, wieder für Chandler zu arbeiten. Das wollte ich nicht tun, ich wollte mich nicht noch einmal in eine so kritische Lage bringen.

»Ja, genau das ist es. Kannst du auf ihn aufpassen, oder verpasse ich die Arbeit?« Ich brauchte die Stunden. Ich brauchte den Job.

»Klar, ich passe auf ihn auf. Aber du musst ihn von der Kita abholen. Wenn du so viele Überstunden machen musst, warum lassen sie dich dann Luke abholen und nach Hause bringen?«

»Sie lassen mich, weil ich es muss. Ich bekomme sowieso eine Pause, weißt du. Ich verbringe sie nur im Verkehr und hole Luke ab.«

»Wie lange wird das noch so weitergehen? Wann hast du vor, mir mitzuteilen, was in deinem Leben wirklich los ist?«

Ich legte den Löffel weg und starrte ihn an. Was wollte er wirklich wissen? Er wusste genug.

»Ich habe einen beschissenen Job, Dad, das ist alles, was los ist. Ich hatte noch keine Zeit, eine neue Kita zu finden, die zu meinen seltsamen Arbeitszeiten passt, und ehrlich gesagt weiß ich nicht, ob ich lange genug bleiben werde, um daran etwas zu ändern.«

»Warum glaubst du nicht, dass du sehr lange dort bleiben wirst? Du musst anfangen, dich festzulegen, Mila. Arbeitgeber wollen Mitarbeiter, auf die sie sich verlassen können. Wenn du so weitermachst, wird dich niemand mehr einstellen wollen.«

»Mich will jetzt schon niemand einstellen. Ich bin eine alleinerziehende Mutter. Das System ist gegen mich.«

Dad schüttelte den Kopf. Ich fütterte Luke weiter. Er sagte, er würde auf ihn aufpassen, und das war alles, was zählte. Es wäre hilfreich gewesen, wenn er ihn abgeholt hätte, aber ich wollte mein Glück nicht herausfordern. Die Tatsache, dass er bereit war, auf ihn aufzupassen, war für mich schon ein Wunder.

Ich fütterte Luke zu Ende, wusch sein Gesicht und wickelte ihn, bevor ich seine Sachen für den Tag einpackte.

»Wir sehen uns später«, sagte ich, als wir gingen.

Ich hätte gerne einen Job wie Dad gehabt. Ich musste um halb neun vor Ort sein, sonst würde man mir kündigen. Das schlimmste war das Mikromanagement in meinem Job im Callcenter. Nein, das Schlimmste war, als sie meine Arbeitszeit auf vier Tage pro Woche reduzierten.

Die Fahrt zur Kindertagesstätte dauerte nicht sehr lange. Das war der Hauptgrund, warum ich diesen Ort ausgewählt hatte. Er lag in der Nähe meines Zuhauses. Aber ich musste wirklich einen anderen Platz finden, obwohl ich die Erzieherinnen und Erzieher mochte.

»Tschüss, mein süßer Junge«, sagte ich und gab Luke einen Kuss auf den Kopf.

»Mila, kann ich dich noch sprechen, bevor du gehst?«, fragte Emma, die Tagesstättenleiterin, als ich gerade gehen wollte. Sie musste schon auf mich gewartet haben. Mein Magen verkrampfte sich, als ich ihr zurück ins Büro folgte.

»Wie du weißt, schließen wir um sechs. Die Kinder müssen abgeholt werden, damit unsere Betreuer noch aufräumen und nach Hause gehen können.«

»Ich weiß. Es tut mir leid, aber das Callcenter lässt mich meinen Schreibtisch nicht vor fünf Uhr dreißig verlassen«, sagte ich. Ich durfte noch nicht einmal anfangen zu packen, damit ich um halb sechs schon auf den Beinen war und zur Tür hinausgehen konnte. »Sie sind viel strenger geworden, was das pünktliche Ausstempeln angeht.«

»Du weißt doch, dass wir dir die Zeit, die wir über sechs Uhr hinaus bleiben, in Rechnung stellen müssen.« Sie reichte mir einen Ausdruck.

»Ja.« Ich wusste, was das für ein Papier war. Ich wollte es mir nicht ansehen, ich wollte mich nicht damit befassen und ich wusste auch nicht, woher ich das Geld für die zusätzlichen Gebühren nehmen sollte.

»Deine letzte automatische Zahlung hat die zusätzlichen Gebühren nicht gedeckt. Ich brauche einen Scheck oder eine Kreditkartenzahlung, bevor du gehst«, sagte sie.

»Ich habe keine Schecks, das macht meine Bank.« Ich fischte mein Handy aus der Tasche. »Ich kann eine Zahlung einrichten, aber es dauert ein paar Tage, bis sie den Scheck verschicken. Würde das funktionieren?«

»Ich fürchte nicht. Ich brauche die Zahlung heute, sonst musst du Luke wieder mit nach Hause nehmen. Es tut mir leid, aber ich muss die Vorschriften durchsetzen.«

Ich starrte sie an. Ich würde das Geld erst in ein paar Tagen auf meinem Konto haben, wenn ich bezahlt würde. Ich hatte wirklich gehofft, dass ich den Scheck zu diesem Zeitpunkt ausstellen lassen könnte. Ich schaute über meine Schulter, wo ich sehen konnte, wie Luke bereits fröhlich mit seinen kleinen Freunden spielte. Ich konnte nicht hineingehen und ihn abholen. Ich konnte ihn nicht mit nach Hause nehmen, weil Dad arbeiten musste. Und wenn ich mich krankmeldete, würde ich bestenfalls den Tageslohn verlieren, höchstwahrscheinlich eine weitere Abmahnung bekommen und vielleicht sogar meinen Job verlieren. Ich konnte mich nicht erinnern, wie viele Abmahnungen ich schon bekommen hatte.

»Du hast gesagt, du kannst eine Kreditkarte nehmen? Kann man die Kartendaten auch per Anruf durchgeben?«

»Wir können Zahlungen per Telefon entgegennehmen. Aber ich brauche die Zahlung sofort.«

Ich nickte. »Ich verstehe. Ich muss meinen Vater anrufen, eine Sekunde.«

Ich drückte die Kurzwahltaste für Dad. Er ging gleich beim ersten Klingeln ran. »Daniel Jones«, sagte er. Er war bereits im Arbeitsmodus.

»Hey, ich bin's. Ich habe ein kleines Problem mit der Kindertagesstätte. Ich kann es dir zurückzahlen. Ich werde am Freitag bezahlt. Wenn ich das Geld nicht sofort überweise, muss ich Luke nach Hause bringen.«

Ich kehrte Emma den Rücken zu, als könnte sie mein Gespräch dann nicht mehr mithören.

Ich hörte, wie Dad grummelte. Ich begann schnell zu reden.

»Ich weiß nicht, ob ich den Tag freinehmen darf. Kannst du ihr bitte deine Kreditkartendaten geben?«

»Hast du denn keine Kreditkarte für so etwas?« Enttäuschung schwang in seinen Worten mit.

»Doch, habe ich, und die ist wegen solcher Sachen schon voll ausgeschöpft. Bitte, Dad. Ich kann es dir am Freitag zurückzahlen.«

»Gib ihr das Handy«, sagte er mit einem schweren Seufzer.

Ich reichte es Emma und sie notierte sich Dads Daten. Sie bedankte sich bei ihm und gab mir das Handy zurück.

»Es tut mir leid. Das ist Vorschrift, Mila.«

Ich nickte. Sie machte nur ihre Arbeit. Ich konnte es ihr nicht verübeln. Aber es machte mich nicht glücklich. Das Gegenteil war der Fall und ich konnte mich nicht beherrschen, als ich beim Verlassen ihres Büros zu weinen begann.

So sollte es nicht sein. Ich hatte zwei Jobs, ich sollte mehr als genug haben, um die Kosten für Lukes Kinderbetreuung zu decken.

Ich hatte definitiv nicht genug, um die Miete zu bezahlen, aber zum Glück ersparte mir Dad diese Ausgabe. Trotzdem hatte ich nach diesem Gehaltsscheck nichts mehr übrig, um mehr als die wenigen

Rechnungen zu bezahlen, die ich bezahlen musste. Ich war für meine Autoversicherung und meine Telefonrechnung verantwortlich. Außerdem für alle Lebensmittel, die speziell für Luke bestimmt waren, also alles, was ich ihm zu essen gab. In den nächsten Wochen würden wir viel Makkaroni, Käse und Haferflocken essen.

Ich schniefte und weinte die ganze Zeit auf dem Weg zur Arbeit. Ich hasste meinen Job und fürchtete mich vor der Abmahnung. Ich wusste, dass mein Vorgesetzter mich anschnauzen würde, sobald ich zu spät an meinem Arbeitsplatz ankam.

Ich brauchte einen neuen Job, aber ich konnte nichts finden, was die Vollzeitstunden ersetzen würde. Niemand stellte mich ein, oder sie stellten mich für unregelmäßige Arbeitszeiten und willkürliche Arbeitspläne ein. Anstatt meine Stelle im Callcenter durch etwas Lukrativeres zu ersetzen, musste ich mir einen zweiten Job suchen.

Ich arbeitete im Büro eines kleinen Importunternehmens. Der Inhaber war froh, dass ich zu flexiblen Zeiten und gelegentlich auch samstags kommen konnte. Er brauchte mich nur etwa fünfzehn Stunden pro Woche. Wenn ich Luke in einer anderen Kita unterbringen könnte, hätte ich mehr Zeit. Es war schon schlimm genug, dass ich einen zweiten Job machen musste. Ich konnte Dad nichts davon erzählen, weil ich mir ziemlich sicher war, dass die ganze Sache illegal oder zumindest grenzwertig illegal war. Und Dad würde mich zwingen, zu kündigen. Mit meinen beiden Jobs konnte ich kaum die Kita bezahlen. Ohne den zweiten Job würde ich es nicht schaffen.

Ich wusste nie genau, was die Firma importierte. Ich traf Vorkehrungen für Lieferungen und Sendungen, die auf Containerschiffen ankamen. Und dann schickte ich die Kisten dorthin, wo sie gebraucht wurden. Zum Glück konnte ich einen Großteil der Kommunikation per E-Mail erledigen. Es wäre toll gewesen, wenn ich diesen Teil der Arbeit von zu Hause aus hätte erledigen können, aber der neue Chef bestand darauf, dass alles vor Ort passierte, keine Fernarbeit. Er zahlte bar, also verheimlichte ich den Job vor Dad und verbrachte die verbleibende freie Zeit damit, nach etwas Besserem zu suchen.

25

CHANDLER

Milas Auto stand noch nicht in der Einfahrt, als ich ankam. Hoffentlich war ich vor ihr da. Das war der Plan. Wenn ich sie verpassen würde, müsste ich noch ein paar Tage warten, bevor ich es wieder versuchen konnte. Oder vielleicht würde es seltsam aussehen, dass ich so oft bei ihnen zu Hause war.

Daniel öffnete die Tür, kurz nachdem ich geklingelt hatte. »Chandler, was führt dich hierher?«

Ich folgte ihm ins Haus.

»Mein Haus ist zu groß und die Nachbarschaft zu ruhig. Ich muss mich erst wieder an das Leben in den Staaten gewöhnen. Ich wusste, dass du zu Hause sein würdest. Ich hoffe, es macht dir nichts aus, dass ich vorbeigekommen bin?«

»Überhaupt nicht, kann ich dir einen Drink anbieten?«

»Ja, das wäre toll.«

Er reichte mir ein Sportgetränk. Ich blickte auf die Flasche hinunter und dann zu ihm auf. »Luke?«, fragte ich.

Das letzte Mal, als Daniel mir etwas anderes als ein Bier gereicht hatte, war es wegen seines Enkels gewesen.

»Ich passe später auf ihn auf. Mila bringt ihn nach Hause, bevor sie wieder zur Arbeit geht, um ein paar obligatorische Überstunden zu machen.«

»Nennt sie das jetzt so?«, scherzte ich.

Daniel spottete und schüttelte den Kopf. »Ich verstehe es auch nicht. Ich weiß nicht, was das Mädchen zurzeit treibt. Sie arbeitet die ganze Zeit, aber sie scheint nie Geld zu haben. Ich kann nicht anders, als misstrauisch zu sein. Sie ist so geheimnisvoll.«

Ich zuckte mit den Schultern. »Ich bin bereit, ihr noch eine Chance zu geben.«

»Dad, ich bin zu Hause. Wessen Auto steht vor der Tür?«, rief Mila von vorne. Einen Moment später kam sie mit Luke auf der Hüfte in die Küche.

Sie setzte ihn ab und er rannte los, um Daniels Beine zu umarmen und wie ein kleines Kind zu brabbeln. Das einzige Wort, das ich erkannte, war Opa.

»Oh, du.« Sie blickte in meine Richtung, sah mich aber nicht wirklich an.

»Guten Abend, Mila. Wie war die Arbeit heute?«, fragte ich.

Ihre Augen verengten sich. »Die Arbeit war Arbeit. Und ich bin noch nicht fertig.«

Sie richtete ihre Aufmerksamkeit auf ihren Vater.

»Luke hat anscheinend ein langes Nickerchen gemacht, wenn er also nicht ins Bett gehen will, bevor ich nach Hause komme, ist das okay. Er wird beim Abendessen wahrscheinlich viel essen.«

»Fütterst du ihn nicht?«, fragte Daniel.

Mila rollte mit den Augen und ließ ihre Körperhaltung fallen. »Dad, ich muss zurück an die Arbeit. Du hast gesagt, du würdest auf ihn aufpassen.«

»Das habe ich. Du hast aber nichts davon gesagt, dass ich ihn füttern soll. Was isst er denn?«

»Er isst, was du ihm gibst. Gib ihm nur kein scharfes Essen und schneide alles klein. Noch bekommt er nur einen Löffel. Ich will nicht, dass er sich verletzt«, sagte sie.

»Hast du schon mal daran gedacht, ein Kindermädchen einzustellen?«, schlug ich vor.

»Du hast so wenig Ahnung von meiner Situation, dass deine Vorschläge nicht einmal hilfreich sind, Chandler.«

»Warum sagst du das? Ein Kindermädchen würde wissen, wie man auf Luke aufpasst und ihn richtig füttert.«

»Ein Kindermädchen kostet Geld. Dad hat schon mal ein Kind großgezogen, das ist für ihn nichts Unbekanntes. Wenn du dich also nicht freiwillig als Kindermädchen zur Verfügung stellst oder für eines bezahlst, wie soll das dann helfen? Ich muss los.«

Sie winkte ab, beugte sich vor und küsste den Jungen, bevor sie ging.

Ich folgte ihr in den Eingangsbereich und erwischte sie, bevor sie weg war. »Mila, wenn du für mich arbeiten würdest, könntest du dir ein Kindermädchen leisten.«

Sie trat dicht an mich heran. »Ich habe mehr Selbstachtung als früher, als ich für dich gearbeitet habe. Wenn du mir ein seriöses Jobangebot machen würdest, könnte ich es vielleicht in Betracht ziehen.«

Sie trat zurück und rückte ihre Jacke zurecht. »Ich habe vielleicht einen beschissenen Job, aber ich muss mit meinen Entscheidungen leben.«

Sie schloss die Tür hinter sich. Ich kehrte in die Küche zurück.

»Was hat sie gesagt? Du hast ihr doch wieder einen Job angeboten, oder?«, fragte Daniel. Er war noch verzweifelter darauf bedacht als sie, dass sie einen besseren Job bekam.

Ich schüttelte den Kopf. »Sie hat abgelehnt, bevor ich ihr überhaupt sagen konnte, wie der Job aussehen würde.«

Soweit ich das beurteilen konnte, gab es keinen wirklich triftigen Grund, den Mila mir nennen konnte, um sich nicht mit mir zu treffen oder um für mich zu arbeiten. Ich verstand den Selbsthass nicht, der damit einherging, für mich gearbeitet zu haben. Sie hatte ihre damaligen Entscheidungen getroffen. Ich wusste nicht, was die Bemerkung über die Selbstachtung zu bedeuten hatte.

Gut, sie war wütend auf mich. Damit konnte ich umgehen. Je schneller sie darüber hinwegkam, desto schneller konnten wir wieder zusammenkommen. Sie konnte nicht leugnen, dass wir gut zusammen gewesen waren. Ein gutes Team.

Daniel wusste auch nicht, was mit ihr los war.

Ich wusste, dass ihr Leben mich nichts anging. Ich musste sie und ihre schlechten Lebensentscheidungen hinter mir lassen. Aber jedes Mal, wenn ich sie wiedersah, wollte ich sie. So einfach war das. Ich verspürte das unstillbare Bedürfnis, sie in meinem Leben zu haben. Es wäre einfacher, wenn ihre Entscheidungen mit meinen Wünschen übereinstimmen würden.

Sie war nicht verzweifelt, sie war entschlossen und wütend. Und ich musste wissen, warum.

»Meinst du, der Kleine mag Chinesisch? Ich bestelle, als Belohnung dafür, dass du mich heute Abend unterhalten hast«, schlug ich vor.

Am nächsten Morgen tat ich etwas, das ich vielleicht nicht hätte tun sollen. Ich war kein kontrollsüchtiger Mann, der alles wissen musste, was eine Frau tat. Mila war nicht meine Frau. Auch wenn ihr Anblick bei mir das Verlangen weckte, sie mir über die Schulter zu werfen und mit ihr wegzufahren.

Als ich frühmorgens in ihr Viertel fuhr, redete ich mir ein, dass ich das nicht nur für mich, sondern auch für Daniel tat. Ich stand etwa einen halben Block entfernt, halb versteckt hinter einigen Büschen, die zu nah an der Straße wuchsen.

Als sie in ihrem alten Auto vorbeifuhr, folgte ich ihr. Ich wollte wissen, was sie wirklich vorhatte.

Nachdem sie Luke in einer Kindertagesstätte abgesetzt hatte, folgte ich ihr auf den Parkplatz eines Bürogebäudes. Ich beobachtete, wie sie und andere in eines der Gebäude gingen.

Laut meiner Internetrecherche verkaufte das Unternehmen medizinischen Bedarf und hatte an dieser Adresse ein großes Callcenter. Ich wusste, wo sie tagsüber arbeitete. Es brauchte nur ein bisschen Internetrecherche und ein paar E-Mails, um die Öffnungszeiten des Callcenters herauszufinden.

Als ich mich nach einer Stelle im Callcenter erkundigte, teilte man mir erfreut mit, dass sie während der normalen Arbeitswoche arbeiteten und keine Überstunden oder Wochenendarbeit verlangten. Die Frau am Telefon zeigte mir genau, wo ich mich auf ihrer Website bewerben konnte.

Für mich hörte es sich so an, als würden sie oft das Personal wechseln, da sie alle zwei Wochen einen neuen Ausbildungskurs begannen.

Mila hasste es bestimmt, in so einem Betrieb zu arbeiten. Keine Kreativität, kein Denken, nur ein Skript befolgen und den Anruf auf eine bestimmte Zeitspanne begrenzen. Es war nicht dieser Job, der Überstunden erforderte.

Mehr denn je war ich überzeugt, dass sie einen Freund hatte. Und es machte mich wütend, dass sie ihn geheim hielt. Welche anderen Geheimnisse hatte sie noch?

Ich kam früher von der Arbeit nach Hause und stellte mich auf den Parkplatz des Callcenters. Wohin ging sie nach der Arbeit?

Es dauerte vier Tage, in denen ich ihr zur Kindertagesstätte und dann zu ihrem Haus folgte, bevor ich ans Aufgeben dachte. Sie ging nach Hause, sie blieb zu Hause. Keine obligatorischen Überstunden für den Rest der Woche.

Ich wollte nicht aufgeben, aber ich konnte nicht meine ganze Zeit damit verbringen, ihr durch die Stadt zu folgen.

»Was wisst ihr über diese AirTag-Dinger?«, fragte ich die Jungs, als wir uns das nächste Mal ein Spiel ansahen.

Daniel war nicht da, also nahm ich an, dass Mila ihn in letzter Minute mit ihrem Überstunden-Blödsinn überrumpelt hatte. Ich war trotzdem neugierig, was sie vorhatte. Je mehr ich im Internet nach einer Möglichkeit suchte, ihr zu folgen, ohne mich in mein Auto zu setzen, desto mehr stieß ich auf Informationen über AirTags.

»Sind das nicht Dinger, mit denen man Menschen und Hunde tracken kann?«, fragte Doug.

»Ich habe einen Privatdetektiv beauftragt, das Handy einer meiner Exfrauen anzuzapfen. Auf diese Weise konnte er sie orten. Er hat sie mit ihrem Freund erwischt«, sagte McLain.

»Das funktioniert nur, wenn du Zugriff auf das Handy der Person hast. Diese AirTags brauchen kein Handy, um ein Signal zu senden. Ich habe schon gehört, dass manche Leute sie einfach in die Jacken ihrer Kinder stecken. Ich habe aber nur davon gehört, dass jemand sie benutzt hat, wenn es um Stalker oder so etwas ging«, sagte Greg. »Aber sie sind nicht wie GPS-Geräte. Ich glaube, sie können einem nur sagen, ob etwas in der Nähe ist, aber nicht, wo genau.«

Ich nickte und mir wurde klar, dass ich vielleicht etwas anderes brauchte, wenn ich wissen wollte, wohin Mila ging. Ich brauchte etwas, das ich an ihrem Auto befestigen konnte.

Ich verfolgte sie nicht. Ich wollte sicherstellen, dass sie in Sicherheit war, egal was sie tat. Und das redete ich mir ein, als ich das GPS-Gerät bestellte. Und ich redete es mir auch ein, als ich zu ihrer Arbeit fuhr, die Motorhaube ihres Autos öffnete und es hinter den Motor klemmte, wo es nicht so leicht zu sehen war.

Ich konnte mich nicht rund um die Uhr vergewissern, dass sie sicher zu Hause oder in der Arbeit war, aber ich konnte ihren aktuellen Standort bestätigen. An dem Tag, an dem ich den Tracker an ihrem Auto angebracht hatte, war sie nach Hause gefahren und dort geblieben.

Am nächsten Abend überprüfte ich ebenfalls, ob sie zu Hause war. Es war wie in einem Film, als der kleine Punkt, der ihr Auto darstellte, über die Karte wanderte. Als das Auto anhielt und stehen blieb, fuhr ich zu der Adresse.

Ich war darauf vorbereitet, sie in einer Wohnung oder einem Restaurant zu finden, irgendwo, wo sie ein Date treffen würde. Stattdessen parkte sie vor einem Büro, das an die Fassade einer Lagerhalle in einem Industriegebiet angebaut war. Das war nicht derselbe Job.

Ich nahm mein Handy zur Hand und wählte die Nummer, die auf dem Schild an der Wand neben der Tür stand.

»Eagle Importe«, hörte ich die Frauenstimme sagen, bevor ich den Anruf beendete.

Sie hatte einen zweiten Job, was war daran also so geheimnisvoll?

26

MILA

»Mila, kann ich dich in meinem Büro sprechen?«

Angela begann, sich von mir zu entfernen, überzeugt davon, dass ich gleich hinter ihr sein würde. Und das war ich auch.

»Mach die Tür zu und setz dich«, sagte sie.

Ich schloss die Tür, aber ich setzte mich nicht hin. Ich wollte weglaufen, nicht dastehen und mich zurechtweisen lassen. Wenn sie mir sagen wollte, was ich alles falsch gemacht hatte, warum konnte sie das dann nicht zwanzig Minuten früher tun?

»Setz dich.«

»Das möchte ich lieber nicht. Ich muss gehen, sonst komme ich zu spät, um meinen Sohn abzuholen. Sie stellen mir eine Rechnung, wenn ich zu spät komme.«

»Wie du willst. Ich komme gleich zur Sache. Deine Anrufquoten sind gefallen.«

Ich schüttelte den Kopf. »Und?«

»Du musst mehr telefonieren.«

»Ich bin ständig am Telefon. Ich arbeite mit unseren Kunden«, erklärte ich. »Wie soll ich denn mehr telefonieren?«

»Geh ans Telefon, mach den Verkauf, leg auf. Lass das Gequatsche dazwischen weg. Niemand will, dass du über das Wetter sprichst.«

»Ich versuche, eine Verbindung herzustellen. Freundlich zu sein, damit sie eher bereit sind, die Waren zu kaufen.«

Angela seufzte. »Wir bezahlen dich nicht für das Knüpfen von Kontakten. Du wirst dafür bezahlt, dass du Diabetesbedarf verkaufst. Und das kannst du in zwei Dritteln der Zeit erledigen, die du im Moment brauchst.«

Ich nickte. Es reichte nicht aus, Fremde anzurufen und sie dazu zu bringen, über ihre Gesundheit zu sprechen, ich musste ihnen das benötigte Zubehör verkaufen, und jetzt musste ich das noch schneller machen.

»Okay, ich werde daran arbeiten.«

»Das ist eine offizielle Mitteilung. Du musst bis zum Ende des Quartals eine Verbesserung deines Timings vorweisen«, sagte sie.

Toll, ich hatte nur ein paar Wochen Zeit, um meine ganze Vorgehensweise zu ändern. »Gut. Bist du fertig?«

»Dein mangelnder Enthusiasmus für die Arbeit wird zur Kenntnis genommen. Ja, wir sind fertig. Ich erwarte eine deutliche Verbesserung, wenn du nächste Woche wieder ins Büro kommst.«

Ich drehte mich um, um zu gehen, hielt dann aber inne. Ich wollte ihr wirklich sagen, dass ich keine Lust hatte, wenn das Management meine Zeit nicht respektierte. Ich würde über zehn Minuten zu spät kommen, wenn ich in mein Auto stieg. Wenn ich schnell genug fahren würde, käme ich vielleicht nur fünf Minuten zu spät in der Kita an.

Der Verkehr hatte andere Pläne für mich und ich kam fast zwanzig Minuten zu spät. Zum Glück hatte die Erzieherin, die auf mich wartete, Luke bereits seine Jacke angezogen und wir waren startklar. Sie wollte nicht länger dort bleiben. Ich wusste, dass ich morgen früh eine Standpauke bekommen würde, wenn ich Luke vorbeibrachte.

Ich brauchte wirklich etwas mehr Zeit. Zeit, um einen neuen Job zu finden, Zeit, um eine bessere Kita zu finden.

Luke war quengelig. Ich war bereits spät dran für meinen nächsten Job. Das wenige Geld, das ich noch hatte, gab ich für ein Drive-Ins aus. Als wir nach Hause kamen, saß ich im Auto und aß mit Luke Chicken-Nuggets und Pommes. Ich wollte mich nicht noch einmal mit Dad über Lukes Ernährung streiten.

Die Übergabe verlief ziemlich reibungslos. Wenigstens lauerte Chandler mir nicht auf und stellte nicht jede Entscheidung, die ich traf, infrage. Ich küsste Luke und rannte aus der Tür.

Nachdem ich ins Auto gesprungen war, schrieb ich meinem Chef eine SMS, bevor ich losfuhr.

»Tut mir leid, dass ich zu spät bin«, sagte ich, als ich in die Büros der Importfirma eilte.

»Das kommt vor. Du kannst doch bleiben und den Rückstand aufholen, oder?«

Ich nickte, während ich in mein Büro eilte. Heute Abend würde ich eine Reihe von E-Mails verschicken und Dokumente und Bestellungen für morgen organisieren. Der einzige Tag in der Woche, an dem ich im Büro war.

»Meinst du, du könntest morgen Abend länger bleiben? Ein paar Überstunden machen? Ich weiß, es ist Freitagabend, aber ich könnte deine Hilfe wirklich gebrauchen.«

»Ich muss sehen, ob mein Vater auf meinen Sohn aufpassen kann. Ich muss ihn von der Kita abholen. Ich kann das in der Essenspause machen, wenn Dad einverstanden ist.«

»Das wäre toll. Ich würde auch gerne deine Arbeitszeit erhöhen, wenn das für dich in Ordnung ist?«, sagte Ward.

Ich stellte meine Taschen an meinem Schreibtisch ab.

»Mehr Stunden?« Ich könnte wirklich mehr Stunden gebrauchen. »Ich muss eine andere Tagesstätte für Luke finden. Wie bald? Ich habe das Gefühl, dass mein Vater bald nicht mehr auf meinen Sohn aufpassen will.«

»Lass das deine Mutter machen«, sagte Ward ganz beiläufig.

Er sagte das nicht aus Bosheit, er wusste es nur nicht.

»Ich habe keine Mutter. Es gibt nur mich und Dad. Kann ich ein paar Wochen Zeit haben, um mich um die Kinderbetreuung zu kümmern?«

»Ja, klar. Das Geschäft läuft gut und ich könnte deine Hilfe gebrauchen.«

Ich wollte mehr Stunden, ich wollte eine bessere Bezahlung. Aber die Kinderbetreuungssituation war ein echtes Hindernis für meinen Erfolg.

»Wenn du mir erlaubst, die Arbeit teilweise mit nach Hause zu nehmen, könnte ich vieles aus der Ferne erledigen«, schlug ich vor. »Ich könnte die Zeit nutzen, wenn mein Sohn im Bett ist, zumal die meisten E-Mails, die ich verschicke, erst am nächsten Tag gelesen werden. Und Tabellenkalkulationen kann man auch nachts machen. Ich habe auch einen Laptop, den ich benutzen könnte, sodass du nicht für irgendwelche Geräte bezahlen musst. Ich könnte ihn mit zur Arbeit bringen und du könntest ihn mit allen Programmen und Passwörtern einrichten.« Ich sprach schnell und sah wahrscheinlich zu eifrig aus.

Wenn ich nur einen zweiten Job bekäme, bei dem ich von zu Hause aus arbeiten könnte, wäre das Problem der Kinderbetreuung gelöst. Es gab keinen Grund, warum ich nicht Daten eingeben und E-Mails verschicken konnte, während ich dafür sorgte, dass Luke sein Abendessen aß.

»Ich weiß zu schätzen, dass du dir Gedanken über diesen Job machst, aber ich brauche dich wirklich vorort–«

Plötzlich ertönte ein lauter Knall, gefolgt von Bellen, das wie ›FBI, keine Bewegung‹ klang. Ein Schwarm von Männern in dunkelblauen Baseballkappen und Bomberjacken, auf denen in großen gelben Buchstaben ›FBI‹ stand, rannte in den Raum.

Ich hätte mich nicht bewegen können, selbst wenn ich es gewollt hätte. Die Männer umringten Ward.

»Scheiße, ohne Anwalt sage ich gar nichts«, brüllte Ward.

»Das werden wir ja sehen«, sagte ein FBI-Agent, als er Wards Hände nahm und sie hinter seinen Rücken zog. Ich hörte das Klicken der Handschellen.

»Du bist die Nächste.«

Raue Hände packten meine Arme und verdrehten sie hinter meinem Rücken.

»Was ist hier los?«, fragte ich panisch.

»Halt die Klappe!«, knurrte Ward.

Das FBI zog mich nach unten, bis mein Hintern auf einen Stuhl krachte. »Bleib sitzen.«

Ich nickte. Ich wollte nirgendwo hingehen.

Sie begannen damit, den Stecker des Computers aus der Wand zu ziehen und alle Drähte und Kabel auf der Rückseite zu entfernen. Die Männer trugen die Computer aus dem Büro. Dann räumten sie alles, was auf meinem Schreibtisch lag, in kleine Ablagekästen.

»Hey, das ist meine Tasche!«, rief ich, als mein Portemonnaie und meine Tragetasche in eine andere Kiste gelegt wurden.

»Das ist jetzt Beweismaterial.«

»Beweismaterial? Ward, was ist hier los?«

»So wie es aussieht, beschlagnahmen sie alles.«

»Aber warum?« Nichts ergab einen Sinn.

»Stell keine dummen Fragen. Und erzähl ihnen nichts«, sagte Ward.

Ich konnte sie nicht auseinanderhalten. Die FBI-Agenten sahen alle gleich aus, mit ihren Fliegerbrillen und Baseballkappen. Derjenige, der mir die Handschellen anlegte, trug seinen Ausweis an einem Schlüsselband um den Hals. Ich sah nicht, wie er hieß. Er und ein weiterer Mann kamen zurück ins Büro und führten Ward und mich nach draußen. Ich wurde in einen schwarzen Geländewagen gesetzt, einen anderen als Ward.

Die ganze Zeit über zitterte ich wie Espenlaub und fragte, was los sei. Keiner antwortete mir. Das Bauchgefühl, das ich bei Ward gehabt hatte, war nun bestätigt worden.

Der Geländewagen sprang an. Ich war irgendwie an den Sitz gefesselt. Ich lehnte mich so weit nach vorne, wie ich konnte. »Hey, ich arbeite nur halbtags für diesen Typen. Ich weiß nicht, was hier los ist. Bin ich verhaftet?«

»Das hängt von dir und deiner Kooperation ab«, sagte der Agent auf dem Beifahrersitz.

»Ich werde Ihnen sagen, was ich weiß. Ich garantiere, dass es nicht viel ist.«

Als wir in ihrem Büro ankamen, mussten sie mich bereits überprüft haben. Die Informationen, die sie gefunden hatten, schienen ihnen verraten zu haben, dass ich keine Ahnung hatte, was hier vor sich ging. Ich wurde in ein einfaches Büro gebracht, das nicht so aussah wie die Arrestzellen, die ich im Fernsehen gesehen hatte.

Ein älterer Mann kam in das Büro und öffnete meine Handschellen. Ich rieb mir die Handgelenke, als er sich setzte. Er ließ meine Taschen vor mir auf den Schreibtisch fallen.

»Wir behalten Ihr Handy bis auf Weiteres, Miss Jones.«

»Bin ich verhaftet?«, fragte ich erneut.

»Im Moment nicht. Aber Sie müssen in der Nähe bleiben, keine plötzlichen Tropenurlaube, okay?«

Ich nickte.

»Sie haben für einen bösen Mann gearbeitet, war Ihnen das bewusst?«

»Ich brauchte den Job«, gestand ich. »Geht es hier nur um Steuerhinterziehung? Er hat mich unter der Hand bezahlt. Ich dachte mir, er importiert vielleicht etwas, was er nicht importieren sollte.«

»Komischerweise waren die Importe wahrscheinlich das einzig Legale, was Ward Smith je gemacht hat. Wir werden Sie befragen und eine vollständige Aussage erhalten, aber es sieht so aus, als wären Sie heute Abend zur falschen Zeit am falschen Ort gewesen.«

Ein anderer Agent kam herein und forderte mich auf, ihm zu folgen. Ich wurde zu einem vorderen Empfangsbereich geführt. Er zog eine Visitenkarte heraus und reichte sie mir.

»Du kannst gehen. Wenn dir etwas einfällt, ruf diese Nummer an.«

Ich warf einen Blick auf die Karte und nickte. Nicken war einfacher als Worte.

»Wir bleiben in Kontakt.«

»Wie? Sie haben doch mein Handy.«

»Wir werden Sie erreichen können. Brauchen Sie eine Mitfahrgelegenheit?« Er bedeutete mir, mit der Empfangsdame zu sprechen, wenn ich einen Anruf machen wollte.

Ich sah ihm nach, als er wegging. Das war's? Mir eine Heidenangst einjagen und mich wieder wegschicken?

»Ich muss einen Anruf machen, kann ich Ihr Telefon benutzen?«

Mit einem Nicken reichte die Empfangsdame mir den Hörer. Ich gab ihr die eine Nummer, die ich mir gemerkt hatte.

27

CHANDLER

Mein Handy vibrierte. Anrufer-ID unbekannt. Ich ließ es auf die Mailbox gehen. Es klingelte wieder und jedes Mal, wenn ich es auf die Mailbox schickte, rief derjenige einfach wieder an. Wer auch immer es war, er wollte meine Aufmerksamkeit.

»Chandler Olsen«, brummte ich, als ich ranging.

»Chandler, ich stecke in Schwierigkeiten, kannst du mich abholen?« Milas Stimme war leise und panisch.

Mein ganzer Körper war plötzlich in Alarmbereitschaft.

»Wo bist du, geht es dir gut? Bist du in der Arbeit?«

Das letzte Mal, als ich das GPS, das ich in ihrem Auto versteckt hatte, überprüfte, war sie bei der Importfirma gewesen. Wenn ihr bei der Arbeit etwas zugestoßen wäre … Daran wollte ich nicht denken. Ich war auf den Beinen und ging zum Auto.

»Nein, ich bin nicht in der Arbeit. Ich bin beim Friedhof.«

Dort gab es nichts außer Autowerkstätten, der Polizeistation und den Abschlepphof.

Ich startete das Auto und fuhr los. »Wurdest du verhaftet? Was ist los?«

Sie schwieg. Ich hörte, wie sie einen stockenden, zittrigen Atemzug nahm. »Ich wurde nicht verhaftet, aber ich stecke in Schwierigkeiten. Ich bin im FBI-Büro.«

FBI? Was zum Teufel? »Sprich mit mir, Mila.«

»Komm einfach. Ich sage es dir, wenn du hier bist.« Sie gab mir die Adresse und beendete das Gespräch.

Ich trat aufs Gaspedal. Es war mir egal, dass ich mit Höchstgeschwindigkeit direkt auf Polizisten und FBI-Beamte zusteuerte. Ich musste zu Mila. Die örtlichen FBI-Büros befanden sich in einem unscheinbaren Backsteinbau, der irgendwann im letzten Jahrhundert errichtet worden war. Er war völlig unauffällig und nur einen Block vom Polizeirevier entfernt. Die Ansammlung großer schwarzer Geländewagen, die vor dem Gebäude parkten, war der einzige Hinweis darauf, dass im Inneren des Gebäudes mehr vor sich ging, als es den Anschein hatte.

Ich stürmte in den Eingangsbereich und bevor ich nach Mila fragen konnte, stürzte sie sich in meine Arme.

Ich schloss sie in meine Umarmung ein. Sie war wieder da. Jetzt konnte ich sie beschützen.

Sie zitterte, schluchzte und ich ließ sie weinen. In der kleinen Lobby war niemand sonst zu sehen, nicht einmal eine Empfangsdame. Ich zog Mila an mich und hielt sie fest, bis sich ihre Atmung beruhigte. Erst dann bewegte ich sie so, dass ich sie sehen konnte. Sie wischte sich die Tränen aus den Augen. Schnell zog ich ein paar Taschentücher aus der Schachtel auf dem Empfangstresen und reichte sie ihr. Dann schnappte ich mir ihre Taschen, die sie dort stehen gelassen hatte, und führte sie zur Tür hinaus.

Sie schniefte und weinte weiter, während ich sie auf den Beifahrersitz setzte. Ich warf ihre Taschen auf den Rücksitz und stieg ein. Mit einem Blick auf sie wartete ich darauf, dass sie etwas sagen würde. Sie starrte einfach nur geradeaus.

Ich startete das Auto und fuhr vom Parkplatz. Ich hatte kein Ziel, denn ich glaubte nicht, dass Mila irgendwohin fahren wollte, außer weg von dem Ort, an dem sie gewesen war. Es dauerte fast zwanzig Minuten, bis sie anfing zu reden.

»Danke. Ich wusste nicht, wen ich sonst anrufen sollte.«

»Warum hast du nicht deinen Vater angerufen?«, fragte ich.

»Das konnte ich nicht. Ich glaube, er hat Lukes Autositz nicht in seinem Geländewagen installiert. Er hätte mich also nicht abholen können.«

»Okay. Wo ist dein Auto?«

»In der Arbeit.«

Ohne nachzudenken, machte ich mich auf den Weg zum Büropark.

»Du darfst es Dad nicht sagen. Versprich mir, dass du es ihm nicht erzählst.« Ihre Stimme klang panisch.

»Ich weiß nicht einmal, was ich ihm nicht erzählen werde, Mila. Was ist passiert?«

Sie war eine ganze Weile still, bevor sie auf den Parkplatz eines Einkaufszentrums zeigte. »Halt an. Ich will aussteigen. Ich muss raus.«

Sie sprang aus dem Auto, noch bevor ich den Motor abgestellt hatte. Ich folgte ihr, bereit, ihr hinterherzurennen, aber sie lief hin und her wie eine eingesperrte Katze. Ich lehnte mich an die Seite des Autos und wartete.

Sie ging hin und her, schüttelte ihre Hände und murmelte vor sich hin. Ab und zu schüttelte sie ihren ganzen Körper und rollte mit den Schultern.

»Ich arbeite für, nein, arbeitete für eine Importfirma. Ich habe es Dad nicht erzählt, weil er denkt, dass ich meinen Lebensunterhalt mit einem Job bestreiten können sollte. Aber das kann ich nicht. Keiner bietet mehr Vollzeitjobs an, also habe ich zwei Bürojobs. Ich erzähle Dad nur, dass es ein Arbeitsplatz ist, damit er nicht mit mir darüber diskutiert. Ich kann nichts mehr richtig machen. Er wird so wütend auf mich sein.«

»Daniel wird nicht sauer sein, dass du einen zweiten Job annehmen musstest.«

»Ist er aber. Er ist jetzt schon sauer, dass ich ihn gebeten habe, auf Luke aufzupassen. Wenn er herausfindet, was passiert ist, wird er mich rausschmeißen. Ich kann kaum die Kita bezahlen.«

»Was ist denn passiert, Mila? Warum warst du beim FBI?«

»Sie haben mich verhaftet, Chandler. Sie haben mir Handschellen angelegt und mich auf den Rücksitz eines dieser großen Geländewagen gesetzt. Sie haben mein Handy!«

Ich richtete mich auf und packte sie an den Schultern, um sie ruhig zu halten. »Was? Erzähl mir genau, was passiert ist.«

Sie fing an, in großen Schlucken nach Luft zu schnappen.

»Ist ja gut, ist ja gut. Ich habe dich. Atme tief ein, halte die Luft an und lass sie wieder raus.« Ich atmete mit ihr und half ihr, bevor sie zu hyperventilieren begann.

Nach ein paar weiteren Minuten gleichmäßiger Atmung begann sie wieder zu sprechen.

»Ich dachte mir schon, dass mein Chef etwas zwielichtig ist, aber nur wegen der Steuerhinterziehung. Er hat mich unter der Hand bezahlt.«

»Du wusstest, dass du für eine zwielichtige Firma arbeitest und bist trotzdem geblieben?«

»Er bezahlte mich wirklich gut und brauchte mich nur für etwa zwölf Stunden pro Woche. Es war einer dieser Deals, die zu gut waren, um sie abzulehnen.«

Ich grummelte. Sie hatte sich geweigert, für mich zu arbeiten, damit sie was tun konnte? »Ich hätte dich mehr als gut bezahlt und du hättest dich nicht in Gefahr gebracht.«

Sie schüttelte den Kopf. »Du verstehst es nicht, Chandler, oder? Du bist gefährlich für mich. Ich kann nicht riskieren, in deiner Nähe zu sein. Ich muss mein Leben selbst in die Hand nehmen können.«

Inwiefern war ich gefährlich für sie? Das ergab keinen Sinn.

»Das FBI hat eine Razzia im Büro durchgeführt, als ich dort war. Ich habe ihnen alles gesagt, was ich weiß. Alles. Ich habe ihnen gesagt, was ich glaube, was mein Chef tut. Ich darf den Staat nicht verlassen, bis sie es erlauben, aber ich bin nicht wirklich verhaftet. Ich verstehe nicht wirklich, was hier los ist.«

»Aber sie haben dein Handy einbehalten. Warum?«

Sie zuckte mit den Schultern. »Als Beweismittel, nehme ich an. Was soll ich jetzt tun, Chandler? Ich bin verängstigt. Ich habe nichts getan. Ich will nicht verhaftet werden.«

Sie begann zu zittern und Tränen liefen ihr über die Wangen. Ich zog sie wieder an mich heran. Ich wusste auch nicht, was wir tun sollten, aber ich hatte Zugang zu Anwälten, die es wissen würden. Mila war unschuldig und ich würde dafür sorgen, dass sie in Sicherheit war.

»Komm, lass uns etwas essen gehen, dann können wir darüber reden, während du eine warme Mahlzeit zu dir nimmst und vielleicht etwas trinkst.«

Sie schüttelte den Kopf. »Ich sollte mein Auto holen.«

»Wir können dein Auto später holen«, sagte ich. Wenn das FBI in dem Büro war, in dem sie arbeitete, musste ich zu ihrem Auto gehen und den Peilsender herausholen, nur für den Fall. Das würde sehr verdächtig aussehen, und sie hatte schon die falsche Aufmerksamkeit auf sich gezogen.

Ich fuhr in eine Restaurantkette. Wir bekamen sofort einen Platz, obwohl es fast Wochenende war und das Restaurant an eine Bar angeschlossen war. Ich bestellte eine kleine Vorspeise, die wir uns teilten, und stellte sicher, dass Mila ein Glas Wein bekam.

Sie sagte nichts weiter, als ein paar »Danke« und »Ich weiß nicht, was ich tun soll«.

Als die Kellnerin das Essen zwischen uns stellte, leuchteten Milas Augen, als hätte sie schon ewig kein Essen mehr gesehen. Sie schnappte sich eine gefüllte Kartoffelschale.

»Heiß, heiß, heiß«, sagte sie, als sie sie auf ihren Miniteller fallen ließ. Dann löffelte sie einen Klecks Ranch-Dressing darauf und schob sich das Ganze in den Mund. Ich konnte mir ein Glucksen nicht verkneifen. Sie aß, als wäre sie am Verhungern.

Sie schluckte einen großen Bissen hinunter, dann griff sie über den Tisch und nahm einen ebenso großen Schluck von meinem Bier.

»Hey«, beschwerte ich mich.

»Zu heiß, man kann eine Kartoffelschale nicht mit Wein runterspülen«, erklärte sie.

Ich erregte die Aufmerksamkeit der Kellnerin und bestellte ein Wasser für Mila und ein weiteres Bier für mich. Ich wartete, bis Mila mehr warmes Essen in sich hatte, bevor ich ihre Situation erneut ansprach.

»Du musst es deinem Vater sagen.«

Sie begann zu wimmern. »Ich kann nicht.«

»Mila, du bist auf dem Weg in eine möglicherweise sehr unangenehme rechtliche Situation. Vor allem, weil du nicht weißt, was genau passiert ist. Du wirst einen Anwalt brauchen, mehrere Anwälte. Du hast selbst gesagt, dass du dir kaum eine Tagesbetreuung leisten kannst.«

»Die werden mir doch einen Pflichtverteidiger geben, oder?«

»Es ist das FBI, ich weiß es nicht. Du wurdest heute Abend nicht verhaftet, und das ist wahrscheinlich ein sehr gutes Zeichen. Daniel hat über seine Firma Zugang zu Anwälten. Du musst ihn dir helfen lassen.«

»Er ist so enttäuscht von mir, Chandler. In seinen Augen bin ich nichts als eine Versagerin. Das wird diese Meinung nur noch bestärken. Was soll ich tun, wenn er mich rausschmeißt?«

»Du musst ihm eine Chance geben, Mila. Daniel wird dich nicht rausschmeißen. Wenn du glaubst, dass es dir hilft, werde ich für dich da sein, wenn du es ihm sagst. Ich bringe dich danach nach Hause.«

Sie nickte. »Okay, aber du wirst da bleiben?«

»Ja, ich werde da bleiben.«

28

MILA

Chandler folgte mir ins Haus.

»Dad?«, rief ich leise. Ich wollte Luke nicht stören, wenn er ihn für die Nacht schlafen gelegt hatte.

Ich betrat das Arbeitszimmer.

Dad blickte auf. Er sah mich und dann Chandler, seine Stirn war gerunzelt. Er hob einen Finger an die Lippen und deutete auf Luke, der auf der Couch schlief. Er stand auf, winkte mit den Fingern und schickte uns in die Küche.

»Solltest du nicht arbeiten?«, fragte er mich, bevor er sich Chandler zuwandte. »Was machst du denn hier?«

Ich schluckte. Ich wusste nicht, was ich sagen sollte. Panisch warf ich einen Blick auf Chandler. Wie sollte ich Dad, nun ja, alles erzählen?

»Es gab da ein Problem«, sagte Chandler. »Mila muss etwas mit dir besprechen.«

Dad starrte Chandler an und dann mich. Ich wollte fast lachen. Das hätte ich auch getan, wenn mir nicht so übel gewesen wäre, dass ich

Angst hatte, mich zu übergeben. Ich war mir ziemlich sicher, dass Dad dachte, wir würden ihm sagen, dass wir zusammen waren oder so. Das war schon lange abgehakt. Das hier war schlimmer, viel schlimmer.

Chandler legte seine Hand auf Dads Schulter. »Es ist nicht so, wie du denkst, entspann dich.«

»Ich werde mich entspannen, wenn ihr mir sagt, was hier los ist.« Er hielt seine Hand hoch, die Finger gespreizt.

»So einfach ist es nicht«, sagte ich.

Er stieß einen Seufzer aus. »Gut, Luke ist fast eingeschlafen.«

Ich wollte gerade ins Wohnzimmer gehen, als Dad mich am Arm festhielt. »Wenn er dich sieht, wird er ganz aufgeregt und nervös. Lass mich ihn noch ins Bett bringen, dann können wir uns alle hinsetzen und du erzählst mir, was passiert ist.«

Wir warteten in der Küche, bis Dad Luke nach oben getragen hatte. Ich war zu nervös, um mich zu setzen.

»Setz dich hin, Mila«, sagte Chandler.

»Ja, Mila, setz dich«, sagte Dad hinter mir.

Ich drehte mich um und sah ihn an. Mein Herz schlug mir bis zum Hals. Das war noch schlimmer, als ihm sagen zu müssen, dass ich schwanger war, denn damals hatte er mich damit konfrontiert. Diesmal war es also noch schlimmer, denn dieses Mal musste ich etwas sagen.

»Lass mich mit der Tatsache anfangen, dass ich nicht offiziell verhaftet wurde.«

»Was zum Teufel soll das heißen?« Dads Stimme wurde leiser. Er war wütend und wahrscheinlich schon von vorhin genervt.

Ich schluckte den Kloß in meinem Hals hinunter. »Ich habe zwei Jobs gemacht. Ich habe es dir nicht gesagt, weil du sonst sauer auf mich geworden wärst. Ich habe es satt, immer alles falsch zu machen, ich habe es satt, dass du mich ständig verurteilst. Also habe ich es vor dir versteckt.«

Dad nickte. Er ballte und löste seine Hände, während er darauf wartete, dass ich zu Ende sprach.

»Ich habe nachts und freitags für eine Importfirma gearbeitet. Ich wurde unter der Hand bezahlt, also dachte ich mir schon, dass mit dem Geschäft etwas nicht in Ordnung ist. Aber ich dachte ehrlich gesagt nicht, dass es mehr als Steuerhinterziehung ist, bis das FBI heute Abend eine Razzia durchführte. Ich glaube, ich war nicht einmal fünf Minuten im Büro, als sie hereinplatzten und anfingen zu schreien.«

Wieder brannten Tränen in meinen Augen und ich erinnerte mich an die Ereignisse, wie sie sich abgespielt hatten. Ich war so verängstigt und verwirrt gewesen.

»Sie hielten mich in einem Raum fest und fesselten mich mit Handschellen an einen Stuhl, bevor sie hereinkamen und anfingen, mir Fragen zu stellen. Aber ich wusste nichts. Und ich habe ihnen alles gesagt, was ich weiß.«

»Was genau hast du für diese Importfirma gemacht?«, fragte Dad.

»Ich habe Frachtbriefe bearbeitet. Ich habe die Rechnungen mit den Packzetteln abgeglichen und dafür gesorgt, dass die Container abgeholt und an die richtigen Orte geliefert wurden. Das ist alles, was ich gemacht habe, ich schwöre es. Ich weiß nicht einmal, was sonst noch verschifft wurde. Wenn es nicht auf einem Frachtbrief stand, hatte ich keine Möglichkeit, es zu wissen. Und ich habe nicht viel auf die Produktbeschreibungen geachtet, sondern nur darauf, dass die Produktnummern übereinstimmen.«

»Was haben sie importiert?«

Es war wieder wie bei dem FBI-Verhör.

»Hauptsächlich Spielzeug und billigen Bürobedarf. Nach einer Weile waren es vielleicht auch ein paar Designer-Imitate. Das habe ich ihnen natürlich gesagt. Ich habe nichts zu verbergen.«

»Was ist mit der Bezahlung? Wie hat er dich bezahlt?« Dad stellte immer dieselben Fragen.

»Ich wurde bar bezahlt. Ich habe einen handgeschriebenen Stundenzettel eingereicht. Die werden in den Akten sein, die das FBI beschlagnahmt hat. Und ja, ich habe angeboten, dass ich diese Einnahmen bei der Steuererklärung angeben werde.«

Dad sah nachdenklich aus. Er führte seine geballten Hände an sein Kinn und schwieg einen Moment lang.

»Sie haben mich gehen lassen. Sie sagten, sie würden sich mit mir in Verbindung setzen. Sie haben mein Handy«, sagte ich schließlich.

»Warum hast du mich nicht angerufen?«, fragte Dad.

»Weil ... du keine Autositze für Luke in deinem SUV hast ... weil ich nicht wollte, dass du mich anschreist, weil ich so dumm war ...«, sagte ich panisch. »Ich dachte, Luke würde vielleicht schon schlafen und ich wollte nicht, dass du ihn wecken musst, um mich zu holen. Chandlers Nummer war die einzige andere, an die ich mich erinnern konnte. Ich wusste nicht, wen ich sonst anrufen sollte.«

»Warum hast du für diese Importfirma gearbeitet?«, fragte Dad.

»Sie haben mir die Stunden im Callcenter gekürzt. Ich brauchte einen zweiten Job, um alle meine Ausgaben zu decken. Das war die erste Stelle, die in meinen Zeitplan passte, und die Bezahlung war wirklich gut.«

»Und du dachtest nicht, dass es ein Problem ist, in bar bezahlt zu werden?«

»Natürlich wusste ich, dass es ein Problem war, aber ich brauchte etwas, während ich weiter suchte. Es war die beste Entscheidung, die ich zu dem Zeitpunkt treffen konnte«, sagte ich und weinte wieder. Sah Dad denn nicht, dass ich hier das Opfer war?

»Du hast einige schlechte Entscheidungen bei der Arbeitsuche getroffen, Mila. Was ist passiert? Du warst doch früher so unerschrocken.«

Ich drehte mich zu Chandler um.

»Das war, bevor mich die Welt daran erinnerte, dass ich wertlos bin. Ich durfte meinen Spaß haben, aber dann musste ich die Konsequenzen der Handlungen anderer Leute tragen. Ich hänge jetzt am seidenen Faden.«

»Was soll das denn heißen, wertlos, Konsequenzen?«

Etwas in mir brach zusammen. Ich war gebrochen. Ich öffnete meinen Mund und mein Schmerz strömte heraus.

»Was ich meine? Du hast mich im Stich gelassen, du bist einfach weggegangen. Du hast den Job in Europa angenommen und mir nie davon erzählt, mich nie nach meiner Meinung gefragt.«

»Er war dein Chef, Mila. Er brauchte dich nicht nach deiner Meinung zu fragen.«

»Es war eine geschäftliche Entscheidung, das hast du verstanden.«

»Woher willst du wissen, dass ich verstanden habe, dass es nur ein Geschäft war? Du hast mich nie gefragt, Chandler, und hast nie einen Gedanken an mich verschwendet. Du hattest die Chance, großartig zu sein, und das ist alles, was für dich wichtig war.« Ich richtete meine Aufmerksamkeit auf Dad. »Nein, Dad, meine Meinung hätte zählen müssen. Ich war in ihn verliebt. Er ist gegangen und ich hatte nicht einmal die Chance, ihm von Luke zu erzählen.«

Beide wurden blass, bevor sich ihre Gesichter in glühende Wut verwandelten. Es wäre lustig gewesen, wenn ich nicht inmitten ihrer Aufmerksamkeit und ihrer geballten Wut gestanden hätte.

»Soll das heißen, Luke ist von mir?« Chandler blieb in seinem Sessel sitzen. Er klammerte sich an den Armlehnen fest.

»Du hast mir gesagt, der Vater sei ein Kellner in einer Sportbar.« Dad erhob sich auf seine Füße.

»Alles, was ich getan habe, ob ich nun schlechte Entscheidungen getroffen habe oder nicht, war, um mich um Luke zu kümmern. Ich will mich nur um mein Baby kümmern. Und jetzt …« Keiner hörte mir zu.

Dad ballte und löste seine Fäuste. »Du hast meine Tochter angefasst. Du hast meine Tochter angefasst!«

Ich musste aus dem Weg springen, als er sich auf Chandler stürzte. Dad packte Chandler an seinem Hemd, zog ihn auf die Beine und schlug ihm ins Gesicht. Das Geräusch war ein schreckliches Klatschen, als Dads Faust in Chandlers Kiefer einschlug. Chandler taumelte zurück.

»Dad! Hör auf! Hör auf!«

Chandler kam wieder zu sich und hatte plötzlich Dads Hemd um beide Fäuste gewickelt, sodass sie sich Auge um Auge gegenüberstanden.

»Ja, vielleicht habe ich das verdient. Aber du wirst mich nie wieder schlagen.« Er warf Dad hin und her, als wäre er nichts weiter als eine Stoffpuppe. Dad fiel mit so viel Wucht zurück in den Sessel, dass der große Stuhl nach hinten kippte und Dad sich überschlug.

»Chandler! Deshalb wollte ich nie, dass du es erfährst. Deshalb sollte er es nie erfahren!«

Ich rannte zu Dad. Er wies meinen Versuch, ihm zu helfen, ab.

»Verschwinde verdammt noch mal aus meinem Haus. Halte dich von meiner Tochter fern.«

Dad stand auf und stürzte sich auf Chandler.

»Raus hier!«, brüllte er ihm ins Gesicht.

Chandler knurrte. Ich dachte schon, sie würden sich wieder prügeln. Chandler schubste Dad und drehte sich um. Die Tür knallte hinter ihm zu.

Dad stand schwer atmend da. Er warf einen Blick auf mich, streckte den Finger aus und zeigte auf die Treppe. »Du hast Hausarrest, geh in dein Zimmer!«

»Du kannst mir keinen Hausarrest geben, ich bin fünfundzwanzig.«

»Du benimmst dich, als wärst du dreizehn. Nein, mit dreizehn hast du schon bessere Entscheidungen getroffen. Chandler Owens? Wie konntest du nur, Mimi, wie konntest du nur?«

»Wie konnte ich nur?«

»Du bist hinter meinem Rücken mit einem Mann wie ihm ausgegangen«, knurrte Dad.

»Einem Mann wie ihm? Er ist dein Freund. Was für Freunde hast du denn, wenn du ihnen nicht einmal mich anvertrauen würdest? Es ist ja nicht so, als wäre ich mit McLain zusammen gewesen!«

Er wich zurück. Gut, ich wollte, dass er meinen Schmerz spürte.

»Hat er dich ausgenutzt? Hat er deinen Job als Druckmittel gegen dich benutzt?«

Ich stieß ein scharfes Lachen aus. »Nein, Dad, so war es nicht. Ganz und gar nicht. Ich habe die Wahl getroffen und ich habe mich für ihn entschieden. Er war nur die erste in einer langen Reihe von schlechten Entscheidungen, die ich getroffen habe.«

»Du warst mit Chandler zusammen und hast mir nicht genug vertraut, um es mir zu sagen?« Wut strahlte von ihm aus.

»Du hast mir nie genug vertraut, als dass ich mich sicher gefühlt hätte, dir irgendetwas zu sagen.« Ich weinte. Ich konnte meine Gedanken nicht mehr zurückhalten und sie sprudelten nur so aus mir heraus. »Ich konnte dir nicht einmal sagen, dass ich einen zweiten Job annehmen musste. Du hältst mir das Dach über dem Kopf als ständige Drohung vor, damit ich mich benehme, ruhig bin und mich nicht blicken lasse. Was hätte ich denn denken sollen?«

29

CHANDLER

Ich war ein Vater. Der kleine Junge war mein Sohn.

Ich war mir nicht ganz sicher, wie ich nach Hause gekommen war, nachdem ich Daniels Haus verlassen hatte. Ich rieb mir den Kiefer. Verdammt, er konnte wirklich hart zuschlagen. Und ich hatte es auch verdient.

Ich war Vater.

Das wiederholte sich in einer Schleife in meinem Kopf. Ich dachte an eine Sache, die nichts mit mir zu tun hatte, und der nächste Gedanke war, dass ich Vater war. Sah der Junge aus wie ich? Sah er aus wie Mila? Ich hatte ihm nicht wirklich viel Aufmerksamkeit geschenkt. Er war ihr Kind und ging mich nichts an.

Nur, dass er mich sehr wohl etwas anging.

Warum hatte sie nie etwas gesagt? Sie hätte mich auf Unterhaltszahlungen verklagen können. Das könnte sie immer noch. Ich würde morgen früh meinen Anwalt anrufen müssen. Es gab noch etwas, worüber ich mit ihm sprechen wollte, aber dieser Gedanke war schon wieder weg.

Ich fuhr mir mit der Hand durch die Haare und machte mich auf den Weg nach oben in mein dunkles Haus. Es gab kein Licht, das von draußen hereinkam, keinen sanften Schein der Stadt unter mir. So seltsam es auch gewesen war, von hier nach Zürich zu ziehen, ich hatte mich immer noch nicht daran gewöhnt, wieder hier zu sein. All die kleinen Unterschiede zwischen den USA und Europa waren nichts im Vergleich zu der großen Einsamkeit und Leere in diesem Haus.

Ich drehte die Dusche auf und wartete darauf, dass das Wasser heiß wurde. Ich sollte wirklich einen dieser Durchlauferhitzer im Bad installieren. Sofort heißes Wasser zu haben, war eines dieser Details, von denen ich nicht gewusst hatte, dass ich sie vermissen würde.

Ich war Vater.

Mist.

Ich zog mein Hemd wieder an und schaltete die Dusche aus. Ich musste den GPS-Tracker aus Milas Auto holen, bevor das FBI beschloss, ihre Sachen zu durchsuchen.

Der Parkplatz war dunkel und verlassen, nur ein paar Autos waren geparkt. Es dauerte nicht lange, den GPS-Sender zu entfernen. Ich war erstaunt, wie einfach es gewesen wäre, ihr Auto zu stehlen. Es war alt und ramponiert. Sie hatte einen dieser blumenförmigen Lufterfrischer am Rückspiegel hängen. Lukes Autositz war auf dem Rücksitz befestigt. Ein Stofftier wartete dort auf ihn.

Mein Sohn fuhr in einem Auto wie diesem herum. Seine Mutter war zu stolz und ihr Vater war ein Arschloch. Warum zum Teufel hatte Daniel Mila mit diesem Haufen Scheiße herumfahren lassen? Er hätte ihr problemlos ein besseres Auto schenken können. Ich hätte ihr problemlos ein besseres Auto schenken können. Ich hätte es getan, aber niemand hatte mir gesagt, dass ich einen Sohn hatte.

Sollte ich ihr ein Auto kaufen? Würde sie es annehmen? Würde ein plötzliches teures Geschenk sie noch mehr ins Visier der FBI-Ermittlungen bringen?

»Verdammt noch mal, Mila!«, rief ich und schlug auf mein Lenkrad. Ich hätte für sie da sein können.

Ich ging meine nächtliche Routine durch, duschte und legte Kleidung für den nächsten Morgen bereit. Ich ging alles durch und achtete nicht ein einziges Mal auf irgendetwas davon.

Ich lag die ganze Nacht wach und konnte nicht schlafen. Ich wälzte mich hin und her. Ich hätte es wissen müssen, man hätte es mir sagen müssen. Ich hätte einen Blick auf den Jungen werfen und irgendwie wissen müssen, dass er von mir war.

Als ich zur Arbeit fuhr, war ich auf Autopilot. Statt ins Büro fuhr ich in die Einfahrt von Daniels Haus. Was hatte ich mir dabei gedacht? Warum war ich dort?

Ich klingelte an der Tür.

»Was machst du denn hier?«, fragte Mila, als sie die Tür öffnete. »Wenn mein Vater dich sieht…«

»Ist das Kind wirklich von mir?«

Sie trat nach draußen, wickelte ihren Cardigan fester um sich und schloss die Tür hinter sich. Sie sah so jung aus. Was zum Teufel hatte ich mir nur dabei gedacht? Ich hätte mich nicht mit einer jüngeren Frau einlassen sollen. Mit dem Kind meines Freundes.

»Hast du dich absichtlich schwängern lassen?«, forderte ich.

»Was zum Teufel, Chandler? Willst du mich verarschen? Absichtlich? Um mich absichtlich in einen Zustand ständiger Armut und Geldnot zu versetzen? Um absichtlich gegen die Werte meines Vaters zu verstoßen?«

»Nein, um mir eine Falle zu stellen.« Es hörte sich falsch an, sobald ich es sagte.

»Eine Falle?!« Sie warf einen Blick über ihre Schulter, bevor sie leiser fortfuhr. »Wenn ich dich durch ein Kind an mich binden wollte, hätte ich es dir doch gesagt, meinst du nicht? Dich auf Kindesunterhalt verklagt? Oh, ich weiß nicht, irgendetwas anderes getan als das, was ich getan habe?«

»Ich will einen Vaterschaftstest«, forderte ich.

»Warum? Was spielt das für eine Rolle?«

»Er ist mein Sohn, Mila«, knurrte ich. »Das ist wichtig.«

»Gut, aber du musst ihn organisieren. Ich mache die Arbeit nicht für dich. Ich weiß, wer der Vater ist. Es ist ja nicht so, als könnte es jemand anderes sein.«

»Also kein Kellner?« Ich konnte mir nicht verkneifen, ihr diese Lüge vorzuwerfen.

Sie gluckste. »Es hat nie einen gegeben.« Sie machte einen Schritt nach vorne und drückte mir gegen die Brust. »Du musst gehen. Dad ist immer noch sauer und wird gleich nach mir suchen.«

»Was willst du ihm denn sagen?«

»Worüber? Dass du hier warst? Nein. Ich werde ihm sagen, dass es ein Zeuge Jehovas war.«

»Du wirst ihn also anlügen? Lügst du jeden an, so wie du mich belogen hast?«

»Ja, ich erzähle jedem, den ich kenne, dass er der Vater meines Kindes ist, und ich sage dir, dass es nicht von dir ist«, sagte sie scharf und verbittert. »Du hattest eine Woche lang keine Zeit, mir zu sagen, dass du das Land verlässt und mich zurücklässt. Es tut mir so leid, dass ich keine Zeit hatte, dir zu sagen, dass du Vater bist. Auf Wiedersehen, Chandler.«

Sie drehte sich um und ging hinein, wobei sie mir die Tür vor der Nase zuknallte. Ich stand da und starrte ihr hinterher, in der Hoffnung, dass sie durch die Tür zurückkommen würde. Ich wünschte, sie würde zurückkommen und mir andere Worte sagen.

Ich schaffte es ins Büro.

Als ich dort ankam, tat ich nichts, denn ich wusste nicht genau, warum ich überhaupt dort war. Kyle Manning hatte das US-Büro ziemlich gut unter Kontrolle, ich war nicht viel mehr als eine Galionsfigur.

»Ruf meine Anwältin an, Heather«, sagte ich in die Gegensprechanlage.

»Ja, Mr. Owens, und ich bin Sarah, schon vergessen?«

»Richtig, Sarah.« Ich war so abgelenkt, dass ich den Namen meiner Verwalterin vergessen hatte.

Heather hatte die Firma irgendwann während meiner Zeit im Ausland verlassen. Ich sollte sie ausfindig machen und sie dazu bringen, wieder meine persönliche Verwalterin zu sein.

Ich war zu abgelenkt, um auf meinem Hintern zu sitzen und E-Mails durchzulesen. Ich musste etwas tun, irgendwo hingehen. Meine Energie brannte mir im Nacken und in den Schultern. Sie musste herausgelassen werden. Ich schnappte mir meine Sachen und verließ das Büro.

»Ich gehe«, verkündete ich, als ich an Sarahs Schreibtisch vorbeiging. »Ruf die Anwaltskanzlei zurück und sag ihnen, dass sie mich auf meinem Handy erreichen können.«

Ich wartete nicht, um zu hören, ob sie das bestätigte oder nicht.

Ich rief McLains Nummer auf.

»Chandler!« Der Mann lebte immer noch seinen Studentensommer. Er war nie richtig erwachsen geworden. Diese Energie brauchte ich jetzt.

»Was hältst du vom Axtwerfen?«, fragte ich.

»Ich bin scheiße darin, warum?«

»Willst du ein paar Äxte auf eine Sperrholzplatte werfen und den Tag mit Trinken beginnen?«

»Ich bin dabei.«

Sein leuchtend gelber Corvette stand auf dem Parkplatz des Hatchet Job, dem Axt-Wurfplatz, den er vorgeschlagen hatte.

»In was für Schwierigkeiten hast du dich gebracht?«, fragte er zur Begrüßung. Er deutete auf sein Kinn, um mich auf den blauen Fleck in meinem Gesicht aufmerksam zu machen.

»Das erzähle ich dir drinnen.« Ich wollte loslegen und meine Arme bewegen. Ich wollte, dass meine Schultern vor Erschöpfung brannten. Das war der einzige Weg, den ich mir vorstellen konnte, um dieses unangenehme Gefühl loszuwerden.

Wir checkten ein und McLain kümmerte sich darum, unsere Getränke zu bestellen

»Der Barkeeper schickt uns ein paar Mikrowellen-Burritos rüber, sobald sie fertig sind«, sagte er, während er zwei Flaschen Bier auf den kleinen Tisch am Anfang unserer Wurfbahn stellte.

»Warum, verdammt noch mal?«

»Weil du sauer bist und dich betrinken willst. Für beides brauchst du Nahrung in deinem Körper.«

»Du trinkst doch auch, ohne etwas gegessen zu haben«, beschwerte ich mich.

»Au contraire mon frère«, antwortete McLain. »Ich trinke tagsüber mit Snacks und ohne scharfe Gegenstände. Willst du mir jetzt endlich sagen, was los ist?«

Ich hob die erste Axt auf und schleuderte sie auf das Ziel zu. Sie schlug mit einem Knall im Holz ein. Ich konnte es ihm sagen, oder er könnte es von Daniel erfahren, falls dieser sich überhaupt die Mühe machen würde, es irgendjemanden wissen zu lassen.

»Also sag mir, ob ich das richtig verstanden habe. Wie ist Daniel damit umgegangen, als seine Tochter schwanger wurde? Ich habe den Eindruck, dass er es im Grunde genommen ignoriert hat und dann nie wieder darüber gesprochen hat, als sie das Kind hatte?«

Ich schleuderte eine weitere Axt. Sie klapperte gegen das Ziel und fiel auf den Boden.

»So ist es.« McLain warf eine Axt. Sie blieb stecken. »Er war sehr ausweichend. Es ist ihre Sache, wenn es ihr zu peinlich war oder so …« Er zuckte mit den Schultern. »Wir haben ihn nicht dazu gedrängt.«

»Niemand von euch hat mit ihm darüber gesprochen, ihr ein neues Auto zu besorgen, oder-«

»Nein, warum auch? Sie ist sein Kind, sie haben eine seltsame Vater-Tochter-Dynamik. Das ist ihre Sache. Warum stört dich das auf einmal so sehr?«

Ich nahm einen großen Schluck von meinem Bier, als der Barkeeper rief, dass unsere Burritos fertig seien. McLain holte sie ab und brachte sie zum Tisch zurück. Ich schnappte mir einen und biss hinein. Er schmeckte nach Bohnen und die Tortilla klebte an meinen Zähnen.

»Hör zu, Daniel wird wahrscheinlich entweder seinen Anteil an der Loge im Stadion zurückverkaufen oder verlangen, dass ich es tue. Lass die Jungs wissen, dass ich meinen Anteil verkaufen werde. Ich weiß nicht, ob ich in der Stadt bleiben werde oder nicht.«

Ich hob eine weitere Axt und warf sie.

»Warum sollte Daniel das tun? Chandler, was verschweigst du mir?«

Ich warf eine weitere Axt. Als ich mich wieder umdrehte, verriet McLains Gesichtsausdruck mir, dass er es begriffen hatte.

30

MILA

Ein Vaterschaftstest? Ich war so wütend, dass ich nicht mehr klar sehen konnte. Wie konnte er es wagen? Ich schmorte den ganzen Morgen in meiner Wut.

Dad schaute immer wieder zu mir rüber, während er mich zu dem Industriegebiet fuhr, wo mein Auto immer noch geparkt war.

»Was hast du heute vor?«, fragte er, als er neben meinem Auto hielt.

Ich zuckte mit den Schultern. Ich warf einen Blick über meine Schulter auf das Büro. »Ich gehe nicht zur Arbeit. Ich denke, es ist an der Zeit, nach Hause zu fahren und mir einen neuen Job zu suchen.«

»Was wirst du wegen der Ermittlungen unternehmen?«

»Da kann ich nichts machen. Ich denke, ich sollte mir ein temporäres Handy besorgen, solange sie meins haben.«

Ich schaute zu ihm hinüber. Sein Gesicht war angespannt, die Lippen zusammengepresst, die Augen verengt. Er war immer noch wütend. Ich hatte kein Geld für ein neues Handy, nicht einmal für ein billiges. Schon gar nicht jetzt, wo ich keinen zweiten Job hatte.

»Kannst du mir das Geld für ein Handy leihen?« Kaum hatte ich die Worte ausgesprochen, drehte mein Magen sich um.

»Du hast es geschafft, dich in diese Situation zu bringen. Du findest schon einen Ausweg.«

Ich bekam die Antwort, die ich erwartet hatte. Ich stieg aus und zerrte Luke aus dem Autositz auf dem Rücksitz.

Mit meinem Jungen auf der Hüfte drehte ich mich wieder zu Dad um.

»Danke fürs Mitnehmen. Kommst du nach Hause?«, fragte ich.

Er hasste mich so sehr, dass ich erwartete, dass er entweder für ein paar Tage abhauen oder mich rausschmeißen würde.

»Wenn ich nicht zu Hause bin, hast du deine Antwort«, war alles, was er sagte.

Er fuhr los und wartete nicht einmal ab, um zu sehen, ob mein Auto anspringen würde.

»Ich schätze, dann sind wir beide wohl allein«, sagte ich zu Luke.

Ich setzte ihn auf seinen Sitz und rutschte hinter das Lenkrad. Ich beobachtete ihn ein paar Minuten lang im Rückspiegel. Er beschäftigte sich mit seinem Stofftier. Er blickte auf und sah mich an. Das Lächeln, das mein Junge mir schenkte, erwärmte mein Herz. Wie sollte ich ihn unterstützen? Ich wollte auch nicht nach Hause gehen. Ich musste nachdenken, aber zu Hause konnte ich nicht denken.

Ich griff nach meiner Handtasche und überprüfte, wie viel Kleingeld ich noch hatte. Ich hatte noch einen Großteil meiner letzten Zahlung von Ward. Ich starrte das Geld einen Moment lang an. Ich sollte es beiseitelegen. Das sollte ich.

Ich warf wieder einen Blick auf Luke. Ich brauchte einen klaren Kopf und einen Ort zum Nachdenken. Ich hatte ein paar Snacks in meiner Handtasche und einen Trinkbecher. Wir hatten alles, was wir für einen Tagesausflug brauchten. Dad würde mich verantwortungslos nennen. Wahrscheinlich war es das Falsche, aber ich war sehr gut darin, das Falsche zu tun.

Ich sagte Luke nichts davon und fuhr in Richtung Zoo.

Ich fuhr durch einen Teil der Stadt, in dem ich nur war, wenn ich in den Zoo ging. Ich stieg kein einziges Mal aus. An einer roten Ampel bemerkte ich die Werbeplakate in den Schaufenstern der Geschäfte in dem Einkaufszentrum, an dem ich vorbeifahren wollte. Als die Ampel umsprang, bog ich rechts ab, anstatt geradeaus zu fahren, und parkte.

Ich hielt an und betrachtete die grellen Plakate für günstige Telefontarife.

Warum hatte ich noch nie wirklich auf meine Optionen geachtet? Ich schnappte mir Luke und wir gingen hinein. Ich kam mir blöd vor, weil ich nervös war. Das hier war keine wohlhabende Gegend, aber das bedeutete nicht, dass die Leute hier mir etwas antun würden. Solche Warnungen hatte ich nur im Kopf, weil sie mir als Kind eingebläut worden waren.

Die Glocken läuteten, als ich den Laden betrat.

»Bin gleich da!«, rief jemand aus dem hinteren Teil. Der Laden war nicht so eingerichtet wie die anderen Telefonläden, in denen ich bisher gewesen war, mit einem Verkäufer, der an der Tür auf mich wartete, und den neuesten Modellen, die ausgestellt waren. Hier gab es einen gläsernen Tresen und an den Wänden hingen Regale mit Geschenkkarten, die niemandem etwas nützen würden, solange sie nicht aktiviert waren.

Ein schlanker, älterer Mann erschien auf der anderen Seite der Theke. »Brauchst du etwas?«

»Ähm, ja. Wie– Wie viel für ein Handy?« Ich zögerte und stammelte.

Der Mann sah mich an und schaute dann zu Luke. Mit einem verständnisvollen Nicken – ich war mir nicht sicher, was er von unserer Situation hielt, aber ich hatte den Eindruck, dass er oft alleinerziehende Mütter sah, die ein neues Handy brauchten – zog er eine Schachtel heraus. Das Handy sah nicht anders aus als mein teureres. Aber die Informationen zeigten mir, was es konnte und was nicht, und gaben mir Tarifoptionen.

Dreißig Minuten später hatte ich ein neues Handy. Ich brauchte keinen Vertrag, und es hatte mich nicht sehr viel gekostet. Ich hatte sogar Zugang zum Internet, sodass ich mich für Jobs bewerben konnte. Der Mann hatte mir diese Funktion gezeigt.

Warum hatte ich mir meine Möglichkeiten nicht schon früher angesehen, ich meine wirklich angesehen? Mein anderes Handy, welches nun vom FBI beschlagnahmt worden war, hatte den günstigsten Tarif bei einem der größeren Anbieter, denn dort hatte mein Vater mein Handy eingerichtet, als ich jünger war. Ich hatte gar nicht daran gedacht, nachzuschauen, was es sonst noch gab.

Ich hatte jahrelang so getan, als würde irgendwann jemand kommen und mich retten. Es war klar, dass ich mich selbst retten musste. Nur wusste ich nicht, wie ich es anstellen sollte.

Ich saß im Auto und zählte, wie viel Geld ich noch hatte. Es reichte noch für den Zoo. Die Erleichterung, die ich spürte, war magisch. Ich konnte immer noch etwas für mein Baby tun. Mein Leben war ein einziges Chaos, aber ich konnte Luke trotzdem zu seinen Tieren bringen und mir selbst etwas Zeit zum Nachdenken verschaffen. Ich wischte mir die Tränen weg, denn ich wollte nicht, dass Luke mich weinen sah.

Was auch immer es war, das mich dazu gebracht hatte, heute hierherzukommen, es war eine Art Wegweiser gewesen. Als wir in der Schlange warteten, um unseren Eintritt zu bezahlen, drehte die Frau vor mir sich mit einem breiten Lächeln im Gesicht um.

»Wir haben noch ein Ticket übrig. Wollen Sie es haben?« Sie hielt mir einen Zoopass für Erwachsene hin.

Ich war verblüfft. »Ja, bitte. Wow, danke.«

Sie wünschte mir viel Spaß und ich bedankte mich noch einmal bei ihr.

»Das war sehr nett von ihr«, sagte die junge Frau an der Kasse, als ich ihr die Eintrittskarte überreichte.

»Ich habe das irgendwie gebraucht«, gestand ich.

Sie tippte etwas in ihren Computer, bevor sie mir die Tickets aushändigte, auf denen stand, dass ich den Eintritt bezahlt hatte und Luke immer noch ein kostenloses Kind war.

»Ich liebe es, wenn Leute das tun. Das macht den Tag für alle ein bisschen schöner. Viel Spaß!«

Sie hatte recht. Meine Laune war schon viel besser als vorhin, als Dad uns auf dem Parkplatz zurückgelassen hatte.

Luke war im Zoo ganz locker. Ich schob seinen Kinderwagen, er spielte mit seinem Plastikspielzeug und als wir das erste Gehege erreichten, schaute er wie gebannt hinein.

Während die Affen spielten und Luke kicherte, holte ich mein neues Handy heraus.

Ich schickte Dad eine Nachricht. ›Hier ist Mila, das ist meine neue Telefonnummer.‹

Ich erwartete nicht, dass er mir zurückschreiben oder gar anrufen würde.

Ich holte die Visitenkarte hervor, die Agent Klein mir am Abend zuvor gegeben hatte. Ich rief die Nummer an. Es ging die Mailbox ran.

»Hi, hier ist Mila Jones. Sie haben mein Handy einbehalten. Ich dachte, Sie sollten meine neue Telefonnummer haben.«

Mir fiel nur eine weitere Person ein, die meine Nummer haben sollte: Chandler. Ich starrte das Handy für eine gefühlte Ewigkeit an. Dann schob ich es zurück in meine Tasche, ohne Chandlers Nummer hinzuzufügen.

Ich hatte drei Jahre lang ohne ihn gelebt, ich konnte auch jetzt ohne ihn weitermachen.

Ich fühlte mich besser. Aber immer noch ängstlich und traurig. Dad hasste mich und hatte noch mehr Gründe, wütend auf mich zu sein. Ich musste einen Weg finden, um auszuziehen. Er würde sein Wort nicht brechen. Er würde mich nicht rausschmeißen. Aber ich traute ihm zu, dass er es mir unmöglich machen würde, bei ihm zu bleiben.

Ich hatte Angst vor dem, was Chandler vorhatte. Er sagte, er wolle einen DNS-Test machen. Aber warum? Würde er mir Luke wegnehmen wollen? Wenn er darauf bestand, die Vaterschaft zu beweisen, sollte ich vielleicht auf einer Form von Kindesunterhalt bestehen? Ich hätte nichts über Luke sagen sollen. Aber ich war so wütend gewesen. Wie konnte er es wagen, mir zu sagen, dass ich schlechte Entscheidungen getroffen hatte, wo ich doch das Beste aus einer Situation gemacht hatte, für die er verantwortlich war?

Und ich hatte Angst um meinen Job und wegen der ganzen FBI-Sache. Das einzig Falsche, was ich getan hatte, war, dass ich zugestimmt hatte, für diesen Mann zu arbeiten.

Als Luke und ich die neue Tigerausstellung betraten, sah ich die Dame, die mir die Freikarte gegeben hatte. Ich lächelte sie an. Es gab mir einen Hoffnungsschimmer. Jemand hatte etwas Nettes für mich getan und wir hatten sogar so viel Glück, dass es vor dem Tigergehege eine leere Bank gab, auf die ich mich setzen konnte, während Luke den Tigern beim Schlafen in der Sonne zusah. Ich hatte ein neues, preiswertes Handy. Ich hatte ein paar kleine Dinge erreicht, also konnte ich auch weitermachen.

»Nochmals vielen Dank für das Ticket«, sagte ich, als sie zu mir kam und sich neben mich auf die Bank setzte.

»Du sahst aus, als hättest du es dringend nötig, heute hier zu sein«, sagte sie lachend.

»So offensichtlich?«, fragte ich.

»Das haben wir alle schon erlebt, auf die eine oder andere Weise«, gab sie zu.

31

CHANDLER

Die Realität traf mich mit voller Wucht. Mit einem Stöhnen wälzte ich mich. Ich spürte noch immer die Prügel, die ich am Vortag eingesteckt hatte. Ich hatte zu viel getrunken und meinem Körper zu viel zugemutet. So sehr ich mich auch ablenken und meinen Körper auspowern wollte, der erste Gedanke, den ich hatte, bevor ich die Augen öffnete, war: Ich bin Vater. Ich habe einen Sohn.

Ich setzte mich auf die Bettkante und fuhr mir mit den Händen durch die Haare und über den Kiefer. Ich musste mich rasieren. Ich musste mir die Zähne putzen, und ich stank. Nachdem ich ins Bad geschlurft war und die Wasserhähne voll aufgedreht hatte, kam mir der Gedanke an einen Durchlauferhitzer wieder in den Sinn.

Ich könnte einen einbauen lassen. Verdammt, ich könnte auch einfach zurückgehen. Das war eine interessante Idee. Ich könnte nach Europa zurückkehren. Wahrscheinlich nicht in das Züricher Büro, meine dortige Arbeit war erledigt.

Während ich duschte, konzentrierte ich mich darauf, meinen Standort zu wechseln. Es war eine gute Ablenkung und hielt meine Gedanken davon ab, sich auf Mila und Luke zu konzentrieren. Sie tanzten um meine anderen Gedanken herum und waren ständig präsent. Ich konzentrierte mich auf andere Dinge und war fest entschlossen, ihnen nicht meine Aufmerksamkeit zu schenken.

Ich kam ins Büro, bevor Sarah an ihrem Schreibtisch war. Ich hatte eine Menge E-Mails zu bearbeiten, Aufgaben zu erledigen und Gespräche zu führen, die ich am Vortag aufgeschoben hatte. Ich wollte all diese Arbeit so schnell wie möglich loswerden.

Es klopfte an den Türrahmen, denn die Tür war bereits offen.

Ich blickte auf und sah Sarah, die noch in ihrem Mantel steckte. »Guten Morgen, ich war mir nicht sicher, ob ich dich heute sehen würde. Ich habe einen Stapel Nachrichten für dich. Ich bringe sie rein, sobald ich mich eingerichtet habe.«

Ich nickte und machte mich wieder daran, meine E-Mails zu sortieren. Mindestens die Hälfte davon konnte ich delegieren und an Kyle weiterleiten, schließlich war dies sein regionales Büro, auch wenn ich mich momentan hier befand. Ein gutes Drittel der verbleibenden E-Mails war Mist, den ich ignorieren oder löschen konnte.

Ich brauchte keine Prioritäten zu setzen, ich würde einfach ganz oben anfangen und mich nach unten durcharbeiten.

»Ich habe deine Nachrichten, ist jetzt ein guter Zeitpunkt?«, fragte Sarah.

Ich nickte und streckte meine Hand nach den kleinen Zetteln aus, auf denen sie ihre Telefonnotizen festgehalten hatte.

Sie reichte mir einen nach dem anderen. »Dein Anwalt konnte dich nicht erreichen, bitte rufe ihn so schnell wie möglich zurück. Kyle Manning ist auf einer Konferenz und möchte, dass du ihn anrufst, damit du ihn in einer Videokonferenz vertrittst. Kathleen McDonald braucht etwas aus der Buchhaltung, aber sie sagte, du oder Kyle müssten es genehmigen und Kyle ist nicht in der Stadt.«

»Sonst noch was?«, fragte, weil ich mehr erwartet hatte.

»Alle anderen haben gesagt, sie würden dir eine E-Mail schicken«, sagte sie und zeigte auf meinen Computer.

Das erklärte die vielen E-Mails heute Morgen.

»Danke, ich kümmere mich darum. Hast du die aktuelle Nummer von Marcel Grimes?«, fragte ich.

»Der Name kommt mir bekannt vor, also wahrscheinlich schon. Wenn nicht, werde ich ihn ausfindig machen. Soll ich dich dann anrufen?«

Ich nickte, das war akzeptabel.

Ich wählte zuerst Kathleen an. »Du brauchst meine Hilfe?«

»Geht es dir besser?«, fragte sie.

Ich fing an zu beteuern, dass es mir gut ging, aber dann wurde mir klar, dass es wahrscheinlich an dem lag, was Sarah Kathleen gesagt hatte, als sie gefragt hatte, wo ich war.

»Ja, besser. Was kann ich für dich tun?«

Sie erklärte mir, dass sie die unveröffentlichten Quartalszahlen für einige Marketingvergleiche benötigte und nicht warten konnte, bis die Buchhaltung alles bestätigt hatte. Sie wollte keine festen Zahlen veröffentlichen, aber sie musste unbedingt sehen, wie die neuesten Marketingprognosen mit den Vorhersagen übereinstimmten.

»Sie werden diese Informationen nicht herausgeben, ohne dass du oder Kyle ihnen das Okay geben. Ich will nicht noch ein oder zwei Wochen auf die Ergebnisse warten. Ich will meine Analyse jetzt durchführen.«

»Ich werde das für dich erledigen«, versicherte ich ihr.

Ich rief Sarah an. »Tut mir leid, ich suche immer noch nach der Nummer.«

»Das ist in Ordnung. Verbinde mich mit der Buchhaltung«, sagte ich.

Nachdem ich mich um Kathleens Bedürfnisse gekümmert hatte, kümmerte ich mich weiter um Kyle. Als er mir ein Meeting übergab, mit dem er nichts zu tun haben wollte, wurde mir klar, dass ich nicht arbeiten musste. Ich war in einer Position, in der ich mich aus dem Vollzeitgeschäft zurückziehen und Berater werden konnte.

Ich brauchte kein Büro und keinen Assistenten. Aber ich hatte gerne einen Assistenten. Sie hielten mich funktionsfähig, wenn ich mich auf andere Dinge konzentrieren wollte.

Was würde ich tun, wenn ich in Rente ging? Und dann kamen mir die Gedanken an Mila und Luke wieder in den Sinn. Ich hatte weder an die beiden noch an die Tatsache gedacht, dass ich in den Stunden, in denen ich beschäftigt gewesen war, immer noch Vater gewesen war.

Ich rief meinen Anwalt an. Ich wurde zu einem seiner Mitarbeiter, Miles Bell, durchgestellt.

»Mr. Owens, danke, dass Sie uns zurückrufen. Sie waren gestern nur schwer zu erreichen«, sagte Miles.

»Ja, mir war nicht klar, dass ich nicht erreichbar sein würde.«

»Was können wir für Sie tun?« Er vertrat die gesamte Anwaltskanzlei und was er sagte, war das, was jeder in der Kanzlei sagen würde. Das sollte mich beruhigen, aber es war unangenehm.

»Es hat sich eine Situation ergeben, in der ich bestimmte Aspekte meines Nachlasses und die benannten Begünstigten neu regeln muss«, sagte ich.

»Oh, das klingt, als sollten wir einen Termin vereinbaren, damit wir alle Aspekte durchgehen können, die davon betroffen sein könnten«, sagte er.

»Ja, außerdem hoffe ich, dass ihr Büro einen Vaterschaftstest koordinieren kann.« Ich gab ihnen Milas Kontaktinformationen, bevor mir einfiel, dass sie kein Handy mehr hatte. »Das müssen Sie über ihren Vater machen. Sie hat zurzeit kein Handy.«

Nachdem ich ihm alle wichtigen Informationen über Mila und Daniel gegeben hatte, waren wir uns einig, dass ein Termin vor dem Vorliegen der Testergebnisse Zeitverschwendung wäre. Solange Mila kooperierte und sich rechtzeitig für den Test meldete, konnten wir damit rechnen, dass wir uns schon in der nächsten Woche treffen würden.

»Gut, dann werden wir es so machen. Ich will für längere Zeit das Land verlassen und möchte, dass das alles erledigt ist, bevor ich gehe.«

»Hat die Mutter irgendwelche Unterhaltsforderungen gestellt? Sollten wir uns auf so etwas gefasst machen?«

»Nein, das hat sie nicht. Sie ist zu stolz. Aber wenn der Vaterschaftstest positiv ausfällt, möchte ich einen Scheck für den Unterhalt parat haben. Ich will nicht, dass mein Sohn von einer überforderten Mutter großgezogen wird.«

»Und das Sorgerecht?«

»Sorgerecht?« Darüber hatte ich noch nicht nachgedacht. Ich wusste nicht, welche Gedanken ich genau hatte. Ich wusste nur, dass Luke mein Sohn war und dass Mila die letzten Jahre damit verbracht hatte, sich abzumühen. »Ich denke, ich sollte darüber nachdenken. Aber lassen wir das erst einmal beiseite. Die Mutter hat das Sorgerecht.«

»Wir werden uns um den Test kümmern. Und wir werden uns an juristische Kollegen wenden, die sich auf diesen Bereich spezialisiert haben. Wir werden auf jeden Fall einen sehr renommierten Anwalt hinzuziehen.«

Wir beendeten das Telefonat mit der Übereinkunft, dass alle weiteren Schritte von den Ergebnissen des Vaterschaftstests abhängen würden. Mila hatte recht gehabt, sie brauchte keinen Test, um es zu wissen. Ich auch nicht. Aber es ging um Millionen von Dollar und ich wollte nicht zulassen, dass die Entscheidungen über meinen Nachlass auf etwas basierten, das nicht juristisch bewiesen war.

Ich hatte das Telefon noch keine Minute aus der Hand gelegt, als Sarah mich anrief. »Ich habe Marcel Grimes gefunden. Soll ich sein Büro durchstellen?«

»Ja, gerne.«

Etwa fünf Minuten später klingelte mein Telefon erneut. »Owens«, sagte ich, als ich ranging.

»Bitte bleiben Sie für Senior Grimes in der Leitung«, sagte die Empfangsdame mit einem starken Akzent. Sie sprach wohl nicht sehr oft Englisch.

»Chandler Owens, warum rufst du mich an?« Grimes' Stimme ertönte laut und deutlich. Es war fast, als wäre er mit mir im Raum.

»Marcel, wie ist das Leben auf der anderen Hemisphäre?«

Wir redeten wie üblich um den heißen Brei herum. Ich erzählte ihm, dass ich Zürich verlassen hatte und wie es seinem handverlesenen Vorgänger ergangen war, nachdem ich nicht mehr da gewesen war, um die Leitung zu übernehmen. Ich erzählte ihm, was ich zurzeit machte.

»Du klingst gelangweilt«, sagte er.

»Ich bin gelangweilt. Ich überlege, mich zur Ruhe zu setzen und als Berater zu arbeiten. Aber ich habe das Verlangen, noch ein bisschen zu reisen«, gab ich zu.

»Willst du hierherkommen? Südamerika ist eine blühende und wachsende Marktchance. Buenos Aires ist eine unvergleichliche Stadt.«

»Ich habe gerade drei Jahre in Europa verbracht, glaubst du wirklich, Buenos Aires–«

»Ich habe die meiste Zeit meines Lebens in Europa verbracht, Chandler. Wenn ich sage, dass dieser Ort fantastisch ist, weiß ich, wovon ich spreche. Du solltest hierherkommen, vertrau mir.«

»Die Wilson-Gruppe ist in Argentinien nicht vertreten«, sagte ich.

»Vielleicht ist es an der Zeit, dass du aus dem Nest der Wilson-Gruppe fliegst. Es gibt andere Unternehmen, die deine Fähigkeiten zu schätzen wissen.«

»Bietest du mir eines an?« Ich würde jedes Angebot von Grimes annehmen, er kannte seine Unternehmen und er kannte mich.

Er gluckste. »Ich habe nichts anzubieten, aber ich wette, ich kann dir ein paar Möglichkeiten aufzeigen. Gib mir ein Datum, an dem du hier sein wirst, und ich werde dir ein Angebot machen.«

Ich atmete tief durch. Hier wegzukommen und das Unternehmen zu wechseln, klang nach einer guten Idee. Raus aus der Stadt und weg von meinen Problemen, das war alles sehr verlockend.

»Vielleicht werde ich das tun. Ich komme auf einen Besuch vorbei. Ich war noch nie dort.«

»Ich werde etwas arrangieren. Gib mir ein Datum, dann machen wir das«, sagte Grimes.

Ich musste erst die Sache mit Mila klären, bevor ich dauerhaft weggehen konnte. Aber es gab nichts, was mich davon abhielt, ein langes Wochenende wegzufahren.

»Ich schicke dir die Details per E-Mail«, sagte ich, als ich den Anruf beendete.

»Sarah«, sagte ich in die Gegensprechanlage. »Mach einen Termin für mich in Buenos Aires in der übernächsten Woche.«

32

MILA

»Hier, lass mich dir helfen.« Dad fing an, den Tisch abzuräumen und mir das Geschirr zu reichen.

Ich hatte Luke bereits ins Bett gebracht und war in die Küche zurückgekehrt, um weiter aufzuräumen. Ich war überrascht, dass Dad noch da war. Normalerweise versteckte er sich nach dem Essen in seinem Büro oder er ging in eine Sportbar, zumindest an den Abenden, an denen seine Freunde nicht bei uns waren und ein Spiel anschauten.

»Danke«, sagte ich. Ich war mir nicht sicher, was ich sonst noch sagen sollte. Er hatte schon seit Tagen nicht mehr mit mir gesprochen, seit ich ihm gestanden hatte, dass ich vom FBI festgenommen worden war und ein Kind von Chandler hatte.

Ich war mir immer noch nicht sicher, worüber er wütender war.

»Du hattest es wirklich schwer, nicht wahr?«, fragte er.

Ich schloss meine Augen und nickte. Mein Magen verkrampfte sich. Was würde er jetzt tun? War das das Gespräch, in dem er mir sagte, dass ich verschwinden sollte?

»Ich habe es dir nicht leicht gemacht, oder?«

Ich biss mir auf die Innenseite der Wange. Ich drehte mich nicht um, um ihn anzusehen. Stattdessen drehte ich das heiße Wasser auf und begann, das Geschirr abzuspülen. Wie sollte ich auf diese Frage antworten? Wenn ich Nein sagte, würde ich lügen. Wenn ich Ja sagte, hätte er nur noch mehr Grund, wütend zu sein.

»Du musst das nicht beantworten. Ich weiß, dass ich es dir wirklich nicht leicht gemacht habe«, sagte er schließlich.

Ich spürte, wie sich die Anspannung von meinen Schultern löste, aber mein Magen verdrehte sich immer noch zu einem Knoten.

»Ich war hart zu dir. Ich dachte, das würde dich dazu bringen, dich anzustrengen.«

Ich stand immer noch mit dem Rücken zu ihm, sodass er nicht sah, wie ich den Mund öffnete, um zu antworten.

»Aber mir ist klar, dass das nicht der Fall war. Ich habe dich bis zum Äußersten getrieben. Du kämpfst darum, den Anforderungen gerecht zu werden, die ich dir stelle, und das ist zu viel.«

Ich drehte mich mit offenem Mund zu ihm um. Ich hatte nichts zu sagen, aber er schien endlich zu verstehen, dass das alles zu schwer gewesen war.

»Ich tue mein Bestes, Dad«, sagte ich.

»Das ist mir jetzt klar. Wenn ich ein bisschen präsenter gewesen wäre, hättest du mir vielleicht vertrauen können. Ich hätte dir helfen und dir sagen können, dass du dir keine Sorgen machen und keinen zweiten Job annehmen musst. Wenn du mich um Rat gefragt hättest, hätte ich gesagt, dass der Job verdächtig klingt. Und als ich mich fragte, warum du mich nicht gefragt oder es mir nicht gesagt hast, wurde mir klar, dass Vertrauen auf Gegenseitigkeit beruht. Ich schulde dir eine Entschuldigung.«

Ich starrte ihn an. Hatte mein Vater sich wirklich gerade entschuldigt?

»Ich weiß nicht, was ich sagen soll«, gab ich zu. Ich wollte es nicht einfach abtun und sagen, dass es kein Problem gewesen war, denn das stimmte nicht. Es war sogar ein großes Problem gewesen.

»Ich habe gesagt, dass ich für dich da sein werde und ich habe mir eingeredet, dass es ausreicht, wenn du hier im Haus bleiben darfst. Ich war zwar körperlich da, aber nicht emotional.«

»Du warst für Luke da.«

»Aber nicht für dich. Als deine Mutter schwanger wurde ...«

»Ich kenne die Geschichte, Dad. Du wolltest meine Mutter sowieso heiraten. Ich weiß.« Das hatte ich alles schon mal gehört.

»Nein, ich glaube nicht, dass du das alles weißt«, sagte Dad.

»Moms Eltern wollten sie aus dem Haus werfen, wenn du sie nicht geheiratet hättest. Sie hätte keinerlei Unterstützung von ihnen bekommen. Ich verstehe, dass ihr heiraten musstet, sonst hätte Moms eigene Mutter aufgehört, mit ihr zu reden.«

»Wir mussten heiraten, sonst hätte ihr Vater ihrer Mutter verboten, mit ihr zu reden. Er hätte sie komplett aus ihrer Familie ausgeschlossen. Meine Eltern wollten, dass wir warten. Sie waren dafür, dass wir zusammenleben und dich großziehen und dann später heiraten«, sagte er.

»Ich dachte immer, Oma und Opa wollten auch, dass ihr heiratet«, gestand ich. Ich war überrascht zu erfahren, dass sie nicht hinter diesem großen Schritt gestanden hatten.

»Na ja, sie haben uns bei unserer Entscheidung unterstützt. Aber sie dachten, zu früh zu heiraten wäre nicht die beste Idee. Wie sich herausstellte, war es das wohl.«

Er sah blass aus. »Mila, du wärst von einer alleinerziehenden Mutter aufgezogen und nach ihrem Tod dem Staat übergeben worden, wenn ihr Vater uns nicht dazu gezwungen hätte. Ich würde gerne glauben, dass ich geblieben wäre, aber die Realität ist, dass ich es nicht getan hätte. Etwa zwei Jahre später wollte ich unbedingt heraus. Die Dinge wurden schwierig. Es war nahezu unmöglich, einen Job zu finden, und du brauchtest ständig Aufmerksamkeit. Ich habe ernsthaft darüber nachgedacht zu gehen. Ich hätte es auch getan, wenn deine Mutter nicht krank geworden wäre.«

»Du hättest uns verlassen?« Ich setzte mich hin. Dad, der immer das Richtige tat, mich anspornte, wenn sich sonst niemand um mich kümmerte, hatte mich und meine Mutter fast im Stich gelassen. Das schien so unwirklich.

»So etwas hättest du nicht getan«, sagte ich.

»Doch, das hätte ich. Ich habe es auch getan, aber ich habe keine vierundzwanzig Stunden durchgehalten. Deine Mutter dachte, ich würde für ein Vorstellungsgespräch außerhalb der Stadt übernachten. Ich hatte nicht vor, nach Hause zurückzukehren, aber dann wurde mir klar, dass ich dein kleines Gesicht nie wiedersehen würde. Mir wurde klar, dass ich es deiner Mutter nur noch schwerer gemacht hätte. Sicher wäre es für mich einfacher gewesen, aber es war nicht fair. Ich ging nach Hause, aber ich suchte weiter nach anderen Auswegen.«

Ich sah ihn an und konnte kaum glauben, was ich da hörte.

»Ich habe es dir auch schwerer gemacht. Ich habe dir gesagt, dass ich hier sein würde, um dir zu helfen und dich zu unterstützen, aber ich war nicht da.«

Ich nickte. Ich hatte Luke ganz allein großgezogen und mich mit Dad und seinen Launen herumgeschlagen. Bei jeder Gelegenheit hatte er mich daran erinnert, wie sehr ich ihn enttäuscht hatte.

»Ich habe deine Mutter enttäuscht«, sagte er.

Ich nickte. Ich kannte die Geschichte, die er mir erzählt hatte, als ich klein gewesen war – wie sie ihn gebeten hatte, sich um mich zu kümmern und mich nie vergessen zu lassen, wie sehr sie mich liebte. Ich erinnerte mich kaum an sie, aber ich hatte eine Szene im Kopf, in der sie im Bett lag und Dad bat, sich um mich zu kümmern. Ich hatte mich an sie gekuschelt und war eingeschlafen. Ich hörte diese Geschichte so oft, dass sie mir wie eine Erinnerung vorkam.

»Meinst du, du könntest mir das Geld leihen, um die Kinderbetreuung zu bezahlen?« Ich zuckte ein wenig zusammen, als ich ihn fragte. Mein nächster Gehaltsscheck reichte kaum noch aus.

Er nickte mir zu. »Die Tagesstätte ist ein guter Anfang. Du brauchst dir dafür kein Geld zu leihen. Ich zahle dafür. Ich kann es mir leisten. Ich hätte es früher anbieten sollen. Ich dachte, du hättest übertrieben, als du mir gesagt hast, wie viel es kostet.«

»Ich habe nie gelogen, als ich sagte, wie teuer es ist. Ich arbeite im Grunde, um sie zu bezahlen.«

»Das weiß ich jetzt. Vielleicht können wir uns diese Woche zusammensetzen und deine Ausgaben ausrechnen. Ich habe mir überlegt, dass es vielleicht sinnvoller wäre, wenn ich auf Luke aufpasse, während du dir einen Teilzeitjob besorgst. Dann können wir ihn aus der Kita nehmen. Wie du gesagt hast, arbeitest du ja nur, um sie zu bezahlen. Hast du schon mal daran gedacht, für sie zu arbeiten? Vielleicht würdest du einen Rabatt bekommen?«

Ich schüttelte den Kopf. »Ich bin nicht wirklich dafür ausgebildet, mit Kindern zu arbeiten. Aber das ist keine so schlechte Idee.«

Dan nickte. »Und wir müssen über dein anderes Problem reden.«

»Ja, die Ermittlungen. Ich weiß. Keiner hat mich zurückgerufen. Ich habe Agent Klein meine neue Nummer gegeben. Aber ich weiß nicht, was ich tun soll. Ich weiß nicht, wie ich mir einen Anwalt leisten soll.«

»Darüber brauchst du dir keine Sorgen zu machen. Ich habe ein juristisches Team, das sich bereits um einen Anwalt für dich kümmert.«

»Warum tust du das? Warum jetzt?« Ich blinzelte heftig, denn ich wollte nicht weinen. Aber ich brauchte diese Hilfe so dringend, dass es sich anfühlte, als könnte ich wieder aufatmen.

»Es hat mich viel Überlegung gekostet, aber … Mila, du bist so mutig und arbeitest so hart. Du hast alles allein bewältigt. Ich denke, das ist mir jetzt klar, weil du die ganze Zeit wusstest, wer Lukes Vater ist. Und zwar nicht irgendein armer Kellner, der dir nicht hätte helfen können, selbst wenn er von Luke gewusst hätte, sondern ein Mann, der über die Mittel verfügte, dir das Leben zu erleichtern. Trotzdem hast du alles selbst geregelt. Du hättest es Chandler sagen und ihn auf Unterhalt verklagen können, aber das hast du nicht getan. Du hast dich deiner Situation gestellt. Das ist kein Grund, sich zu schämen. Du bist niemand, für den man sich schämen muss. Bei mir lief alles verkehrt herum. Ich hätte mich für meine Taten schämen müssen, nicht für deine. Es tut mir leid.«

Ich sagte nichts, sondern saß nur eine Minute lang da. Die Tränen, die ich zu unterdrücken versucht hatte, begannen zu fließen. Ich schlang meine Arme um meinen Vater und hielt ihn fest. Er umarmte mich zurück. Das machte die vergangenen drei Jahre zwar nicht ungeschehen, aber es würde die Zukunft um einiges leichter machen. Dads Unterstützung zu haben, bedeutete mir alles. Finanzielle Hilfe zu bekommen, wurde auch alles verändern.

Ich ließ ihn los und setzte mich wieder hin. Ich war zu wackelig, um auf meinen eigenen Füßen zu stehen. »Danke.«

»Jetzt muss ich dich fragen, was du wegen Chandler zu tun gedenkst?«

Ich schluckte. Früher oder später würde ich mich mit ihm auseinandersetzen müssen. »Er hat mir gesagt, dass er einen DNS-Test machen lassen will. Ich habe eingewilligt, aber er muss das selbst arrangieren. Ich werde nicht einfach die Arbeit für ihn erledigen, weil ich nicht mehr seine persönliche Assistentin bin. Ich denke, er wird einen Anwalt anrufen oder so.«

»Hast du ihm deine neue Handynummer gegeben?«

Ich schüttelte den Kopf. Ich sah keinen Grund, es ihm leicht zu machen.

33

CHANDLER

Je länger ich aus dem Fenster starrte, desto mehr hasste ich den Anblick. Bäume, Sträucher, die Einfahrt der Nachbarn voller Autos. Sie hatten eine Dreifachgarage, warum waren ihre Autos nie drin?

Das Eis hatte schon vor Stunden aufgehört, in meinem Glas zu klirren. Draußen war es dunkel und blieb dunkel. Es wurde nicht dunkler, weil die Stadt einschlief und die Lichter ausgeschaltet wurden. Meine Nachbarschaft in den Tiefen der Vorstadt hatte von vornherein nicht genug Lichter, weil sie nicht dicht besiedelt war. Ich starrte aus diesem verdammten Fenster und erwartete ein Wunder der Erkenntnis.

Entscheidungen zu treffen, war meine Stärke. Zumindest war das so gewesen, bis ich mit dieser Situation konfrontiert worden war. Geld war einfach. Und bis ich Mila kennengelernt hatte, hatte ich gedacht, auch Menschen wären einfach. Jetzt hatte ich einen Sohn und nichts lief mehr rund. Nichts ging mehr vorwärts. Mein Leben war ins Stocken geraten.

Ich konnte Mila nicht dazu zwingen, einen Vaterschaftstest für Luke zu machen, es sei denn, ich würde vor Gericht gehen. Mein Anwalt hatte mir bereits gesagt, dass das Gericht meine Neugier auf die Vaterschaft des Jungen als Zeitverschwendung ansehen würde, wenn ich nicht vorhätte, auf das Sorgerecht zu klagen. Rechtlich gesehen war ich neugierig. Rechtlich gesehen musste ich es wissen, damit ich ihn zu meinem Erben machen und die entsprechenden Treuhandfonds und Konten einrichten konnte. Ich hatte nicht vor, für den Kondomausfall eines anderen zu bezahlen. Aber ich konnte Mila meine Unterstützung nicht aufzwingen, wenn sie sie nicht wollte.

Wie zum Teufel konnte sie meine Unterstützung nicht wollen? Sie hatte offensichtlich Probleme. Sie hatte nie etwas gesagt, auch nicht, als ich zurückgekommen war.

Ich wachte erschrocken auf, als mir das Glas aus der Hand fiel und auf den Boden krachte. Irgendwie war die dunkle Nacht jetzt zum schummrigen Licht der frühen Morgendämmerung geworden. Offensichtlich war ich irgendwann eingeschlafen. Ich sammelte das zerbrochene Glas auf und konzentrierte mich weiter auf das Hindernis zu meiner Zukunft.

Ich hatte einen Sohn. Was zum Teufel sollte ich jetzt tun?

Einige Stunden später wachte ich im Bett auf. Das Sonnenlicht fiel durch die Vorhänge meines Schlafzimmers und mein Handy klingelte. Die Vibration schallte wie ein Lautsprecher über meinen Nachttisch.

»Ja, was?«, brachte ich hervor, als ich es an mein Ohr hielt.

»Ich weiß, dass wir in verschiedenen Zeitzonen sind, aber du bist nicht so weit hinter mir, dass du noch im Bett liegen solltest. Ich genieße gerade mein Mittagessen, und du solltest Pläne machen. Warum schläfst du?«, fragte Grimes. Sein Tonfall bewegte sich auf dem schmalen Grat zwischen Spott und Ermahnung.

Ich setzte mich auf und fuhr mir mit der Hand über das Gesicht, um schneller wach zu werden.

»Grimes, warum gehst du mir auf die Nerven?«

»Du verschwendest Zeit, Chandler. Teenager und Hausfrauen schlafen aus. Bist du krank? Warum bist du im Bett?«

»Ich habe erwähnt, dass ich eine kleine Angelegenheit zu klären habe, bevor ich mich festlegen und umziehen kann.« Ich war nicht ins Detail gegangen, aber ich hatte ihm gesagt, dass ich nicht in der Lage war, sofort umzuziehen, wie ich es früher getan hatte. »Leider sind mir die Hände gebunden, bis die andere Partei das erledigt hat, was ich von ihr verlange.«

»Dann solltest du aufstehen und sie überwachen, bis die Aufgabe erledigt ist.«

»Hast du deshalb angerufen? Um mir zu sagen, dass ich nicht schnell genug vorankomme, oder gab es einen echten Grund?« Ich stöhnte auf. Ich war nicht in der Stimmung, von irgendjemandem belästigt zu werden, schon gar nicht von Grimes. Es war ja nicht so, als würde Mila mir tatsächlich zuhören, wenn ich sie wieder kontaktierte.

Alle meine bisherigen Anrufe waren direkt auf die Mailbox gegangen. Sie hatte mich nicht blockiert, also vermutete ich, dass das FBI immer noch ihr Handy hatte. Ich könnte natürlich auch meinen Stolz herunterschlucken, einen weiteren Faustschlag ins Gesicht riskieren und bei ihr auftauchen.

»Ich habe angerufen, weil ich mich nach dem Stand erkundigen wollte. Meine Assistentin hat eine sehr passende Wohnung gefunden, aber du bist noch nicht bereit, mit dem Mietvertrag zu beginnen.«

»Nein, ich bin noch nicht bereit, etwas zu mieten. Ich werde sehen, ob ich ihnen diese Woche Feuer unterm Hintern machen kann. Ich will lieber früher als später hier raus.«

Er gab ein paar unverbindliche Einschätzungen über meine Eignung für das obere Management ab. Ich war mir nicht sicher, ob er das ernst meinte oder nicht. Ich hatte eine nachgewiesene Erfolgsbilanz, aber das war für jemanden wie Marcel Grimes nicht von Bedeutung. Ein Fehler und seine Meinung konnte sich ändern.

Er beendete das Gespräch. Ich starrte mein Handy an. Wenn ich ihm meine Situation anvertrauen würde, wäre er vielleicht nicht so streng. Aber genau das machte Grimes zu einem großartigen Mann.

Es war an der Zeit, mit dem Quatsch aufzuhören. Mila musste den Test für Luke abschließen und einreichen. Deshalb duschte ich und zog mich an, bevor ich vor ihrer Haustür auftauchte.

Ihr Auto war noch nicht da, aber das von Daniel schon. Dann konnte ich es ja auch gleich hinter mich bringen. Ich drückte auf die Türklingel und trat von der Treppe zurück. Ich wollte nicht in der direkten Schusslinie stehen, wenn er die Tür öffnete.

»Verschwinde von meinem Grundstück!«, bellte Daniel, sobald er mich sah.

Ich hob meine Hände und wich zurück, um Abstand zwischen uns zu halten. »Waffenstillstand? Frieden. Komm schon, Mann, gib mir eine Chance?«

»Eine Chance? Wozu? Damit du Milas Leben noch mehr zerstören kannst?«, fragte er, verschränkte die Arme und blähte seine Brust auf.

Daniel war kein großer Mann, aber er war fit, auch wenn er schon etwas älter war. Ich bezweifelte jedoch, dass er es mit mir aufnehmen könnte, wenn es zu einem Kampf käme. Aber er konnte eindeutig zuschlagen. Es hatte Tage gedauert, bis der Fleck an meinem Kiefer verschwunden war.

»Ich bin nicht hier, um mit dir zu kämpfen.«

Er grunzte als Antwort. Das reichte mir.

»Glaubst du wirklich, ich hätte Mila im Stich gelassen, wenn ich von dem Kind gewusst hätte?«

Wieder ein Grunzen.

»Hör zu, ich glaube ihr, wenn sie sagt, dass er von mir ist. Aber ich muss ein paar rechtliche Dinge regeln und das kann ich erst, wenn sie den Vaterschaftstest einschickt. Könntest du wenigstens mit ihr reden und sie dazu bringen, das zu tun?«, fragte ich.

»Was für rechtliche Dinge?«

»Kindesunterhalt, Erbe meines Vermögens. Diese Art von Recht. Wenn sie Angst hat, dass ich das Sorgerecht einklagen werde, kann ich ihr versichern, dass ich das nicht tun werde.«

Es sah aus, als würde er auf der Innenseite seiner Wange herumkauen und sein Kiefer bewegte sich hin und her, während er nachdachte. Nach ein paar langen Momenten, in denen wir einander anstarrten, begann er zu reden.

»Wenn du von Luke gewusst hättest, was wäre dann anders gewesen? Hättest du Mila geheiratet?«

Mila geheiratet? Ich mochte sie, aber ich glaubte nicht, dass wir so eine Beziehung hatten. Wir waren zum Spaß zusammen gewesen, nicht wegen der Zukunft.

»Wahrscheinlich nicht. Aber ich hätte mich definitiv mehr engagiert. Ich wäre während meiner Urlaube zurückgekommen, um sie und das Kind zu sehen. Ich kann dir sagen, dass ich dafür gesorgt hätte, dass sie ein besseres Auto bekommen hätte. Und wenn sie darauf bestanden hätte, zu arbeiten, hätte ich ihr die beste Kinderbetreuung bezahlt. Sie hätte sich nicht abmühen müssen.«

Ich hob meine Hände zu einer niedergeschlagenen Geste. »Ich hätte sie nicht allein gelassen, wenn ich das gewusst hätte. So ein Mann bin ich nicht.«

»Wo warst du dann die letzte Woche? Wenn du nicht so ein Mann bist, warum bist du dann nicht mit all den Dingen aufgetaucht, von denen du behauptest, dass du sie ihr gegeben hättest?«

»Bring sie dazu, den Test zu machen, Daniel.«

»Hättest du sie auch ohne den Test unterstützt, als sie schwanger war? Warum verlangst du den Test jetzt?«

Das war eine berechtigte Frage.

»Wenn wir uns zu diesem Zeitpunkt aktiv getroffen hätten, wäre es keine Frage gewesen. Und ich hätte um eine Bestätigung der Vaterschaft gebeten, sobald das Kind geboren worden wäre. Aber ich habe fast drei Jahre lang nichts von ihm erfahren. Woher soll ich wissen, was Mila getrieben hat?«

Daniel machte einen drohenden Schritt nach vorne. Ich wich zurück.

»Das ist nur logisch. Sag mir, dass du nicht dasselbe tun würdest?«

»Wir sind nicht gleich. Ich habe Milas Mutter geheiratet, als sie erfuhr, dass sie schwanger war«, knurrte er.

»Das war etwas anderes. Du warst tatsächlich in sie verliebt.«

»Willst du mir sagen, dass du nicht in Mila verliebt warst?«

»So war es zwischen uns nicht.«

»Du warst nicht in sie verliebt, hattest aber kein Problem damit, mit ihr zu schlafen und sie zu schwängern?«

Je eher er sich damit abfand, desto schneller würde er mir helfen können. Ich nickte und wartete.

»Komm schon, Mann. Wenn du mir hilfst und Mila dazu bringst, den Test einzuschicken, dann wissen wir es mit Sicherheit. Wenn das Kind von mir ist ...«

»Sein Name ist Luke.«

Ich nickte. »Luke. Wenn Luke mein Sohn ist, dann sorge ich dafür, dass Milas Bedürfnisse erfüllt werden.«

»Aber du wirst den Schaden, der ihrem Ruf zugefügt wurde, nicht reparieren und sie heiraten?«

»Du lebst in der Steinzeit, Daniel. Als Mila geboren wurde, hat sich keiner darüber aufgeregt. Nur die Familie deiner Frau. Damit das passiert, müssten sich die Dinge zwischen mir und Mila schon sehr drastisch verändern. Sie redet nicht mit mir und ich habe keine Ahnung, ob dieses Kind – ob Luke wirklich mein Sohn ist. Hilf mir doch bitte.«

»Wenn ich dir helfe, musst du zustimmen, dass du Zeit mit ihm verbringst. Er ist ein guter Junge und du solltest ihn kennenlernen«, forderte er.

»Das ist alles? Zeit mit einem Zweijährigen verbringen? Worüber sollen wir denn reden? Über Fußball?«

»Werde erwachsen, Chandler. Ich dachte immer, du wärst ein guter Mann, also beweise es. Verbringe Zeit mit Luke und ich sorge dafür, dass Mila den Test einschickt.«

34

MILA

Wir saßen auf dem Boden. Chandler sah unbehaglich und mürrisch aus. Ich genoss sein Unbehagen.

»Was grinst du denn so?«, brummte er Dad an.

Dad saß bequem in seinem Liegestuhl.

»Du bist derjenige, der gesagt hat, dass du deinen Sohn kennenlernen willst«, erinnerte ich ihn. Er starrte mich an.

Ich hatte den Verdacht, dass das nicht genau das war, was zwischen Dad und Chandler passiert war. Ich wusste nur, dass sie sich jetzt gegen mich verbündet hatten und ich mich mit Chandler vertragen musste. Gut. Aber ich wollte nicht zulassen, dass Chandler Zeit allein mit Luke verbrachte.

Luke kannte ihn nicht und ich hatte das Gefühl, dass Chandler nicht wusste, wie man mit einem Zweijährigen umging. Luke konnte ein bisschen sprechen, aber nicht viel, und das meiste, was er sagte, war fast wie echte Worte. Außerdem war er noch nicht allein aufs Töpfchen gegangen. Konnte Chandler tatsächlich eine Windel wechseln?

»Ja, das habe ich.« Die Art und Weise, wie er die Worte sagte, und der Blick, den er Dad zuwarf, ließen mich vermuten, dass zwischen den beiden noch etwas anderes vor sich ging. Meinetwegen konnten sie ihre Geheimnisse haben. Ich hatte ja auch meine.

Während sich die Erwachsenen körperlich (Chandler) und seelisch (ich) unwohl fühlten, amüsierte Luke sich prächtig, ohne zu toben oder zu weinen. Er hatte die Aufmerksamkeit von allen und neue Tiere.

Chandler war mit einem Geschenk für Luke gekommen. Noch mehr Tierfiguren. Und das waren die guten, super stabilen.

»Hey, Luke, das ist kein Essen.« Chandler streckte die Hand aus, um ihm die neue Giraffe wegzunehmen.

Luke wich ihm mit einem Kichern aus. Ich seufzte.

»Das sind die guten Figuren, wir sollten uns keine Sorgen machen müssen, dass Stücke abbrechen. Er hat die Angewohnheit, auf Dingen herumzukauen, die er wirklich mag. Das ist normal«, sagte ich zu Chandler.

»Luke, Süßer, wir kauen nicht auf unseren Spielsachen herum, weißt du noch? Ich kroch zu ihm auf den Boden und riss ihm die Figur aus der Hand und dem Mund. Sie war vollgesabbert. Ich stand auf und trug die Figur in die Küche, um sie kurz abzuspülen.

»Er steckt sich einfach Dinge in den Mund?« Chandler klang besorgt.

»Das tut er. Er lernt die Welt um ihn herum noch kennen. Er kaut nicht auf allem herum, nur auf den Dingen, die er am liebsten mag«, sagte ich.

»Er ist wie ein Welpe«, sagte Dad. Er erhob sich von seinem Sessel.

»Dad! Vergleiche Luke nicht mit einem Welpen.«

»Menschlicher Welpe«, sagte er wieder und gluckste.

Ich wusste nicht, wohin er wollte. Er sagte kein Wort, als er ging. Um ehrlich zu sein, hatte ich fast eine Stunde lang nicht bemerkt, dass er nicht da gewesen war, denn meine Aufmerksamkeit war auf Luke und Chandler gerichtet.

Luke wurde nun unruhig, weinerlich und streitlustig.

»Was ist los mit ihm?«, fragte Chandler.

Ich zuckte mit den Schultern. »Warum fragst du ihn nicht?«

Chandler sah so perplex aus, dass er mit Luke über etwas anderes reden konnte, als Tiernamen zu wiederholen. »Was ist los mit dir? Warum bist du auf einmal so launisch?«, bellte er ziemlich barsch.

Ich nahm es Luke nicht übel, als er in Tränen ausbrach und auf meinen Schoß kroch.

Chandler warf seine Hände in die Luft. »Was habe ich getan?« Er stand auf. »Ist dein Kind immer so empfindlich?«

Ich blickte zu ihm auf. »Er ist auch dein Kind, und ja, er ist ein sensibler kleiner Junge, der müde und launisch ist. Und du hast mit ihm geredet, als wäre er ein Problem. So kannst du nicht mit kleinen Kindern reden.«

»Du hast gesagt, dass ich ihn fragen soll, was los ist.«

»Pass auf und lerne«, sagte ich zu Chandler. Ich wandte meine Aufmerksamkeit Luke zu. »Hast du Hunger? Willst du ein paar Käsenudeln?«

Lukes Unterlippe schob sich vor und er schüttelte den Kopf.

»Ist heute ein Chicken-Nugget-Tag?«

Diesmal nickte Luke.

Ich blickte zu Chandler auf. Ich hoffte, dass mein Gesichtsausdruck mit den großen Augen und den geschürzten Lippen sagte: ›Ich hab's dir ja gesagt‹. Genau das war es nämlich, was ich dachte.

»Das ist nicht fair. Du wusstest, was du fragen musstest. Du hast seine Antwort provoziert. Chandler sah total verärgert aus, dass die Begegnung mit Luke nicht so einfach gewesen war, wie er es offensichtlich erwartet hatte. Wahrscheinlich hatte er gedacht, er könnte einfach auftauchen, dem Jungen sagen, dass er sein Vater war, und erwarten, dass Luke ihn anhimmeln würde. Eine magische Verbindung zwischen Vater und Sohn.

Ich hob Luke von meinem Schoß.

»Hier.« Chandler streckte seine Hände aus und nahm mir Luke ab.

Ich hörte nicht, was er sagte, als ich aufstand. Sein Kopf war eng an mich geschmiegt, und seine Stimme war leise und sanft. Luke saugte seine kleine, hervorstehende Lippe ein und nickte. Sie gingen vor mir in die Küche.

Luke zeigte auf seinen Hochstuhl. Chandler starrte ihn an und setzte Luke dann hinein. Er hatte Mühe mit dem Tablett, aber er fand heraus, wie er es hineinschieben musste. »Siehst du, ich lerne.«

Und Chandler lernte weiter. Er achtete darauf, wie viele Chicken-Nuggets er machen musste. Drei. Und wie lange man sie in die Mikrowelle stellen musste.

»Machst du die nicht im Ofen?«

»Nein, er kennt den Unterschied nicht und im Ofen würde es zu lange dauern. Ich nehme die, die schon fertig gegart sind.«

Die Mikrowelle klingelte. Ich holte den Teller heraus und berührte die Oberseite der Nuggets, um zu testen, wie heiß sie waren. Der Teller war immer heißer als die Nuggets. Ich erklärte, was ich tat, während ich es tat. Ich hatte mir angewöhnt, Luke alles zu erklären, was ich tat, also war es ganz natürlich, dass ich das auch bei Chandler tat. Er musste lernen, was ich tat. Da war es naheliegend, dass ich es ihm erklärte, während ich es ausführte.

»Die sind kaum warm«, stellte Chandler fest, als ich ihn die Nuggets testen ließ.

»Zu heiß und Luke könnte sich verbrennen. Sie müssen aufgewärmt werden, ohne dass sie gefroren oder zu heiß sind.«

»Da steckt viel mehr dahinter, als ich dachte.«

Ich lachte über sein Geständnis. Er hatte ja keine Ahnung.

»Danke«, sagte Chandler, als er sich zum Abschied bereit machte. Wir hatten Luke gefüttert und gewickelt. Chandler las ihm etwas vor, bevor ich ihn zum Schlafen hinlegte. Chandler beobachtete uns die ganze Zeit über. »Ich muss noch viel über ihn lernen, nicht wahr?«

Ich nickte.

»Kann ich am Samstag wiederkommen?«

Ich war überrascht, dass er das fragte. Ich dachte, die Abmachung, die er mit Dad getroffen hatte, würde sich nur auf diesen Tag beziehen. Nur heute Morgen. Ich starrte Chandler einen Moment lang an. Ich musste nachdenken. Ich wollte, dass Luke seinen Vater kennenlernte, das hatte ich immer gewollt. Aber nach dem Schmerz, verlassen worden zu sein, hatte ich Luke für mich behalten.

Das Geheimnis war aber kein Geheimnis mehr. Mir fiel kein anderer Grund ein, Chandler von Luke fernzuhalten, als meine eigenen Gefühle. Und ich wusste aus der Vergangenheit, dass man seinen Gefühlen nicht unbedingt trauen konnte, wenn es darum ging, die klügsten Entscheidungen zu treffen.

Ich nickte. »Ich glaube, das könnte Luke gefallen.«

Als Chandler das nächste Mal auftauchte, brachte er kein Geschenk für Luke mit, sondern eines für mich. Er kam durch die Tür und trug einen Stapel Bücher. Aus jedem Buch ragten Zettel mit Klebezetteln heraus. »Ich habe ein paar Bücher gekauft. Ich habe Fragen.«

Gemeinsam setzten wir uns auf den Boden und spielten mit Luke und seinen Tieren, während Chandler ein Buch nach dem anderen durchblätterte und bei einem markierten Artikel anhielt, um mich darüber auszufragen.

Er fragte mich alles, von Lukes medizinischer Vorgeschichte, ob ich ihn gestillt hatte, wie es um sein Immunsystem bestellt war, ob seine Impfungen auf dem neuesten Stand waren, was seine Lieblingsspeisen waren, ob ich ihm genug Gemüse gab, ob Luke sich wie geplant entwickelte und ob er auf dem richtigen Weg war.

Chandler hatte kaum bemerkt, dass ich ein Kind hatte. Er hatte uns ignoriert, selbst als er erfahren hatte, dass Luke sein Kind war. Aber plötzlich war er voll und ganz auf sein Wohlbefinden bedacht. Irgendwie gefiel mir das. Ich wusste nicht, ob Dad, der mir bei der Erziehung von Luke geholfen hatte, überhaupt so viel wusste.

Auch nach dem Mittagessen – das auf Chandlers Wunsch hin aus Karottensticks bestanden hatte – und dem Mittagsschlaf blieb Chandler und stellte mir weiterhin Fragen. Wie sah Lukes Tagesablauf aus, wenn er in die Kita ging? Machten wir an den Wochenenden etwas anders?

Je mehr Chandler uns besuchte und Zeit mit uns verbrachte, desto häufiger stand er vor unserer Tür. An jedem Morgen, an dem ich nicht im Callcenter arbeitete, war Chandler da. Immer öfter blieb er noch eine Weile, nachdem Luke sich schlafen gelegt hatte, um mit mir zu reden.

Luke war noch nicht in der Phase der ›Warum?‹-Fragen angekommen. Ich rechnete damit, dass es in den nächsten Jahren so weit sein würde. Er würde Fragen stellen und mich bitten, ihm alles zu erklären. Ich hatte das Gefühl, dass Chandler diese Phase bei Luke schon früh erreicht hatte. Es war ein gutes Gefühl, ausnahmsweise mal die Expertin zu sein. Ich war die Einzige, die ihm die Antworten geben konnte.

»Wie ist er so, wenn er aufwacht?«, fragte Chandler.

Ich zuckte mit den Schultern. »Das kommt darauf an. Wenn es ihm nicht gut geht oder er kurz davor ist, krank zu werden, ist er anhänglich oder verschmust. Ein Wachstumsschub kann auch dazu führen, dass er mehr Kuscheln will. Manchmal wacht er auch hyperaktiv auf. Wenn er so ist, gehe ich meistens in den Park, um die überschüssige Energie abzubauen.«

»Er mag den Park? Darf ich mitkommen?«

»Natürlich darfst du das.« Ich legte den Kopf schief und betrachtete ihn aus einem neuen Blickwinkel. »Was soll das plötzliche Interesse an Lukes Leben?«

Chandler lehnte sich in seinem Stuhl zurück und fuhr sich mit den Händen durch die Haare. »Ehrlich gesagt, bin ich mir nicht sicher. Ich musste diese ganze Situation erst einmal verarbeiten. Ich bin immer noch dabei, das alles in den Kopf zu kriegen. Aber je mehr Zeit ich mit euch beiden verbringe, desto klarer wird mir, dass ich das nicht so schnell abhaken kann.«

»Es gibt viele Männer, die genau das tun. Sie verbringen etwas Zeit mit dem Kind, zahlen Unterhalt und fertig.«

»So bin ich nicht, Mila. Das weißt du doch.«

Diesmal starrte ich ihn ernst an. Wusste ich das wirklich? Hatte ich ihm wirklich die Gelegenheit gegeben, mir zu beweisen, wie er als Vater wäre? Ich biss mir auf die Innenseite meiner Wange. Ich hatte die ganze Zeit das Opfer gespielt, obwohl ich Chandler in Wirklichkeit gar keine Chance gegeben hatte. Ich hatte gedacht, dass er ein toller Vater sein würde, und dann hatte ich es ihm nicht einmal gesagt.

35

CHANDLER

Ich sah Mila mit neuen Augen. Sie war schon immer schön gewesen, aber jetzt war da noch etwas anderes an ihr. Sie war reifer geworden und ich sah ihre Erschöpfung als das, was sie war. Sie kämpfte nicht nur darum, die Kindheit ihres Sohnes so angenehm wie möglich zu gestalten, ich sah auch die Liebe und Fürsorge für Luke in ihrem Gesicht.

Sie hatte keine Zeit für meinen Blödsinn. Sie spielte diese Spiele nicht mehr.

Kein Wunder, dass sie erschöpft war.

Und Daniel war in den letzten Jahren auch keine große Hilfe gewesen. Er hatte sie nicht unterstützt, als sie ihn am meisten gebraucht hatte, und ich war einen ganzen Kontinent entfernt gewesen und hatte keine Ahnung gehabt, dass sie mich brauchte. Das sollte dieses Mal nicht passieren. Diesmal wusste ich über Luke Bescheid und würde dafür sorgen, dass sie beide gut versorgt waren.

Ich konnte gar nicht genug Zeit mit den beiden bekommen. Jeder Tag, den ich mit ihnen verbrachte, war eine weitere Erinnerung, die ich aufbewahren konnte, ein Anhaltspunkt, auf den ich mich in Zukunft beziehen konnte. Ich sorgte dafür, dass es eine Verbindung zwischen mir und Luke gab, die über die Jahre hinweg Bestand haben würde, wenn ich wieder zu Besuch kam.

Und der Gedanke, dass ich alles in die Wege leiten würde, um Mila wieder zu verlassen, fühlte sich wie ein Tritt in die Magengrube an.

Ich stand in der Tür zu dem Zimmer, in dem Luke und Mila wohnten. Das Haus war mehr als groß genug, damit Luke sein eigenes Zimmer haben konnte. Das war wahrscheinlich ein Überbleibsel von Daniels falschem Umgang mit seinen Gefühlen, weil Mila ein Kind bekommen hatte. Wenn sie wollte, würde ich Mila in meinem Haus wohnen lassen, während ich weg war. Auf diese Weise hätte sie die volle Kontrolle über ihre Situation.

Als Luke schlief, klebten seine dünnen Babyhaare an seiner Stirn und seine winzigen Gesichtszüge ließen ihn wie ein Renaissance-Gemälde aussehen. Welches Zimmer sollte ich streichen und in ein Zimmer für einen heranwachsenden Jungen umwandeln lassen? Mila würde wahrscheinlich auch das Schlafzimmer umdekorieren wollen.

Ich sollte einen Maler und einen Innenarchitekten finden, der diese Änderungen vornahm, bevor ich abreiste. Das würde ihr den Ärger ersparen.

»Was machst du da?«, fragte mich Mila mit leiser Stimme.

Sie war mir so nah. Es fühlte sich richtig an, die Hand auszustrecken und meinen Arm um ihre Schulter zu legen. Sie lehnte sich dicht an mich heran und legte ihre Hand auf meinen Bauch.

»Ich betrachte unseren Jungen. Das wird doch nie langweilig, oder?«

»Nein, wird es nicht«, sagte sie mit einem leisen Lachen.

Verdammt, sie fühlte sich gut an. Sie fühlte sich richtig an.

»Wie schaffst du es nur, produktiv zu sein? Ich meine, ich weiß, dass ich gehen sollte. Ich habe Arbeit, die ich den ganzen Morgen ignoriert habe. Aber ich bin zufrieden, wenn ich ihm beim Schlafen zusehe.«

Sie holte tief Luft und stieß dann einen gequälten Seufzer aus. »Es ist schwer, Chandler. Ich werde nicht lügen. Als er ein Baby war, haben mir alle gesagt, ich solle schlafen, wenn er schläft, damit ich mich ausruhen kann. Das konnte ich nicht. Ich hatte Angst, dass etwas passieren würde, wenn ich ihn nicht mehr im Auge behielt, oder dass ich aufwachen würde und er gar nicht echt wäre. Dass er nur ein Traum gewesen wäre.«

»Ein Albtraum, meinst du.«

Sie schlug mich. Es war kein fester Schlag, aber auch kein spielerischer. Sie hatte es ernst gemeint. »Der Albtraum war alles andere, nicht er. Niemals er. Sag das nie wieder.«

»Du willst mir also sagen, wenn du die Chance hättest, alles noch einmal zu machen...«

»Ich würde nichts ändern. Na ja, das simmt nicht ganz. Ich wäre stärker gewesen und hätte es dir gesagt, selbst als du gepackt hast, um mich zu verlassen. Ich hätte es dir gesagt und ich hätte den Bürojob bei Ward nicht angenommen.«

Wenn sie es mir gesagt hätte, wäre alles anders gewesen. Sie hätte diesen Job nicht annehmen müssen.

»Immer noch nichts Neues von dem FBI-Agenten?«, fragte ich.

Sie schüttelte den Kopf. »Es steht alles in der Schwebe.« In diesem Moment schien sie sich ein wenig näher heranzuwagen.

Ich musste gehen, aber das würde bedeuten, dass ich diesen friedlichen Moment verlassen musste. Mir war klar, dass dies eine der Erinnerungen sein würde, die ich bis ins hohe Alter behalten würde. Mila und ich verstanden uns gut, fühlten uns wohl und berührten uns. Und Luke schlief in seiner Perfektion.

Ich seufzte und Mila verlagerte ihr Gewicht von mir. Sie wich nicht zurück, also blieb mein Arm auf ihren Schultern liegen.

»Ich glaube, es ist Zeit zu gehen.« Ich hatte keine Lust. »Gehst du mit mir essen?«

»Du weißt, dass du zum Abendessen bleiben kannst, wenn du willst. Ich meine, das letzte Mal haben du und Dad die ganze Zeit über euer Footballteam gemeckert. Aber ich weiß, dass Luke dich gerne dabei hätte.«

»Was ist mit dir? Hättest du mich gerne dabei?«

Sie neigte ihr Gesicht zu mir. Ich studierte ihren Blick, als sie mich ansah. Sie hatte das kleine, spitze Kinn, das unser Sohn geerbt zu haben schien. Und die Art und Weise, wie seine Augen die Form veränderten, wenn er lächelte, hatte er von ihr geerbt.

Ihre Lippen waren so einzigartig und ich wurde von ihnen angezogen wie von einem Magneten. Ich hatte sie seit Monaten nicht mehr geküsst. Meine Lippen pressten sich auf ihre und es fühlte sich an, als würde mir endlich wieder Luft eingehaucht werden, nachdem ich unter Wasser gewesen war.

Zuerst bewegte sie sich nicht. Ein leises Wimmern ertönte in ihrer Kehle, und dann schlangen sich ihre Arme um meinen Hals. Ich hielt ihren Körper dicht an meinen gepresst. Hier gehörte sie hin. Der Kuss war lang, langsam und zärtlich. Das Feuer unserer Leidenschaft war so präsent. Ich spürte, wie meine Leidenschaft im Hintergrund loderte, während sie ihre unter Kontrolle hatte.

Als der Kuss zu Ende ging, stieß sie ein leises Summen aus. Ihre Augen waren geschlossen. Sie hatte den Kuss genauso sehr genossen wie ich. Ich leckte mir über die Lippen, um ihren Geschmack im Gedächtnis zu behalten.

»Ich kann heute Abend nicht bleiben. Ich bin schon mit ein paar Projekten im Rückstand.«

»Sie halten dich im Büro auf Trab?«, neckte sie.

»Ich halte mich auf Trab.«

Mila wusste nicht, dass ich Wilson bereits verlassen hatte und ein paar Beratungsprojekte übernommen hatte, um mich über Wasser zu halten, bis ich den Umzug nach Argentinien abgeschlossen hatte. »Ich würde dich gerne zum Essen einladen. Wir müssen reden.« Ich drehte mich so, dass ich Luke ansehen konnte. »Meinst du, Daniel ist bereit, auf ihn aufzupassen?«

»Du meinst also die Art von Gespräch, die ungeteilte Aufmerksamkeit erfordert?« Ich sah, wie sie schwer schluckte.

Ich nickte feierlich. Wir mussten ein ernsthaftes Gespräch darüber führen, was zwischen uns, zwischen mir und Luke, passieren würde. Ich hatte eine Liste mit Vorkehrungen für sie und ich musste ihr vorschlagen, in mein Haus zu ziehen, wenn ich weg war.

»Ja, ich werde deine volle Aufmerksamkeit brauchen.« Ich musste alles mit ihr durchgehen, damit es keine Überraschungen gab, wenn wir uns mit dem Anwaltsteam und den Bankern trafen.

»Ich war seit Jahren nicht mehr auf einem Date. Ist das ein Date? Soll ich damit rechnen, dass du versuchen wirst, mich zu küssen, wenn du mich nach Hause bringt?« Ihr Ton war fröhlich, aber irgendwie auch gezwungen.

»Wenn du mir versprichst, mich wieder so zu küssen, verspreche ich dir, dass ich dich küssen werde, wenn ich dich nach Hause gebracht habe. Allein der Gedanke daran, sie noch einmal zu küssen, sorgte dafür, dass sich etwas in meiner Brust zusammenzog. »Ich muss jetzt wirklich los. Ich komme zu spät zu einem Meeting.«

»Das sieht dir gar nicht ähnlich.« Sie strich über mein Hemd und meine Brustmuskeln.

Ihre Berührung machte es mir noch schwerer, zu gehen. Ich umschloss ihre Finger mit meiner Hand. Ich musste die Augen schließen, um nicht in Versuchung zu geraten, sie zu küssen. Auf diesem Weg lauerte die Gefahr.

»Ich werde dich anrufen.« Ich ließ ihre Hand los und ging.

Ich saß bei der Videokonferenz wie benebelt da. Es war zu viel zwischen Mila und mir passiert, als dass ich ihre Berührung einfach hätte ignorieren können. Sie war vertraut, sie war richtig.

Drei lange Tage später tauchte ich vor ihrer Haustür auf. Daniel hielt Luke auf dem Arm, als er die Tür öffnete. Luke streckte die Hand nach mir aus. Ich nahm ihn seinem Großvater ab und folgte Daniel ins Wohnzimmer. Lukes Tiere lagen überall auf dem Boden verstreut.

»Mila sagte, du hättest etwas zu besprechen«, sagte Daniel.

»Ja, ich möchte ein paar Dinge für sie und Luke regeln. Ich möchte alles mit ihr durchgehen, damit es keine Überraschungen gibt, wenn wir zum Anwalt gehen, um die Papiere zu unterschreiben.«

»Meinst du nicht, dass ich in diese Diskussion mit einbezogen werden sollte?«

Ich schüttelte den Kopf. »Das ist keine Verhandlung. Wenn du Bedenken hast und mit uns zum Anwalt gehen willst, kannst du das tun. Aber das ist eine Sache zwischen Mila und mir.«

»Wenn es um Luke geht, sollte ich mitentscheiden.«

Ich schüttelte weiter den Kopf und hielt meine Hände mit den Handflächen nach außen hoch. »Nichts für ungut, aber nein.«

»Bist du bereit?«, fragte Mila, als sie den Raum betrat. Ihr Haar war offen und ihre Augen leuchteten. Sie sah ausgeschlafen aus und strahlte. »Sei für Opa brav, okay?« Sie gab Luke einen Kuss und wackelte mir mit den Augenbrauen zu, als sie den Raum verließ.

Ich verstand den Hinweis, sagte sowohl Daniel als auch meinem Sohn gute Nacht und folgte ihr nach draußen.

Sie hatte die Haustür geöffnet und wartete auf der anderen Seite auf mich. Sie trug eine gut sitzende Jeans, die ihre Kurven auf eine Art und Weise betonte, die meinen Körper zum Leben erweckte. Ich konnte mich nicht davon abhalten, sie zu berühren, wenn auch nur ein bisschen. Ich schob meinen Arm um ihren Rücken, als ich neben sie trat.

»Du siehst wunderschön aus«, sagte ich in ihr Haar.

»Ich trage Jeans und ein T-Shirt. Du hast mir nicht gesagt, wie schick ich mich anziehen soll«, beschwerte sie sich, während sie an der Vorderseite meiner Anzugjacke zerrte. Sie war von einem Designer, wie alle meine Anzüge.

»Ich komme gerade von einem Meeting.« Das war eine Lüge. Ich hatte mir Mühe gegeben, um gut auszusehen. »Du bist perfekt. Ich hatte nichts Ausgefallenes geplant. Ich möchte, dass wir so lange sitzen und reden können, wie wir brauchen.«

36

MILA

Das Kichern war wieder da. Irgendwann hörte ich auf, mich in Chandlers Nähe albern zu fühlen. Ich hatte aufgehört zu lachen und zu lächeln. Aber diese Gefühle waren wieder da.

Er sah in seinem Anzug umwerfend aus. Ich wusste, dass er gut aussah, egal was er trug, aber er hatte etwas an sich, das mir weiche Knie machte, wenn er einen schönen Anzug trug. Vielleicht war das der Grund, warum ich mich drei Jahre zuvor in ihn verliebt hatte.

Er hatte keine Witze gemacht, als er gesagt hatte, dass nichts Ausgefallenes geplant war. Er fuhr auf den Parkplatz eines Burgerladens. Ich war noch nie dort gewesen, es sah aus wie eine Mischung aus Spelunke und Diner. Die Sitzecken waren extra groß und die Zwiebelringe gehörten zu den besten, die ich je gegessen hatte.

Und er redete mit mir. Er hatte gesagt, er müsse mit mir reden, und das tat er auch. Er hatte vielleicht nicht die Absicht, mich zu verführen, aber seine Worte waren erfüllten mich trotzdem mit Wärme.

»Ich war nicht hier, als du mich gebraucht hast. Ich möchte sichergehen, dass man sich um dich kümmert, egal, was als Nächstes passiert. Dass man sich um Luke kümmert«, sagte er.

Das war wahrscheinlich das Netteste, was ich seit langem gehört hatte. Ich wusste nicht, was sich an meinem Glück geändert hatte, aber es schien so, als würde plötzlich alles nach meinen Wünschen laufen. Dad war bereit, für die Kinderbetreuung zu zahlen, und jetzt bot Chandler mir Unterhalt an.

»Weißt du, ich ... das ist wunderbar, aber ...« Es fiel mir schwer, die Worte richtig herauszubringen. Ich verließ meine Seite der Sitzecke und setzte mich neben Chandler.

Ich lehnte meinen Kopf auf seine Schulter und nahm seine Hand in meine. Ich wollte eine Verbindung zwischen uns, aber ich konnte ihm aus irgendeinem Grund nicht ins Gesicht sehen.

»Selbst nach dem Vaterschaftstest wollte ich dich nicht um Unterstützung bitten. Dad sagte mir, ich solle es tun, vor allem, weil du unbedingt wolltest, dass ich diesen Vaterschaftstest mache. Danke. Ich wusste immer, dass du ein guter Vater sein würdest. Du bist ein guter Mann.«

Er hob mein Gesicht an und legte einen Finger unter mein Kinn. Ich sah nur kurz die Tiefe seiner Augen, bevor sich seine Lippen auf die meinen legten. Ich richtete mich auf, um mich gegen seinen Mund zu pressen und seine Lippen zu kosten. Seine Zunge fand meine und einen Moment lang stand ich in Flammen. Doch dann endete der Kuss.

Die letzten Wochen mit Chandler waren wie eine Achterbahnfahrt gewesen.

Es war, als kämen wir uns wieder näher und jetzt wollte ich ihn. Ich wollte ihn mit Körper und Seele.

»Lass uns verschwinden«, sagte er mit tiefer und ernster Stimme.

Das musste ich mir nicht zweimal sagen lassen. Ich schlüpfte aus der Sitzecke und schnappte mir meine Jacke. Er warf einen Zwanziger für ein großzügiges Trinkgeld auf den Tisch und nahm die Rechnung mit, um auf dem Weg nach draußen zu bezahlen.

Auf dem Parkplatz umarmte er mich und schmiegte seinen Körper an meinen. »Ich nehme dich mit nach Hause und schlafe mit dir«, sagte er mit einer solchen Autorität, dass ich kaum antworten konnte.

Ich nickte. Ich wollte »Ja, bitte« sagen, aber die Worte kamen nur als Quieken heraus.

Er fuhr viel zu schnell, und es war trotzdem nicht schnell genug. Die ganze Zeit über kaute ich auf meiner Lippe herum. Chandlers Gesichtsausdruck war zielstrebig, während er den Verkehr im Auge behielt. Wir redeten nicht miteinander.

Sein Haus war dunkel. Wir hielten nicht inne, als wir drinnen waren, schalteten kein Licht an und plauderten nicht. Chandler nahm meine Hand und zog mich mit in sein Schlafzimmer.

»Du hast schon viel zu lange in diesem Bett gefehlt.« Seine Lippen eroberten meine und ich war verloren.

Wir waren Feuer und Flamme, Leidenschaft pur. Es gab keine langsame, zärtliche Verführung, sondern eine Dringlichkeit, einander zu verführen. Das gefiel mir an ihm. Er wollte meinen Körper genauso sehr berühren und schmecken wie ich seinen.

Ich seufzte, als er sein Hemd auszog und ich mit meinen kurzen Fingernägeln über seine Brustmuskeln fahren konnte. Die krausen Haare kitzelten meine Fingerspitzen und ich liebte es, wie er sich anfühlte.

Er berührte eine meiner Brüste und ich fuhr mit meinen Fingern durch die Haare auf seinem Kopf, da ich nicht mehr in der Lage war, seine starken Arme zu berühren. Chandler machte mich immer handlungsunfähig, wenn er mich auf diese Weise berührte. Ich konnte kaum noch denken, konnte mich kaum noch an meinen eigenen Namen erinnern. Es war himmlisch.

Er führte unsere Körper in die glatten Laken seines Bettes. Er hatte recht, es war schon viel zu lange her, dass ich dort gelegen hatte. Komfort, Luxus, Chandler. Es war wie ein vergessener Traum, an den ich mich endlich erinnern konnte. Sein Geschmack auf meiner Zunge war fantastisch wie immer.

Chandlers starke Hände manövrierten mich dorthin, wo er mich haben wollte. Er nahm eine Brustwarze in seinen Mund, während er meine Hüften knetete und meine Beine spreizte.

Seine Finger glitten mit sanften, neugierigen Bewegungen über meine Spalte.

Ich spürte seinen Schwanz, schwer und heiß an meinem Bein. Ich versuchte, ihn zu streicheln. Ich wollte ihn berühren und ihm das gleiche Gefühl geben, das er in mir auslöste.

Ich stöhnte auf, als er seinen Finger zwischen meine Schamlippen gleiten ließ. Seine Berührung reizte mich und spielte mit mir, bevor er seinen Daumen gegen meinen Kitzler drückte. Ich stemmte meine Hüften gegen seine Hand. Er hatte die Stelle gefunden, die mir am meisten Lust bereitete und er wusste genau, wie ich es mochte.

Er kreiste in einem Rhythmus um meinen Kitzler. Es fühlte sich an wie ein Morsecode, der direkt in mein Innerstes drang. Es war, als würde sein Daumen mir sagen, dass er seinen Schwanz in mich stoßen würde, bis ich schrie.

Seine Hüften schlossen sich dem Rhythmus an, während er seinen Schwanz an meiner Haut rieb. Er war der letzte Mann gewesen, der mich so berührt hatte. Ich konnte mir nicht vorstellen, dass irgendjemand anders so gut mit meinem Körper umgehen konnte wie er. Chandler hatte nicht vergessen, was er zu tun hatte. Andererseits konnte ich nicht denken und konnte mich nicht erinnern, ob er Nägel auf seinem Rücken mochte oder Zähne, die an seinem weichen Ohrläppchen knabberten.

Ich probierte alles aus und ließ mich die restliche Zeit von ihm leiten, benutzen und in den Wahnsinn treiben.

Der Druck in meinem Inneren stieg. Ich dachte, ich würde explodieren.

»Ich brauche dich«, wimmerte ich.

Er richtete sich auf, sodass er über mir war. »Ich bin genau hier, Mila. Ich bin genau hier.«

»Aber ich brauche dich in mir«, sagte ich schließlich.

Er verließ meinen Körper nur für einen Moment, aber es war lang genug, damit ich seine Berührung vermisste. Ich griff zwischen meine Beine und versuchte, meinen Kitzler zu finden. Meine Finger waren ungeschickt, und bevor ich es schaffte, war Chandler wieder da und schob meine Hände aus dem Weg. »Lass das, solange ich hier bin.«

Er bewegte sich, bis er zwischen meinen Schenkeln war. Sein dicker Schwanz ersetzte seine Finger, als er wieder mit mir spielte. Sein Daumen drückte erneut gegen meine Klitoris.

Ich wollte vor Lust schreien, als er seine Spitze gegen meine Öffnung drückte und zustieß. Endlich war er da, wo er hingehörte. Wir gehörten auf diese Weise zusammen, Hüfte an Hüfte, Herz an Herz.

Alles in meinem Körper spannte sich an. Ich spürte, wie die Wellen mit jedem Stoß begannen. Er drückte mich auf das Bett.

Ich schlang meine Beine um ihn und klammerte mich an ihn. Ich wollte ihn ganz in mich aufnehmen. Ich wollte ihn verschlingen. Während ich mich an seine Arme und Schultern klammerte, stieß er unaufhörlich weiter, ein ständiges Auf und Ab seiner Hüften.

Meine inneren Wände umschlossen seinen Schwanz und dann wurde alles zu einem Feuerwerk. Ich konnte kaum atmen, als mein Körper in einen exquisiten Rausch verfiel. Das war Glückseligkeit auf dem höchsten aller Gipfel. Ich glaubte nicht, dass Chandler mich schon einmal so intensiv zum Kommen gebracht hatte.

Er grunzte und steigerte sein Tempo. Ich wollte mehr verlangen, härter, schneller, aber ich war schon mit Lichtgeschwindigkeit unterwegs. Er musste mich einholen.

Der Orgasmus forderte seinen Tribut und als die letzte Welle über meinen Körper hinwegrollte, konnte ich nur noch keuchen.

Chandler, der schweißgebadet war, blickte lächelnd auf mich herab.

Ich starrte ihm tief in die Augen. Ich wollte das hier nicht verlieren, ihn nicht verlieren. »Ich liebe dich«, gestand ich.

Er strich mir über die Wange und küsste mich. Er war noch nicht bereit für diese Worte, aber er spürte sie. Oder etwa nicht? Wie konnte er so etwas mit meinem Körper machen und mich nicht auch lieben?

»Ich habe nachgedacht«, sagte er, während er aufstand. »Ich möchte, dass du und Luke hier wohnen.«

Er durchquerte sein Zimmer zum Badezimmer und schloss die Tür.

Ich starrte ihm hinterher, schockiert von seinen Worten und fasziniert von seinen starken Pobacken. Er hatte einen unglaublichen Arsch.

»Was meinst du mit hier wohnen?«, fragte ich, als sich die Badezimmertür wieder öffnete. »Du meinst, bei dir wohnen? Einziehen und eine Familie sein?« Mein Herz wollte vor Glück explodieren. »Ja, ja, das wäre fantastisch.«

Er schüttelte den Kopf und hob seine Unterhose vom Boden auf. Er balancierte auf einem Bein, während er sie anzog.

»Was?«

»Ich werde nicht hier sein. Ich habe eine Führungsrolle in einer Firma in Südamerika übernommen. Ich habe meine Abreise hinausgezögert, um sicherzustellen, dass alle Vorkehrungen für Luke getroffen werden.«

»Du verlässt mich schon wieder? Aber ich liebe dich, warum tust du mir das an?« Der Schmerz schoss durch jede Körperzelle.

Chandler stieg auf das Bett und schlang seine Arme um mich. »Komm mit mir«, flehte er. »Wir können dort zusammen sein und eine Familie sein.«

»Ich kann nicht«, schluchzte ich. »Ich kann das Land nicht verlassen, bis die blöden Ermittlungen abgeschlossen sind. Kannst du nicht länger bleiben?«

»Ich habe sie schon so lange vertröstet, wie ich kann. Es ist eine beschlossene Sache. Wenn du nicht mit mir kommen kannst, dann will ich dich hier im Haus haben.« Seine Arme und sein Trost fielen von mir ab. »Wir können in den nächsten Tagen alles arrangieren, damit du die Schlüssel bekommst und deine Sachen herbringen kannst.«

37

CHANDLER

Mila war nicht zu Hause, als ich vorbeikam, um die Hausschlüssel abzuliefern. Ich übergab sie an Daniel.

»Sie hat hier ein Zuhause«, sagte er.

Ich sah ihn an und sagte nichts. Sie wurde wie ein Kind behandelt, das bestraft wurde, solange sie bei Daniel blieb. Er lehrte sie nicht, wie man erwachsen wird, solange er sie und Luke in ein gemeinsames Zimmer zwängte. Aber ich brauchte ihn auf meiner Seite. Jemand, der etwas von Finanzen verstand, musste sie im Auge behalten. Ich wollte nicht, dass irgendjemand sie ausnutzte, und das bedeutete leider, dass ich mich auf Daniel verlassen musste, auch wenn er meiner Meinung nach genauso schuldig war wie alle anderen, wenn es darum ging, Mila auszunehmen.

»Luke kann an einem Ort aufwachsen, an dem er sein eigenes Zimmer hat. Sie können mein altes Büro in ein Spielzimmer umwandeln. Aber wenn sie nicht dort wohnen will, weiß sie, wie sie mich kontaktieren kann. Dann engagiere ich meinen alten Vermietungsagenten und vermiete das Haus. Aber mir wäre es lieber, wenn sie und Luke dort wohnen würden.«

»Gehst du wirklich nach Argentinien?«

Ich nickte knapp. »Das tue ich. Mein alter Mentor hat ein Angebot, das ich mir nicht entgehen lassen sollte«, sagte ich.

»So wie das, das dich nach Zürich geführt hat?«

»Genau, aber in einer anderen Firma. Neues Land, neue Firma, neue Möglichkeiten.«

Daniel schüttelte den Kopf. »Genau wie beim letzten Mal.«

»Nein«, sagte ich mit fester Stimme. »Letztes Mal wusste ich nicht, dass Mila schwanger war. Dieses Mal weiß ich, was ich zurücklasse. Es ist nicht von Dauer. Sie weiß, wie sie mich erreichen kann. Ich werde mit ihr in Kontakt bleiben. Ich werde ein paar Mal im Jahr zurückkehren. Alle Unterhaltszahlungen werden zweimal im Monat direkt auf ihre Bank überwiesen. Ich werde die Autoschlüssel im Haus lassen. Sie ist bereits versichert.«

»Wirst du Luke sehen, bevor du abreist?«, fragte Daniel.

»Wir haben uns schon verabschiedet.« Es war ein schwieriger Besuch gewesen. Mila war wütend auf mich gewesen.

Ich wollte es ihr verübeln, aber das konnte ich nicht. Diese Entscheidung war geschäftlich begründet gewesen. Es war ein kluger Schachzug. Wenn alles hinter ihr lag und sie nicht mehr die Ungewissheit der Ermittlungen vor Augen hatte, könnten wir vielleicht einen Weg finden, alles zum Guten zu wenden.

Das Auto zum Flughafen kam kurz nachdem ich nach Hause gekommen war. Das Haus zu verlassen, fühlte sich diesmal anders an, nicht wie damals, als ich nach Zürich gezogen war. Diesmal fühlte es sich dauerhafter an. Wenn ich zurückkam, würde das Haus nicht mehr mein Zuhause sein. Es würde auf magische Weise zu Milas und Lukes Haus werden. In diesem Gedanken lag ein Hauch von Wehmut. Ich würde das, was mir gehörte, für immer hinter mir lassen.

Der internationale Flughafen war überfüllt mit Reisenden. Es würde ein langer Flug werden und im Idealfall würde ich bequem schlafen können. Aber alles fühlte sich falsch an. Mir war zu heiß oder zu kalt. Als ich einen Monat zuvor zu Grimes geflogen war, war die Reise so einfach gewesen. Ich hatte geschlafen wie ein Baby. Jetzt rüttelte mich jede Erschütterung während des Fluges wach.

Als wir ankamen, fühlte ich mich wie ein Untoter. Wie ein Zombie ging ich durch die Passkontrolle und holte mein Gepäck ab. Ich suchte Grimes' Nummer auf meinem argentinischen Handy.

›Angekommen, auf dem Weg zum Hotel‹, schrieb ich auf dem Rücksitz eines Taxis.

Das Handy klingelte.

»Du denkst, eine Nachricht reicht aus? Du bist angekommen!« Seine Stimme drang laut durch die Bluetooth-Kopfhörer, als wäre er auf Lautsprecher gestellt. Ich reduzierte die Lautstärke.

»Ich bin der wandelnde Tod«, gestand ich.

»Oh, schlechter Flug?«

»Langer Flug und ich konnte nicht schlafen.«

»Dann gehen wir eben nicht aus, sondern essen im Restaurant des Hotels.«

»Nein, danke. Ich muss noch ein paar Dinge für morgen vorbereiten und dann schlafen.«

»Du bist jetzt in Argentinien. Mach eine Siesta und ich bin um zehn Uhr zum Abendessen im Hotel.«

»Zehn? Ist das nicht zu spät?«, fragte ich.

»Das ist eigentlich ganz normal für ein Abendessen. Wir machen das hier ein bisschen anders.«

»Gut«, stieß ich einen langen Atemzug aus, der sich in ein Gähnen verwandelte. »Ich werde einen Wecker stellen und dich in der Lobby treffen.«

»Klingt nach einem Plan.«

Die Ankunft und das Einchecken im Hotel fühlten sich wie eine Ewigkeit an. Eine weitere Ewigkeit dauerte es, bis der Page mein Gepäck hereinbrachte, mir das Zimmer zeigte und mir erklärte, wie die Vorhänge funktionierten und wo sich die zusätzlichen Handtücher befanden. Mein Spanisch war schlecht und ich stolperte über ein paar Worte, als ich ihm ein Trinkgeld gab.

Nachdem ich meine Schuhe ausgezogen hatte, ließ ich mich mit dem Gesicht ins Bett fallen. Ich schlief sofort ein und war immer noch hundemüde, als der Wecker klingelte.

Ich hatte nicht einmal die Vorhänge geschlossen, bevor ich eingeschlafen war. Die Stadt war um mich herum beleuchtet. Es war ein spektakulärer Anblick. Es war fast zehn. Das bedeutete, dass es zu Hause schon fast acht Uhr war. Schlafenszeit. Mila war sicher mit Luke auf dem Bett und las ihm vor, bis er tief und fest schlief.

Ich starrte auf Buenos Aires hinaus, aber was ich sah, war Mila, die den schlafenden Luke sanft hochhob und ihn in sein Kinderbettchen legte. Luke rührte sich meistens nicht einmal, so fest schlief er. Sie rückte seinen Schlafanzug zurecht, wickelte die Decke um ihn und legte ein Kuscheltier neben ihn. Und dann hob sie ganz leise das Seitengitter an, damit er nicht aus dem Bett fallen konnte.

Ich konnte sie so deutlich sehen, als würde ich am Türrahmen lehnen, wie ich es zuvor getan hatte.

Was zum Teufel machte ich hier?

Ich warf einen Koffer auf das Sofa, dann den zweiten. Ich öffnete einen und fand ein frisches Outfit. Zu diesem Zeitpunkt hatte ich schon über vierundzwanzig Stunden in diesen Klamotten gesteckt. Ich war mehr als zerknittert.

Ich wusch mich mit einem heißen, nassen Waschlappen an den wichtigen Stellen ab, kramte in beiden Koffern, bis ich mein Deo fand, und zog mich an. Ich hatte keine Zeit, mich zu rasieren und ich bezweifelte, dass das erwartet wurde.

Als ich in der Lobby ankam, sah Grimes aus, als hätte ich ihn zu lange warten lassen.

»Oh, gutes Timing. Uns wurde gerade ein Tisch zugewiesen. Es sollte nicht mehr lange dauern. Sollen wir etwas trinken?«

Ich nickte und folgte ihm. Ich ließ ihn bestellen, denn sein Spanisch war viel besser als meins. Tatsächlich war mein Spanisch kaum vorhanden. Anstatt einen Sprachkurs zu machen, hatte ich die Zeit mit Mila und Luke verbracht.

Unsere Kellnerin brachte uns Getränke und nahm dann unsere Bestellung auf. Schon bald schob ich das Essen auf einem Teller herum, ohne besonders hungrig zu sein. Ich wusste nicht, ob ich mich jemals daran gewöhnen würde, so spät noch etwas zu essen, selbst wenn es nur eine leichte Mahlzeit war.

In meinen Gedanken drehte sich alles um Mila und Luke. Eine Kellnerin mit ähnlich langen, gewellten Haaren wie Mila drehte sich um und für den Bruchteil einer Sekunde dachte ich, sie sei es. Aber ich wusste es besser. Mila war nicht hier, aber aus irgendeinem Grund war ich es.

Grimes redete gerade über etwas, dem ich nicht viel Aufmerksamkeit geschenkt hatte, als mir klar wurde, dass ich nicht hier sein sollte. Ich hob meine Hand, um ihm zu signalisieren, dass er aufhören sollte.

»Deine Assistentin hat die Wohnung, über die wir gesprochen haben, noch nicht gebucht, oder?«

»Noch nicht. Du sagtest, du wolltest erst sehen, was du bekommst. Du wolltest nicht wiederholen, was in der Schweiz passiert ist.«

»Gut, gut. Ich glaube nicht, dass ich hier eine Bleibe brauche.«

»Was meinst du?«, fragte Grimes, als wäre es nicht offensichtlich.

»Ich bleibe nicht. Ich muss zurückgehen. Vielleicht können wir später etwas aushandeln, aber der Zeitpunkt ist nicht der richtige.«

Er schüttelte den Kopf und schaute mich verwirrt an.

»Es gibt da eine Frau. Ich hätte sie nicht verlassen sollen. Ich muss zurückgehen und die Dinge mit ihr ins Reine bringen«, erklärte ich. Ich musste Mila sagen, dass ich sie liebte und dass ich sie nie wieder verlassen würde.

»Du machst einen Fehler«, sagte Grimes. »Ich habe noch nie zugelassen, dass eine Frau meinem Erfolg im Weg steht.«

Als ich ihn ansah, konnte ich nur daran denken, dass das offensichtlich war. Dass er jetzt ein einsamer alter Mann war, der mit einem anderen einsamen Mann zu Abend aß. Ich bewunderte sein geschäftliches Geschick. Ich bewunderte seine geschäftlichen Fähigkeiten, vertraute seinen Entscheidungen und Analysen, aber wenn es darauf ankam, war die Decke aus Geld, unter der er sich jede Nacht zusammenrollte, bei weitem nicht so weich und beruhigend wie der Schlaf in Milas Armen.

»Nein, ich glaube, das ist ein Fehler. Es wird andere Geschäftsmöglichkeiten geben, aber es wird keine andere Frau wie sie geben. Wusstest du, dass ich Vater bin? Ich habe meinen Sohn fast nicht kennengelernt, weil ich alles stehen und liegen gelassen habe, um für dich nach Zürich zu gehen.«

Grimes aß sein Essen nicht zu Ende. Er grunzte, bevor er seine Serviette über seinen Teller legte.

»Du wirst es in dieser Welt zu nichts bringen, wenn du glaubst, solche Spielchen seien akzeptabel. Du hast heute Abend eine Grenze überschritten, Chandler Owens. Ich werde diesen Verrat wegen irgendeines Flittchens, das dich offensichtlich in eine Falle gelockt hat, nicht vergessen. Bist du dir sicher, dass der Junge überhaupt von dir ist?«

Ich sprach durch zusammengebissene Zähne. »Du kannst jetzt gehen. Sag kein weiteres Wort, sonst wirst du es bereuen.« Ich sprach leise, denn die Wut, die ich verspürte, als mein einstiger Freund und Mentor das Bedürfnis hatte, mich niederzumachen, weil ich ihn enttäuscht hatte, brannte heiß in meinen Adern.

»Das Einzige, was ich bereue, ist, dass ich mehr von dir erwartet habe.« Grimes erhob sich und ging weg.

Ich widerstand dem Drang, ihm ein Glas in den Rücken zu schleudern. Stattdessen beendete ich mein Abendessen, da ich plötzlich sehr hungrig war. Zurück in meinem Zimmer holte ich meinen Laptop heraus. Ich suchte schnell nach Flügen. In ein paar Stunden gab es einen. Ich buchte ihn. Morgen Abend könnte ich zu Hause sein.

Ich nahm das Zimmertelefon und rief die Rezeption an.

»Könnten Sie ein Taxi zum Flughafen bestellen und meine Koffer herunterbringen lassen?«

»Checken Sie schon aus, Sir?«

»Ja, ich checke aus.«

Ich fühlte mich so wach wie seit Tagen nicht mehr, als das Adrenalin durch meinen Körper strömte.

Hierherzukommen war ein Fehler gewesen. Ein Fehler, den ich beheben konnte.

38

MILA

Als ich am Morgen aufwachte, tat mir die Seele weh. Chandler wollte mich wieder verlassen. Ich wollte nicht, dass er ging, aber er war so darauf konzentriert, erfolgreich zu sein. Sein Geschäft kam vor der Familie. Ich hatte das zwar gewusst, aber ich hatte beschlossen, es zu ignorieren, und jetzt litt ich unter dieser Entscheidung.

Als ich mich für den Tag fertig machte, kämpfte ich mich durch emotionale Barrieren und einen Nebel aus Schmerz, der um mein Gehirn waberte. Ich kochte Kaffee. Das half nicht. Auch in dem Koffein fand ich keine Antworten. Meine Arme schmerzten beim Heben, aber ich schaffte es trotzdem, Luke aufzurichten und für den Tag fertig zu machen.

Dad sagte nicht viel, und ich auch nicht. Was gab es schon zu sagen? Ich war wieder einmal verlassen worden.

Ich lieferte Luke in der Kita ab und machte mich dann auf den Weg zu meinem Job im Callcenter. Irgendwann musste ich tatsächlich etwas tun, um einen besseren Job zu finden. Ich konnte mich nicht immer nur beschweren und sagen, dass ich einen neuen Job brauchte, ohne wirklich etwas zu unternehmen. Heute war nicht dieser Tag, heute war nur ein weiterer Tag, an dem ich traurig war und mich beschwerte.

Ich wusste nicht, wie ich meine Situation ändern sollte. Ich wusste nicht, wie ich Chandler bei mir halten sollte. Wenn es nicht genug war, in ihn verliebt zu sein und einen Sohn mit ihm zu haben, was sollte es dann sein?

Mein Handy klingelte.

»Hallo?« Ich erkannte an der Rufnummer, dass es Agent Klein war. Ich wollte nicht mit ihm sprechen, aber ich wusste, dass ich es musste.

»Guten Morgen«, sagte er zu fröhlich. »Ich wollte Ihnen nur sagen, dass wir Ihr Handy freigegeben haben. Sie können es jederzeit während der regulären Bürozeiten im Präsidium abholen.«

»Ist es vorbei? Bin ich jetzt frei?« Mein Herz schlug mir bis zum Hals. Gab es eine Möglichkeit, zu Chandler zu reisen?

»Leider noch nicht. Sie müssen in der Nähe bleiben.«

»Haben Sie eine Wanze in mein Handy eingebaut, eine Art Peilsender?«, fragte ich. Das war nur zum Teil ein Scherz.

»Würden Sie mir glauben, wenn ich Nein sage?«

Ich zuckte mit den Schultern. »Ich bin langweilig, das werden Sie noch früh genug erfahren. Danke, ich werde es erst an meinem freien Tag abholen können.«

Das Telefonat war zu Ende, aber es hatte mich auf eine Idee gebracht. Ich könnte Chandler folgen, nur nicht jetzt. Ich schrieb ihm sofort eine Nachricht. Ich musste nicht darüber nachdenken, was ich sagen wollte. Ich ließ meine Gefühle in die Nachricht einfließen.

›Ich liebe dich‹, begann ich. ›Bitte brauche mich.‹ So endete sie.

Tränen trübten meine Sicht, während ich schrieb. Ich löschte sie und schickte Chandler eine andere Nachricht: ›Ich liebe dich.‹

Das Einzige, was mich davon abhielt, zwanghaft auf mein Handy zu schauen, waren die Arbeitsrichtlinien: kein Telefonieren während der Arbeitszeit. Aber ich schaute in der Pause und in der Mittagspause auf meine Nachrichten. Sie waren immer noch ungelesen. Ich wollte nicht zulassen, dass Chandler mir entwischte. Gut, wenn er meine Nachrichten nicht lesen wollte, würde ich ihn auf andere Weise erreichen.

Ich schickte eine E-Mail.

Als ich fast augenblicklich eine Antwort erhielt, war ich sehr aufgeregt. Chandler hatte mir zurückgeschrieben. Aber die Freude verflog, als ich die Nachricht las: ›Unzustellbar. E-Mail-Adresse existiert nicht‹. Das war dumm, natürlich gab es diese E-Mail-Adresse. Er hatte sie schon seit Jahren.

Ich hatte noch etwa zehn Minuten Mittagspause, also rief ich in seinem Büro an. Mein Anruf wurde irgendwie zum Empfang der Firma umgeleitet.

»Chandler Owens, bitte«, sagte ich.

»Es tut mir leid, aber ich habe Probleme, ihn in unserem Verzeichnis zu finden. In welcher Abteilung ist er?«, fragte die Empfangsdame.

»Er ist der COO«, antwortete ich.

»Es tut mir leid, aber unser COO ist nicht Chandler Owens.«

»Sind Kyle Manning oder Kathleen McDonald verfügbar? Oder ihre Assistenten? Mein Name ist Mila Jones und ich habe früher für Kyle gearbeitet.«

»Einen Moment.« Es gab eine Pause mit Warteschleifenmusik.

»Mila? Ich habe gehört, du suchst Chandler«, ertönte Kyle Mannings Stimme in meinem Ohr.

»Ja, er zieht in ein anderes eurer Büros um, aber ich kann ihn nicht erreichen«, erklärte ich.

»Das liegt wahrscheinlich daran, dass er nicht mehr für die Wilson Group arbeitet. Er hat uns vor zwei, vielleicht drei Monaten verlassen und sich selbstständig gemacht. Es tut mir leid, dass ich keine weiteren Kontaktinformationen habe.«

Mir rutschte das Herz in die Hose. Chandler arbeitete nicht mehr bei Wilson, er war auf dem Weg nach Argentinien und ich hatte keine Ahnung, ob er meine Nachrichten erhalten hatte. Er sagte, er würde sich melden, aber ich konnte ihn nicht finden.

Ich rang nach Luft. Ich konnte nicht denken.

»Oh, okay, schade.« Ich beendete das Gespräch.

Routine und Autopilotfunktion begleiteten mich durch den Rest des Tages. Anrufe machen, Luke abholen, Abendessen kochen. Dad meldete sich freiwillig, um Luke ins Bett zu bringen und ich glaubte, er sah, dass es mir nicht gut ging. Es wäre schön gewesen, wenn er auch gekocht und den Abwasch gemacht hätte, damit ich mit Luke ins Bett gehen konnte. Stattdessen funktionierte ich wie ein Automat, der eine Reihe von Anweisungen befolgte. Kein Gedanke, kein Gefühl, einfach nur funktionieren.

»Mila!« Chandlers Schrei hallte durch das Haus.

Ich zuckte zusammen und ließ vor Schreck einen Trinkbecher fallen. Er landete mit einem Platschen im Spülwasser. Bevor ich nachdenken konnte, rannte ich zur Haustür. Chandler?

Chandler war ohne zu klopfen hereingeplatzt. Seine vertraute Reisetasche, die ich von unseren vielen Geschäftsreisen kannte, war über seine Brust geschnallt. Er sah verzweifelt aus und Emotionen spiegelten sich in seinem Blick wider.

Ich hatte keine Chance, etwas zu sagen, bevor ich in seine Arme gezogen und geküsst wurde. Ich schmolz an seinen Lippen dahin und gab der Leidenschaft nach, die er in meinem Inneren entfachte.

»Ich dachte, du wärst weg«, hauchte ich leise.

»Es tut mir leid, es tut mir leid. Als ich dort ankam, wurde mir klar, dass das der größte, nein, der zweitgrößte Fehler meines Lebens war. Ich konnte dich und unseren Sohn nicht wissentlich zurücklassen. Ich konnte es nicht tun.«

»Du bist meinetwegen zurückgekommen?«

Er strich mir die Haare aus dem Gesicht und schaute mir tief in die Augen. »Ich bin unseretwegen zurückgekommen. Aber hauptsächlich deinetwegen. Ich liebe dich auch, Mila. Ich liebe dich.«

»Hast du deine Nachrichten überprüft?«, fragte ich.

Er zog sein Handy aus der Tasche und tippte auf den Touchscreen. »Ich habe den ganzen Tag nichts bekommen. Das Flugzeug hat WLAN, aber es ist trotzdem nichts angekommen … Ach, verdammt. Das ist das falsche Handy.« Er drehte sich um und schaute zurück zu den Koffern, die noch immer auf der Treppe standen. »Das ist das Handy, das ich für Buenos Aires bekommen habe. Du hast mir eine Nachricht an mein anderes Handy geschickt, das in einem dieser Koffer ist.« Er drückte mich fest an sich. Ich konnte spüren, wie seine Stimme durch seine Brust dröhnte. »Was hast du mir geschickt?«

Ich drückte ihn leicht zurück, sodass er seinen Griff um mich lockerte und ich in sein Gesicht schauen konnte. »Ich habe dich gebeten, auf mich zu warten. Ich habe dir gesagt, dass ich dir so schnell wie möglich nachkomme, wenn du es noch willst, und dass ich das nicht ohne dich tun kann.« Ich schniefte und merkte, dass ich wieder weinte.

»Das wirst du nicht, mein Schatz, du wirst das nie wieder ohne mich machen müssen.«

»Was ist hier los?«, fragte Dad, als er die Treppe herunterkam. »Ihr habt Glück, dass Luke nicht aufgewacht ist. Chandler? Ich dachte, du wärst in Argentinien.«

»Ich bin zurückgekommen.«

»Warum?«, fragte Dad.

»Um Mila zu fragen, ob sie mich heiraten will. Um bei meiner Familie zu sein. Ich bin zurückgekommen, damit ich nicht zweimal den gleichen Fehler mache.«

»Du bleibst hier?« Ich traute meinen Ohren nicht. Ich traute meinen Augen kaum, aber ich glaubte meinem Herzen.

»Ich bleibe und du heiratest mich.« Das war keine Frage.

Ich nickte zustimmend. Wir würden heiraten.

Dad lächelte – ein echtes Lächeln und das Erste, das ich seit langer Zeit gesehen hatte. Er rannte den Rest der Treppe hinunter und warf seine Arme um Chandler und mich. »Wir müssen eine Hochzeit planen.«

Er küsste mich auf die Wange, sah Chandler an und begann zu lachen. »Von jetzt an nenne ich dich auf jeden Fall Sohn.«

»Von wegen«, lachte Chandler. Er sah mich an und lachte immer noch.

»Ich habe sechsunddreißig der letzten achtundvierzig Stunden in Flugzeugen verbracht. Ich bin mit Adrenalin und Koffein vollgepumpt. Ich breche gleich zusammen«, sagte Chandler und ich konnte sehen, dass seine Augen ein wenig wild wurden, als ihn die Erschöpfung einholte.

»Du kannst schlafen ...«

»Nimm ihn mit nach Hause, in seinem eigenen Bett wird er sich wohler fühlen«, sagte Dad und winkte uns weg. »Geht, geht, ich kann das Geschirr abwaschen und Luke und ich kommen schon zurecht. Seid einfach bis zum Mittagessen zurück. Ich bin sicher, dass Luke seinen Vater auch sehen will.«

Ich schnappte mir meine Schlüssel und meine Handtasche vom Haken und schob Chandler vor mir aus der Tür.

Mein ganzes Auto wackelte, als er die Taschen auf den Rücksitz hievte.

»Du fährst nicht mit dem Geländewagen, den ich dir überlassen habe.«

»Ich bin noch nicht einmal dazu gekommen, mir das Haus anzusehen«, gab ich zu.

Chandler schlief auf der Fahrt zu seinem Haus ein. Ihn zu wecken und aus dem Auto ins Haus zu bringen, war, als hätte ich es mit einem großen, verschlafenen Luke zu tun. Nur, dass ich Luke einfach hochheben konnte. Ich schloss die Haustür hinter uns ab und nahm ihm die Tasche ab, die immer noch über seiner Schulter hing, damit ich ihm den langen Mantel ausziehen konnte.

»Chandler, du musst mir hier helfen, ich kann dich nicht die Treppe hochtragen.«

Irgendetwas in ihm musste Klick gemacht haben. Er richtete sich auf und seine Augenlider waren immer noch halb geschlossen, aber er sah nicht mehr schläfrig, sondern schelmisch aus. »Du kannst mich vielleicht nicht hochheben, aber ich kann dich hochheben.«

Und das tat er dann auch. Ich quiekte, aber ich zappelte nicht, weil ich Angst hatte, er könnte mich fallen lassen. Er trug mich, als wöge ich kaum etwas. Er betrachtete mich und stolperte auf dem ganzen Weg zu seinem Schlafzimmer nicht ein einziges Mal.

Dann stieß er die Tür zu seinem Zimmer auf.

»Du bleibst heute Nacht bei mir«, sagte er.

»Ja, die ganze Nacht. Ich liebe dich.«

Dann küsste er mich, während ich noch in seinen Armen lag. Dieser Kuss war irgendwie anders, besser. Es war der Kuss, mit dem wir den Rest unseres gemeinsamen Lebens beginnen würden.

39

EPILOG

CHANDLER

Sechs Monate später ...

»Chandler, hast du ...«

»Nein!«, schrie ich die Treppe hinauf. Mila hatte mich schon den ganzen Tag gefragt, ob ich Luke gesehen hätte. Der Junge hatte das ganze Haus in Beschlag genommen und sein Spielzeug war überall.

»Chandler Owens, du bist nicht gerade hilfreich!«, rief Mila zurück.

»Ich habe Gäste!«

Die Jungs waren draußen am Grillen. Das war eigentlich nicht geplant gewesen und solange das Wetter hielt, sah ich keinen Grund, warum sie nicht draußen sein konnten, während die Packer drinnen waren. Ich hatte unterschätzt, wie oft die Jungs im Haus ein und aus gingen, wenn sie vorbeikamen. Es gab ein ständiges Hin und Her zwischen der Küche und dem Grill, Essen, Bier, Salz und Pfeffer, mehr Bier. Das ging immer so weiter.

Das wäre kein Problem gewesen, wenn ich nicht auch die Anzahl der Packer unterschätzt hätte, die kommen würden. Unser gesamtes Hab und Gut wurde in Kisten verpackt und verschickt. Eine Woche später würden wir abreisen.

Ich trat auf die Terrasse hinaus. Es war das letzte Mal, dass die Jungs so zusammen sein würden, und zwar für mindestens fünf Jahre. Fünf Jahre waren eine lange Zeit, lange genug, um das Haus zu verkaufen. Es lohnte sich nicht, es leer stehen zu lassen oder ein Haus am anderen Ende der Welt einrichten zu müssen.

»Warum hilfst du meiner Tochter nicht?«, fragte Daniel. Er grinste. Seitdem ich sein Schwiegersohn war, ließ er keine Gelegenheit aus, mir eins auszuwischen. Es war alles nur Spaß, aber manchmal dachte ich, dass in seiner Wortwahl ein Hauch von Boshaftigkeit stecken könnte.

»Du willst, dass ich reingehe und euch Verlierer hier draußen allein lasse?«, scherzte ich.

»Was? Nein, Chandler muss mit uns abhängen«, verteidigte McLain mich. »Wir müssen seinen Kopf mit American Football und richtigen Sporterinnerungen füllen, sonst kommt er zurück und redet von Rugby und nennt Football Fußball.« Er schlang seinen Arm in einem freundschaftlichen Würgegriff um meinen Hals und brachte mich aus dem Gleichgewicht.

»Du weißt, dass wir erst in einer Woche abreisen.« Ich hob meine Hände in einer hilflosen Geste. Wie sollte ich mit meinen Jungs abhängen, wenn Mila mich brauchte?

»Wir helfen dir, deine Küche auszuräumen. So musst du dir keine Gedanken darüber machen, was du mit den ganzen Essensresten machen sollst, denn es wird keine mehr geben«, mischte Doug sich ein.

»Wir können uns selbst versorgen. Warum gehst du nicht nach deiner Frau sehen?«, fragte Greg.

Das ließ ich mir nicht zweimal sagen und schon war ich wieder drin.

»Entschuldigung«, sagte eine der Packerinnen, während sie einen Arm voller Kisten durch den Flur trug.

Ich trat zur Seite und ließ sie passieren, bevor ich in Lukes Kinderzimmer huschte.

Mila saß auf dem Boden. Sie hatte einen offenen Karton neben sich stehen. Luke lief hin und her, hob das Spielzeug auf, das er erreichen konnte, und legte es in die Kiste, um es dann wieder herauszuziehen und auf den Boden zu werfen. Tränen liefen Mila über die Wangen.

»Hey, Schatz, was ist denn los?« Ich kniete mich vor sie.

Sie stürzte sich in meine Arme. »Ich kann das nicht«, jammerte sie.

»Willst du nicht gehen?«, fragte ich. Diese Frage hatte ich in den letzten Monaten oft gestellt.

Mein ehemaliger Mentor und Freund, Marcel Grimes, hatte sich damit zufriedengegeben, unsere Geschäftsbeziehung in einem Streit zu beenden. Ich war Vater eines Dreijährigen, und nicht einmal der hatte solche Wutausbrüche, wie Grimes sie an den Tag gelegt hatte. Grimes hatte seine Kontakte in der Geschäftswelt wissen lassen, dass unsere Verbindung beendet war und dass er mir nicht mehr trauen würde.

Das hatte sich herumgesprochen und schließlich die Aufmerksamkeit einiger Leute erregt, welche in der Vergangenheit ebenfalls mit Grimes aneinandergeraten waren. Nachdem mir also eine Tür vor der Nase zugeschlagen worden war, hatten sich eine ganze Reihe von neuen Möglichkeiten aufgetan. Dabei hatte sich herausgestellt, dass meine Verbindung zu Grimes nicht so vorteilhaft gewesen war, wie ich immer gedacht hatte.

Einer der Geschäftsleute aus Grimes' Vergangenheit, Tom Baker, hatte sich bei mir gemeldet. Er hatte mir mitgeteilt, dass sich in Neuseeland etwas sehr Interessantes entwickle, und ob ich Interesse an einem Gespräch hätte. Ich war sehr interessiert gewesen und er war in die Staaten geflogen. Die Verhandlungen waren ziemlich aufschlussreich gewesen und hatten fast eine ganze Woche gedauert.

»Was hältst du von Neuseeland?«, hatte ich Mila gefragt, als ich den Deal mit Tom im Grunde schon abgeschlossen hatte.

Am Ende hatte ich ihm aber ganz offen und ehrlich gesagt, dass ich das mit meiner Frau besprechen müsse. Er hatte das verstanden. Und dann drehte sich das Gespräch nicht mehr ums Geschäft, sondern darum, wie es wäre, eine Familie in Neuseeland großzuziehen.

»Ich müsste keine neue Sprache lernen und zusehen, wie Luke sie besser beherrscht als ich es je könnte.« Das war zwar einer der Vorteile auf ihrer Liste, aber auch ein Nachteil. Sie wollte eine zweite Sprache lernen. Das Hin und Her, das Abwägen der Vor- und Nachteile wurde wochenlang ausdiskutiert.

Wir hatten ernsthafte Gespräche, aber auch lockere Diskussionen im Auto oder beim Essen, wenn einem von uns beiden ein neues Argument einfiel. Und die ganze Zeit über fiel keinem von uns ein Grund ein, warum wir nicht hingehen sollten.

»Ich dachte, du wolltest umziehen«, sagte ich und strich ihr über die Haare. Unser ganzes Leben war dabei, in Kisten verpackt zu werden. Falls sie ihre Meinung geändert hatte, hatte sie bis zur letzten Minute gewartet, um es mir zu sagen.

Sie schüttelte den Kopf und setzte sich dann auf. »Nein«, sagte sie und wischte sich die Tränen aus den Augen. »Ich schaffe es nicht, die Sachen rechtzeitig zu erledigen. Luke packt ständig aus, sobald ich etwas weggeräumt habe. Und es gibt bestimmte Spielsachen, die zusammen eingepackt werden müssen, sonst taugen sie nichts. Wir räumen nur Gerümpel um. Ich habe Probleme mit der Erziehung und dem Packen, während du mit deinen Freunden trinkst und Blödsinn machst.«

»Oh«, sagte ich.

»Jedes Mal, wenn ich dich um Hilfe bitte, sagst du einfach Nein. Ich kann das nicht.«

Ich sah meine junge Frau an. Ihr war nicht klar, wie kompetent sie wirklich war. Ich wusste es zu schätzen, dass sie keine Angst hatte, ihre Frustrationen mit mir zu teilen. Wir hatten beide auf die harte Tour gelernt, dass Geheimnisse nur zu Herzschmerz führten.

»Was brauchst du?«, fragte ich.

Sie sagte mir, was sie wollte. Sie brauchte mehr Hände, mehr Zeit. »Ich kann das nicht alleine schaffen.« Sie deutete auf die Kiste, aus der Luke Dinge herausnahm. »Ich muss sicherstellen, dass ich alle Impfungen und Reisedokumente beisammen habe, und ...« Sie schloss ihre Augen.

Ich konnte hören, wie die Last immer größer wurde.

»Komm schon.« Ich half ihr auf die Beine und nahm Luke auf die Arme. »Du kommst mit mir.«

Er kicherte, während ich Mila nach draußen führte.

»Jungs, Zeit, sich nützlich zu machen.«

»Hey, Mila«, grüßte McLain sie.

»Verrückter Tag, was?«, fragte Greg.

»Hört zu. Mila braucht Hilfe, um ein paar Gegenstände zu finden, die irgendwo im Haus sind.« Ich sah sie an und nickte, damit sie übernehmen konnte.

Sie beschrieb die verschiedenen Spielzeuge und Teile, die sie brauchte.

»Das ist wie eine Schnitzeljagd«, sagte Greg, als er ins Haus ging.

»Gibt es einen Preis?«, fragte McLain.

»Du kannst ein Bier haben«, antwortete Mila.

»Klingt nach einem guten Plan«, lachte er.

Ich übergab Luke an Daniel. »Mach dich nützlich.«

Spielzeugteile wurden entdeckt. Mila hatte einige Checklisten für Auslandsreisen gefunden und ausgedruckt. Ich sortierte durch, welche von Lukes Spielsachen verschickt, welche verschenkt und welche in das Gepäck gepackt werden sollten, das wir mit ins Flugzeug nehmen würden. Mit den zusätzlichen Händen konnten wir in kürzester Zeit viel mehr Arbeit erledigen. Die Packer räumten den Großteil unserer Habseligkeiten in Kartons und stapelten alles in der Garage und im Wohnzimmer. Den Rest mussten wir in unserem Gepäck verstauen oder spenden.

»Danke«, seufzte Mila, während sie sich an mich lehnte. »Ich war nicht mehr so erleichtert, seit Agent Klein mir gesagt hat, dass ich frei und unschuldig bin.«

Ihr Job war Teil der legalen Fassade für eine Geldwäscheoperation gewesen. Mila war einfach nur das Opfer eines schlechten Urteilsvermögens in Bezug auf ihren Job gewesen.

Wir versammelten uns alle auf der hinteren Terrasse. Die Rinderbrust, die schon seit Stunden geräuchert worden war, war fertig und wir hatten uns beim Packen ordentlich Appetit verschafft.

»Ein Fünfjahresvertrag, ist das dein Ernst?«, fragte McLain mich zum wiederholten Mal. »Ich kann mir nicht vorstellen, fünf Jahre lang irgendetwas zu tun.«

Es war klar, dass der Mann, dessen letzte Ehen weniger als fünf Jahre gedauert hatten, dachte, dass das eine lange Zeit sei.

»Du wirst Luke nicht wiedererkennen, wenn du ihn das nächste Mal siehst«, sagte McLain zu Daniel.

»Es ist ja nicht so, als würde ich warten, bis sie zurückkommen, bevor ich sie wiedersehe«, sagte er. »Ich habe vor, dorthin zu fliegen.«

»Wann wirst du uns besuchen?«, fragte Mila.

»Gib mir Zeit bis nach dem Superbowl, bevor du anfängst zu fragen«, sagte er.

»Das sind fünf oder sechs Monate. Bis dahin sollten wir das Haus fertig und ein Gästezimmer für dich eingerichtet haben«, fügte ich hinzu.

Die Abendluft war frisch und kühl. Wir hatten unsere Freunde um uns herum, und ich hatte Mila und Luke. Ich hatte gepackt und war bereit für meine nächste Gelegenheit. Und es würde noch besser sein, denn ich würde es mit Mila und meinem Sohn erleben – als Familie.

»Woran denkst du?«, fragte Mila. »Du hast irgendwie wehmütig ausgesehen. Bedauerst du, dass du gehst?«

»Ich werde das hier vermissen. Aber ich habe dich bei mir, also weiß ich, dass ich dieses Mal keinen Fehler mache.«

»Ich liebe dich«, sagte sie. Sie hob sich auf die Zehenspitzen und küsste mich.

Mich für Mila zu entscheiden, war das Beste, was ich je getan hatte.

Printed in Poland
by Amazon Fulfillment
Poland Sp. z o.o., Wrocław